Pierre Magnan

Le parme convient à Laviolette

Une enquête
du commissaire Laviolette

Denoël

Tous les personnages de ce roman sont sortis de l'imagination de l'auteur : leur aspect physique comme leurs qualités et leurs travers, et c'est bien dommage car si l'on pouvait les rencontrer dans la vie on s'amuserait un peu plus.

Retrouvez Pierre Magnan sur son site Internet :
www.lemda.com.fr

ESSAI D'AUTOBIOGRAPHIE

Auteur français né à Manosque le 19 septembre 1922. Études succintes au collège de sa ville natale jusqu'à douze ans. De treize à vingt ans, typographe dans une imprimerie locale, chantiers de jeunesse (équivalent d'alors du service militaire) puis réfractaire au Service du Travail Obligatoire, réfugié dans un maquis de l'Isère.

Publie son premier roman, *L'aube insolite*, en 1946 avec un certain succès d'estime, critique favorable notamment de Robert Kemp, Robert Kanters, mais le public n'adhère pas. Trois autres romans suivront avec un égal insuccès.

L'auteur, pour vivre, entre alors dans une société de transports frigorifiques où il demeure vingt-sept ans, continuant toutefois à écrire des romans que personne ne publie.

En 1976, il est licencié pour raisons économiques et profite de ses loisirs forcés pour écrire un roman policier, *Le sang des Atrides*, qui obtient le prix du Quai des Orfèvres en 1978. C'est, à cinquante-six ans, le départ d'une nouvelle carrière où il obtient le prix RTL-Grand Public pour *La maison assassinée*, le prix de la nouvelle Rotary-Club pour *Les secrets de Laviolette* et quelques autres.

Pierre Magnan vit avec son épouse en Haute-Provence dans un pigeonnier sur trois niveaux très étroits mais donnant sur une vue imprenable. L'exiguïté de sa maison l'oblige à une sélection stricte de ses livres, de ses meubles, de ses amis. Il aime les vins de Bordeaux (rouges), les promenades solitaires ou en groupe, les animaux, les conversations avec ses amis des Alpes-de-Haute-Provence, la contemplation de son cadre de vie.

Il est apolitique, asocial, atrabilaire, agnostique et, si l'on ose écrire, aphilosophique.

P. M.

*Pour Loue
et Élisabeth
unies.*

Ô Mort, vieux capitaine, il est temps ! levons l'ancre
Ce pays nous ennuie, ô Mort ! Appareillons !

BAUDELAIRE, *Le Voyage*

Le col des Garcinets

Connaissez-vous le col des Garcinets ? C'est une route minuscule que le cartographe de service osa à peine esquisser tant elle lui parut aléatoire et presque sans issue.

Elle part de Selonnet pour gagner Turriers et Bellaffaire, festonnée de virages tortueux qui se confondent en excuses autour de quelques ruisseaux à forme de torrents. Elle tergiverse pour les contourner ou les franchir, à l'instar des hommes qui imaginèrent la manière la moins coûteuse de la construire, à partir d'un chemin muletier qui fut pendant mille ans la seule voie possible pour atteindre ces pays perdus de Dieu quoique magnifiques.

Elle est tracée dans les cristaux infernaux qui naquirent il y a quinze millions d'années quand les Alpes s'érigèrent pour barrer la route aux Pyrénées qui prenaient nonchalamment leurs aises. Ici, en ce nœud gordien géologique, à la suite de ce monstrueux coup de tampon, la roche s'est solidifiée en débris qui ressemblent à du bois mort et qui, longs et minces, prennent l'allure d'une profusion de poignards acérés.

Quand les étoiles et la lune veillent seules sur le col des Garcinets, celle-ci se reflète un million de fois sur ces poignards qui dévalent les roubines luisantes, éclairant d'une fête à lanternes vénitiennes la nuit close où chuchotent les ruisseaux.

Celui qui n'a jamais vu le col des Garcinets par lourd novembre chargé de nuées noires qui s'écroulent sans bruit, hors du ciel menaçant pluie, ne peut pas savoir ce qu'est la solitude. Il passe trois voitures par jour dans ces parages : le laitier qui fait la collecte, le boulanger de Seyne qui livre jusqu'à Bellaffaire et le facteur dans sa voiture jaune qui ne s'attarde pas parmi toute cette nature rébarbative.

Or, sur cette route, il y avait un homme à bicyclette, cette nuit-là, en l'an tant, vers le milieu de l'automne. Il allait à Bellaffaire tuer le cochon chez les Bardouin de la Varzelle, une ferme cossue en ce pays de pauvres, parce que les Bardouin avaient toujours *fait petit*. Faire petit, par chez nous, ça signifie économiser à l'extrême. Quand une mère voit son enfant engloutir sa tartine en trois bouchées, elle lui crie, si c'est une bonne mère :

— Fais petit !

Ça veut dire : maîtrise ta faim, tu auras l'impression de manger plus et plus longtemps, et ça veut dire aussi : fais durer ton plaisir.

Mais cette objurgation s'applique en grand aux

dynasties dont faisaient partie ces Bardouin. En trois générations de lésine, ils avaient acquis cette extraordinaire puissance de pouvoir dire non à tout le monde. Chez eux, depuis trois siècles, *faire petit* était devenu un gène dominant.

La Varzelle était au flanc de Bardonnanche, le pays des noyers. Bordant les champs et bornant les biens, parfois surplombant les chemins vicinaux, il y en avait au moins soixante qui s'étalaient, avec des troncs bien droits et sans nœuds jusqu'à dix mètres de hauteur. On n'a jamais entendu dire que le propriétaire de soixante noyers à tronc lisse fût mort pauvre en ces parages.

L'homme qui ahanait à bicyclette, en négociant au plus juste les lacets de ce col baroque, était en train d'énumérer les raisons que les Bardouin avaient de se croire riches. Lui, le pauvre, n'avait jamais su amasser mousse, bien qu'il eût beaucoup roulé.

Il avait rendu service à tant de monde ! Rentré à seize ans, en quarante-trois, dans la Résistance, il avait été de tous les coups hasardeux où les chefs du maquis ordonnaient d'aller sans s'y rendre eux-mêmes. Reconnu, avec étonnement, comme héros survivant, alors qu'il aurait dû mourir dix fois, on lui avait quand même refilé une médaille qu'il arborait lors des grandes dates commémoratives où l'on regroupait les rescapés des deux ou trois dernières guerres, afin de rogner le moins possible sur le temps de travail.

Enfin... Il lui restait quand même de bons sou-

venirs. Quelques femmes, avant que son prestige
de héros et sa maigreur fussent oubliés, quelques
femmes l'avaient aimé par-ci par-là, et il s'aidait
pour pédaler des images et des paroles qu'elles
avaient abandonnées à sa mémoire lors de leurs
étreintes, et qui disaient merci avec plus ou moins
de conviction.

Mais ici, cette nuit, dans le col des Garcinets,
s'évertuant à la maigre lumière de sa lanterne, cet
homme qui s'appelait Ferdinand Bayle ne puisait
pas beaucoup de réconfort en ces souvenirs car
maintenant il avait cinquante ans, des rides profondes, une tête en pain cuit et il était seul.

C'était un pauvre homme qui vivotait de peu
quelques journées de travail par-ci par-là, quelques *lèques* à tuer les grives qu'il montait à l'automne sur des terrains qui n'étaient pas à lui. Oh,
il y avait bien aussi quelques maigres récoltes de
truffes sur les truffières des défunts sans héritiers
ceux qu'on avait longuement surveillés de leur vivant, à genoux, comme pour la prière, agitant
comme une baguette de chef d'orchestre le bâton
à mouche de la truffe. Ceux-là, on avait attentivement étudié leur mimique lorsque, portant
comme un sextant le bâtonnet de coudrier horizontal, ils suivaient la danse verticale de la mouche surplombant le coin nettoyé où se mussait la
truffe. Et il avait fallu alors conserver en sa mémoire ce lieu précis, cette mimique, en addition-
ner des centaines, chez les uns chez les autres,
jusqu'à ce que la rumeur vous fasse entendre

l'oraison funèbre de celui qu'on avait tant espionné :

— Il est encore mort le Chabrias !

Cet *encore* signifiait chez nous que ce Chabrias était mort *en plus* de tous les autres. Et alors, l'hiver suivant, on se hasardait en catimini au soleil descendant, à faire l'orant au pied du chêne rabassier jusqu'à ce que la mouche aux ailes d'or vienne danser au-dessus du sol truffier. Alors vite, sur ce coin bien repéré, on enfonçait avec précaution la truelle à peser le café qu'on avait trouvée dans un fond d'épicerie, on creusait à tâtons, avec les doigts, et comme ça les bonnes années on se faisait deux cents, trois cents grammes de truffes biscornues par semaine, biscornues parce que chez nous, la rabasse capricieuse se love de préférence entre deux cailloux qui la compriment plutôt qu'à cinq centimètres de là, dans la terre meuble qui l'aurait faite toute ronde. Personne n'a jamais pu expliquer cette prédilection des truffes de notre pays pour s'insérer entre deux pierres pointues. Si on pouvait savoir...

Ainsi songeant, ahanait sur sa bicyclette cet homme qui gravissait en danseuse le col des Garcinets. À sa taille, accroché à la ceinture, tintinnabulait le long fusil de boucher à aiguiser les lames.

Il avait tout le temps d'aligner les pauvres péripéties de son existence médiocre, enlaçant les souvenirs érotiques à ceux du cueilleur clandestin de rabasses. Ça ne faisait pas une vie bien remplie

et à cinquante ans qu'il avait alors il y avait peu
d'espoir pour que ça change. Le tracteur était à
bout de course (trois cent trente-cinq mille kilomètres au compteur !) et quand il allait falloir né-
gocier avec le Crédit agricole, ses *alter ego*, les autres paysans du conseil d'administration, allaient
tout de suite tordre la bouche au seul mot de *prêt*
car on savait qu'il n'avait pas de chance et qu'il
n'y avait aucune raison pour que cela cessât.

— Qu'est-ce que tu veux...

Lui répondait-on de toute part et ce point de
suspension qui limitait le discours terminait seul
la phrase que résumait un large écart de bras.

— Qu'est-ce que tu veux..., signifiait ce lam-
beau de discours. Tu n'as pas de chance ! Quand
tu calcules bien ton coup pour faucher ton foin et
le rentrer entre deux averses, tu peux être sûr que
tu fais pleuvoir, tu es réputé pour ça ! Dis la vérité : combien de fois en vingt ans as-tu rentré ton
foin sec ?

On ne prêtait qu'aux chanceux, on ne prêtait
qu'aux gros travailleurs car le monde, qui en a
peur, confond la malchance et la paresse.

Il ne devait de n'avoir pas été saisi qu'à la mauvaise publicité qui aurait éclaboussé les élus. Je te
demande un peu à quoi ça ressemble un paysan
saisi ? Un paysan en titre de son bien depuis
peut-être quinze générations, qui ne se souvenait
plus de la date exacte où le bien était rentré dans
la famille, où il faudrait plonger dans les archives
de quatre dynasties de notaires pour en retrouver

l'origine. Non : on ne dépose pas un agriculteur au bord de son bien avec quelques balluchons et deux ou trois cages pleines de poules. Non, ça la ficherait trop mal. On passait le dossier sous la pile en attendant des jours meilleurs.

Mais pendant ce temps-là le tracteur rendait l'âme ; on vendait le blé à la sauvette (tout le monde le savait) pour ne pas passer par les organismes officiels qui auraient encaissé et n'auraient rien rendu ; on tondait le troupeau six semaines avant le temps et déjà, les greniers vides, on le nourrissait avec de la paille et il restait trois mois avant la repousse de l'herbe. Le pailler serait-il assez haut pour nourrir le troupeau ? Ne serait-on pas obligé de brader celui-ci juste au beau milieu de la plus mauvaise saison quand, faute d'herbe, la valeur des bêtes est au plus bas ?

Voici le portrait achevé de ce misérable qui ahanait sur sa bicyclette à la roue probablement voilée tant elle faisait entendre un doux bruit d'aile, à chaque tour.

Sous son oraison funèbre lorsqu'il mourrait, on tracerait cette phrase de procès-verbal : « Vivait d'expédients. »

Car comment appeler autrement cette œuvre de bourreau qui consiste à aller tuer le cochon chez les autres ?

Le cochon est l'animal le plus proche de l'homme. Il le nourrit mais il lui en laisse tout le remords. On peut avoir la conscience tranquille après avoir occis un agneau ou un veau mais jamais un cochon. Chaque soir, quand apparaît sur la soupe épaisse la couenne du lard, c'est comme si le cochon de l'année venait vous parler de sa gentillesse. Et il y a plus de soixante cochons trépassés dans la vie de chaque paysan basalpin, qui viennent vous parler de leur amitié aujourd'hui et à l'heure de votre mort. Amen !

— Amen ! se dit l'homme entre ses dents.

Sur cette dernière réflexion, il s'aperçut qu'il avait atteint le sommet du col. Devant lui surgissait la constellation de la Vierge qui plongeait vers son déclin et s'estompait sous la clarté de la lune oblique. L'odeur amère des chênes-verts montait des profondeurs du Grand Vallon sous Champdarène.

La ferme où il allait se voyait en bas dessous. On avait allumé toutes les lampes pour la lui signaler comme un phare. On l'attendait. Autour de ces profuses clartés, s'échappaient d'un feu d'enfer les buées du chaudron où l'on puiserait l'eau pour ébouillanter la couenne.

Bayle respira largement. Maintenant, la route descendait. Il ne restait plus qu'à se laisser glisser en freinant dans les virages.

Il resserra la sangle qui assurait à sa ceinture le fusil à aiguiser. Il aurait dû avoir un fourreau pour celui-ci mais il en était du fourreau comme du tracteur, il était depuis longtemps hors d'usage. Bayle avait pris l'habitude de le porter tout nu contre lui. Il suffisait seulement, comme il le fit, de le caler contre sa cuisse afin d'éviter qu'il cliquetât et que la bête à sacrifier ne l'entendît car sinon elle se mettrait à hurler et il ne serait plus possible d'exercer son métier en paix.

Depuis qu'il avait franchi le col, la lumière des Bardouin n'était plus visible, la lune oblique faisait luire l'asphalte. Au loin clignotaient les quelques feux de Bellaffaire. C'était une fête après la rude montée dans les bois obscurs où se mussait la route.

Bayle était presque content. La patronne des Bardouin avait une assise superbe et il avait bien semblé à Bayle que l'autre jour, quand elle était venue lui commander le travail, elle l'avait jaugé des pieds à la tête avec un air connaisseur. Voici une pensée agréable à caresser quand on est entre les rives d'un chemin rébarbatif, perdu dans la nuit close, que la lune elle-même ne parvient qu'à rendre plus lugubre. Une femme, dans la tête d'un homme, par ces pays sans concession c'est une clarté qui vous guide même si l'attention qu'elle pourrait vous porter est fallacieuse, c'est toujours mieux qu'une médaille de Saint-Christophe contre les embûches de la route obscure.

Ainsi songeait Bayle dans la pente traîtresse.

« Il faudra que je règle mes freins », se dit-il.

Ça faisait des années, pour la même bicyclette, qu'il se recommandait la même chose. Il ne s'agissait plus de régler mais de remplacer. La gomme des patins n'existait plus mais Bayle avait une grosse expérience de la négligence. Il savait l'apprivoiser, la séduire, la maîtriser. Il vit bien que, dans le virage où il s'était présenté trop vite, l'asphalte était anormalement mordoré sous la lune. Mais il n'eut pas le temps de corriger sa vitesse. La roue avant s'était mise en travers, la roue arrière, avec son poids d'homme, se cabrait comme un cheval et vidait de la selle son passager.

À part le blasphème instinctif de celui qui perd l'équilibre, ça ne fait pas beaucoup de bruit une bicyclette avec un homme dessus qui cascade vers le ravin et qui continue légère à tressauter de rocher en rocher jusqu'au fond du vallon, alors que son pilote est déjà lourdement enroulé autour d'un tronc de pin.

La roue voilée en un frôlement d'aile continua de tourner dans le vide quelques secondes encore tandis que mourait la lumière de la lanterne que la dynamo n'alimentait plus.

Le silence total s'installa sur la nuit. Il n'y avait pas un souffle d'air. Il n'y avait, très loin, que le vacarme à peine audible de quelques chiens de troupeau qui s'éveillaient d'un rêve hallucinant, plein de famine et de fringale.

Alors, quand il eut assez épié ce silence, un personnage émergea avec précaution de l'ombre des yeuses. Longtemps flairant, la tête tournée, tantôt à droite tantôt à gauche, la solitude de l'ombre, tressaillant au moindre passage d'un rare nuage devant la lune, il resta accroché au tronc du chêne-vert où jusque-là il se dissimulait.

Quand il se risqua à sortir de l'orée, il révéla qu'il était en grand deuil. C'était un grand deuil de veuf d'autrefois que soulignaient un beau nœud papillon de crêpe noir sur la casquette et un large brassard de même nature au-dessus du coude gauche. Les veufs de cette époque portaient ces signes de leur affliction deux ou trois ans durant. Ils avaient toujours l'air d'être amputés d'un membre. Leur main, côté cœur, pendait inerte chaque fois qu'ils cessaient de travailler, chaque fois qu'ils s'endimanchaient pour quelque loisir désormais superflu.

L'homme en deuil s'aventura sur l'asphalte, évitant soigneusement la flaque d'huile qui chamarrait la route sous la lune de mille irisations. C'était sur cette flaque que le cycliste avait malencontreusement glissé. Le veuf la considéra longuement, en encensant de la tête comme s'il s'inclinait devant un beau travail.

Cet homme était trapu, pas très grand. De larges oreilles en paravent soutenaient sa casquette. Il paraissait, grâce à la nuit, venir d'un autre siècle. On voyait bien qu'il s'était endimanché mais qu'il n'avait pas l'habitude. Ses chaussures noires scintillaient comme la tache d'huile. Il ne paraissait pas être à l'aise dedans. On eût dit qu'il marchait sur des œufs.

Il alla se pencher avec précaution au-dessus du fossé où gisait la bicyclette au feu mourant. Là, il hésita encore, considérant fixement le corps qu'un arbre avait retenu et qui était immobile.

Le veuf n'était pas très sûr de son coup. À tout hasard, il s'était muni d'une grosse pierre pour parachever l'œuvre du destin mais il préférait que le fusil à affûter les couteaux que le cycliste portait à la ceinture lui eût perforé le ventre. Il préférait de beaucoup car n'ayant jamais tué personne, il n'aurait peut-être pas su comment s'y prendre.

Cependant l'individu était bien mort. Le veuf lui ferma les yeux et revint sur la route. Il lui restait quelque chose à faire, quelque chose dont, étant ce qu'il était, il ne pouvait pas se dispenser

Il trottina vers la clairière au sol parsemé de poignards minéraux. Il avait camouflé son véhicule face au touffu de la futaie. C'était une voiture qui ne servait pas souvent et qui était très vieille et très modeste. C'était une de ces automobiles d'autrefois qui n'avaient pas de nom. On les appelait des quatre chevaux.

L'homme éclaira sa lanterne. C'était une voiture borgne, son unique phare était aussi crasseux que sa vieille peinture blanchie au soleil. Le veuf s'accroupit devant le pare-chocs rouillé que maintenait d'un côté un fil de fer torsadé. Il tira de sa poche un carnet de moleskine. Il se mouilla le pouce pour en tourner les pages. Il approcha du projecteur le carnet et son visage. Alors, avec précaution, il détacha proprement une feuille de l'agenda qu'il réempocha.

Celui-ci voisinait avec une demi-douzaine d'épingles à linge qui firent un bruit d'osselets quand le veuf se saisit de l'une d'elles.

Alors il éteignit la lumière, alors il se risqua de

nouveau à traverser la route et à descendre le talus jusqu'au pied de l'arbre où gisait le corps.

Maintenant que le cadavre avait les yeux fermés, il était devenu plus banal encore que lorsqu'il était en vie, et durant un court instant le veuf fut profondément étonné d'avoir pu tuer un être qu'il découvrait soudain si inoffensif mais ce n'était pas un homme fait pour réfléchir. Il ne s'arrêta pas à cette idée. Il lui restait un travail à accomplir : épingler la feuille de papier au revers du veston qui habillait le mort. Il le fit.

Il remonta sur le talus et vit miroiter devant lui cette tache d'huile qui n'en finissait pas de s'étaler. Alors il se hâta, il courut presque. Il avait tué ce cycliste pour une raison précise, il ne voulait surtout pas que quelqu'un d'autre vînt à déraper sur cette flaque d'huile.

Il tira de la quatre chevaux une pelle bien plus ancienne que la voiture. Il ôta son veston propre des dimanches et sa casquette. Il déposa le tout sur les feuilles mortes qui jonchaient le talus et là, il fit un geste que seule la Providence dut observer du haut du ciel : il retira le brassard du veston pour l'enfiler sur la manche de sa chemise qu'il venait de retrousser.

C'était donc un veuf inconsolable sans ostentation car nul par cette nuit ne saurait que s'il voulait conserver son brassard contre sa chair, c'était de crainte d'oublier un seul instant qu'il était maintenant tout seul parmi l'univers.

Cet acte d'humilité, il l'accompagna aussitôt

d'un autre geste consolateur : il se cracha dans les mains pour empoigner la pelle. Un tas de gravillon prévu par l'Équipement en vue des rigueurs de l'hiver était blanc comme neige, à côté de la voiture, sur la berme du virage.

L'homme, longtemps, fit le va-et-vient entre ce tas de gravier et la tache d'huile qu'il bénissait à chaque passage d'une pelletée bien étalée. Il accomplissait ce travail de cantonnier paisiblement et sans hâte comme quelqu'un qui doit économiser ses forces à l'aube d'une longue journée.

L'affaire lui prit plus d'une heure mais il considéra enfin son travail avec satisfaction. La flaque d'huile mordorée était maintenant opaque sous la lune.

L'homme replaça la pelle le long des sièges de la voiture qu'il démarra. Le phare unique et la carrosserie grinçante manœuvrèrent pour reprendre la chaussée.

L'on entendit alors, pendant quelques minutes, le bruit de tocsin lointain que faisait le pare-chocs rouillé, rattaché tant bien que mal au châssis avec du fil de fer.

Mais il n'est si vieille voiture dont l'éloignement de trois ou quatre virages ne contraigne au silence ce grincement désespéré qui exprime, comme il peut, son refus de continuer à servir.

Le silence une fois dérangé se referma sur ces parages sans préalable ni objection. Une petite source chuchotait contre la terre le forfait qui venait de s'accomplir et sans doute lui expliquait-elle pourquoi le gisant, autour de son arbre, ne déparait pas la nuit.

L'homme en deuil au volant de sa guimbarde tira un mouchoir de sa poche pour s'essuyer les yeux, et si l'obscurité n'eût été si profonde, quelqu'un qui passait aurait pu le voir pleurer.

Piégut

Il y a plus loin qu'on ne croit du col des Garcinets à Piégut. Pourtant un vol d'oiseau d'à peine dix kilomètres suffit à les séparer. Mais il n'y a pas de route directe. Il faut contourner par Bréziers et Rochebrune les sommets de la Cita et de Monsérieux, longer la Durance jusqu'aux Tourniaires et là, à gauche, on se trouve devant l'une de ces routes dont le pays a le secret : c'est à peine si elle consent à quelques tournants pour vous hisser de six cents à neuf cents mètres en trois kilomètres.

Au penchant de son coteau bien présenté au soleil, rêve d'automne pour promeneur solitaire, Piégut se réserve jusqu'au bout de vous surprendre. Il vous bondit dessus comme un chat à l'ultime virage. On voit Venterol, pourtant bien plus loin, avant de se trouver nez à nez avec Piégut.

— C'est ici Piégut ? lui dit-on plein d'étonnement.

Et il vous répond à côté comme si vous étiez une tierce personne ·

— Qu'est-ce qu'il vient faire encore ici celui-là ? Nous voler nos noix ? Nous voler nos pommes ? Ou bien nous voler mon secret ?

C'est un de ces villages dont on dit qu'ils meurent parce qu'on n'a pas pris la peine de leur demander leur avis afin de ne pas s'entendre répondre :

— Qu'est-ce que ça veut dire pour vous : mourir ? Est-ce que par hasard, d'après vous, en ce moment, Paris serait en train de vivre ?

Car nous excellons à répondre par une autre à n'importe quelle question.

À Piégut, il y a encore chaque matin de vieilles femmes qui arrosent leurs géraniums avec des arrosoirs couleur de nuit constellés d'étoiles d'or ou qui aspergent leurs terrasses aux lauzes luisantes comme des pièces d'eau.

On vous accueille en silence et mystérieusement absents par des profusions de fleurs tapies un peu partout : des bâtons de Saint-Jacques hauts de deux mètres hérissent les abords des maisons, tout épanouis de roses trémières comme au lendemain d'un miracle.

On vous offre des phlox dans des bidons de pétrole lampant sciemment éventrés et qui datent de mil neuf cent vingt-cinq ; des désespoirs-du-peintre vous proposent l'énigme de leur vrai nom imprononçable dans des boîtes carrées de biscuits Brun ; trois bégonias, en trois couleurs, répandent

leurs corolles japonaises sur les bords nickelés
d'un seau à champagne Mercier en provenance
de feu l'Orient-Express (et ne demandez à personne comment il est arrivé là) et les cosmos élégants font jaillir très haut leur impalpable feu
d'artifice depuis le pavillon bleu d'un antique gra-
mophone disposé comme une vasque, à l'envers,
entre quatre pierres choisies, après qu'on l'eut
comblé de terre.

Le cimetière est beaucoup plus neuf que le village lui-même, collé contre une église qu'on a
voulue quelconque. On se demande où sont les
morts antérieurs qui ont précédé ici, ces quelques
tombes pleines de quant-à-soi.

La propreté hautaine est le pardon du pauvre.
Elle vous accueille en toute sincérité. On a gardé
intact, afin que nul n'en ignore, le lavoir commu-
nal où quatre commères pouvaient à peine se
loger sous l'auvent et deux caisses à savon qui
servaient à s'agenouiller conservent encore leur
tête-à-tête, comme si une conversation éternelle
se poursuivait entre elles pour commenter les af-
faires du monde.

Piégut est tel quel, narguant les temps moder-
nes successifs qui prétendent, à chaque coup, le
faire disparaître et qui disparaissent d'eux-mêmes, à chaque coup, avant lui.

Si l'on aime on reste. Si l'on n'aime pas on ne
prend même pas la peine de descendre de voiture. On dévale les virages à rebours, jusqu'en
bas, à Remollon, où l'on s'arrête au plus proche

bistrot pour boire un verre de ce vin noir qui ressemble aux roubines et ainsi redevenir commun, en poussant des « brrr » de soulagement à l'idée qu'on aurait pu naître à Piégut.

Laviolette y était né. Il venait d'y revenir pour y panser son cœur d'une plaie ouverte. L'échine courbe comme s'il portait pour toujours une fascine de bois vif sur les épaules, il errait les mains vides, lapant sa blessure à petits coups circonspects, pour ne pas se faire trop mal.

Il s'était entouré de Piégut comme d'une thora protectrice. Ici, en automne, c'est un feu d'artifice inattendu dans cet austère vallon. Octobre l'épousait mieux que n'aurait pu le faire le léger printemps. En bas dans la vallée de la Durance aux rives blanches parmi les falaises livides qui s'éboulent et s'effritent au pied du mont Colombus, s'étalaient les carrés pourpres des vignes de Remollon qui donnent un si bon vin. Autrefois, ses ancêtres possédaient deux arpents de l'autre côté du torrent, au soleil. Ils couchaient dans un bastidon au milieu des ceps quand ils allaient vendanger. Il y avait encore, dans la maison de Laviolette, un foudre de chêne autrefois équarri à coups d'herminette dans la cave même et qui ne pourrait plus en sortir qu'en miettes ou en poussière car l'escalier était trop étroit pour le remonter entier.

Laviolette parfois, quand les souvenirs lui cuisaient trop, descendait dans cette cave scintillante de pointes de poignard comme l'étaient les parois du col des Garcinets. Il débouchait la tape par où l'on sortait le marc. Il se penchait sur ce vieux parfum qui conservait toutes les péripéties des climats passés et des batailles qui avaient été nécessaires pour obtenir ce vin âpre. Il sortait de là ivre et consolé pour ces quelques moments où il plongeait vers ses racines, puis l'heure présente le submergeait comme le flux de la marée, ramenant devant lui ce visage si jeune de femme mûre, cet air candide qu'elle devait à ses yeux pers.

Il était comme un vieux chien sur le paillasson qui lève vers vous son regard plein de douceur en vous demandant pourquoi ?

Dans la haute maison, grise dehors grise dedans, où il était seul hantant les corridors sonores, tout un peuple d'ombres le soignait par l'appel à la résignation avec des :

— Allons allons... de compassion et de gronderie. Allons, allons, ce n'est pas si terrible ! Nous avons, comme tout le monde, vécu nos chagrins d'amour. (Ah, comme c'était bon de les vivre !) Et regarde-nous ! Viens nous voir au cimetière (Tu n'y viens jamais !) Viens voir comme nous sommes finalement morts de tout autre chose que d'un amour perdu.

— Oui mais moi, c'est le dernier !

C'était le dernier. Il était trop vieux pour en avoir d'autres. Et il avait beau se dire : « Ça t'apprendra ! » Il savait bien que rien ne lui apprendrait jamais plus rien. Si l'on ne savait pas, à son âge, on ne saurait plus, le temps manquait.

Il avait laissé à Digne la Chabassut, de plus en plus vieille, avec les quatorze chats[1]. Sa pitié de soi-même était si amère qu'il n'eût supporté l'amitié de personne, fût-ce d'un chat. D'ailleurs avait-il jamais eu besoin d'un ami ? Parler de soi à autrui l'aurait mis au supplice. Il n'avait jamais parlé de lui à quiconque.

Mais Piégut... Il parlait de soi à Piégut interminablement. À tous les anciens vivants maintenant vides de leur existence qui faisaient des corridors déserts de longs boulevards bruissants de monde, à tous ceux-là, il confessait l'étonnement où le désamour, si prévisible, l'avait pourtant laissé.

Les nuits, le feu dans la cheminée, la longue veille d'attente que la mort promettait, voici ce qui berçait Laviolette au fil des mois. Les Basses-Alpes cernaient Piégut de leur océan vert comme si Laviolette était sur une île préservée. Car ici seulement lui et son amante n'étaient jamais venus ensemble, ici seulement ils n'avaient jamais fait l'amour.

Le destin, peut-être, lui avait ménagé ce havre gonflé de vent et de la présence du ciel auquel on se heurtait tout de suite quand on sortait la nuit pour aller pisser : Orion, Aldébaran, l'œil du Taureau, les Pléiades, que tentait de refléter, en bas dans la vallée, l'orient du lac tranquille qui se moirait, effaçait tout, dès que l'aile du mistral au

1. Voir *Les courriers de la mort*.

bout de son souffle venait à effleurer la surface des eaux.

Piégut... Il y avait aussi l'odeur des meubles et, en équilibre instable sur ses arceaux courbes, la bercelonnette du Queyras arborant fièrement contre ses flancs et son chevet ces marguerites gravées en douze pétales, prêtes à être effeuillées. Imprimée au fer rouge sur l'un des garde-fous une date, 1750, révélait le moment où ce berceau avait été neuf. Une haute canne recourbée en bec de canard en dominait la tête. Elle était devenue inutile depuis bien longtemps mais autrefois on y accrochait le voile de tulle qui protégeait des mouches l'enfançon.

Depuis ce berceau, on avait déversé dans la vie des générations de Laviolette qui avaient encombré de leurs cris ou de leur silence, mais toujours médusés par le monde étrange où ils étaient tombés, des tranches de vie brèves comme des flammes d'allumette ; des vies dont nul ne se souvenait, des souffrances qui n'avaient laissé sur la terre aucune trace gravée, des joies dont personne n'avait jamais parlé.

De ce berceau, beaucoup devaient avoir été arrachés morts au bout d'à peine quelques jours, le tulle qui protégeait des mouches jonchant le sol, le beau linge de baptême offert par les grands-parents souillé de diarrhée verte, pleurant et gémissant avec de petites voix qui n'affleuraient même pas à la surface de la vie.

Ces enfançons qui avaient enfin déchiré toutes

les illusions, de sorte qu'ils étaient maintenant face à face avec leur misérable destin d'éclairs dans la nuit, ces maillots gaspillés pendant neuf mois dans le ventre de leur mère pour ne pas vivre, se penchaient aussi dans l'ombre pour consoler le vieil homme :

— Allez va ! Ce n'est pas si terrible ! Songe à nous autres qui n'avons même pas connu la souffrance !

Parfois, d'une pichenette, Laviolette ébranlait le berceau docile et celui-ci était si bien équilibré sur ses arceaux qu'au-dessus de lui, longtemps, une triste chanson de rouet montait dans l'air obscur.

Laviolette était à Piégut comme dans les linges d'un grand brûlé. Il savait qu'il n'en réchapperait pas mais que la douceur résignée du pays atténuerait son mal. La somptueuse pauvreté de Piégut qui en faisait un écrin pour la lumière, protégeait ce lieu de toute promiscuité avec les riches heures des peuples qui bâfraient dans le cauchemar de leur opulence et n'avaient pas conscience de gaspiller la terre.

À Piégut, il n'y avait pas de siècle qui passe. À Piégut, presque tout le monde croyait encore en Dieu. Et cette compacte muraille de croyants, autour de l'athée Laviolette, préparait à celui-ci comme un cercueil douillet.

Mais ce n'était pas la mort, pour l'instant, sa préoccupation majeure, c'était une vivante absente. Il se remémorait encore ce dernier moment au long du boulevard Gassendi désert à une heure du matin. Il venait, une nouvelle fois, de mal l'aimer. Elle marchait rapidement devant lui, balançant ses hanches somptueuses. Il admirait ses épaules égales auxquelles seyaient si bien et la robe et la nudité, son cou charnu que tant de fois avec tant de passion il avait respiré, il avait vénéré de baisers où se condensait toute la ferveur de son être. Il lui avait dit :

— J'ai l'impression que tu rentres docilement dans mon jeu quand tu es avec moi mais que tu n'es plus dans le tien.

Elle s'était retournée avec vivacité. Il l'avait presque heurtée tant cet arrêt avait été brusque Il avait reçu à dix centimètres de son visage ce qu'elle avait à lui dire :

— Tu as eu le meilleur de moi-même et pour le reste, c'est mon jardin secret.

Elle avait mangé une mandarine au dessert et son souffle en prononçant ces mots était empreint de ce parfum.

Il songea :

« Je ne mangerai plus jamais de mandarine de ma vie ! »

Pantois sur le trottoir et sans un geste de plus, il s'était contemplé dûment assassiné. Il avait gémi, mais sans bruit, sur sa vieillesse, son impuissance, sa brutale solitude. Mais un autre lui-même riait à perdre haleine :

— C'est bien fait ! Ça t'apprendra ! Tu peux

encore apprendre. Tu n'as pas honte, à ton âge, d'encore souffrir d'amour ?

Il est long le boulevard Gassendi lorsqu'on regarde disparaître pour la dernière fois quatorze ans de passion. Il se souvint que tel jour elle lui avait dit :

— Si je faisais l'amour avec un autre homme, tu n'aurais plus rien de moi.

Elle s'enfuyait d'un pas égal, sans triomphe mais sans hésiter. Il était cloué sur place. Il ne savait plus où pendre la lumière. Le souffle de l'atmosphère fuyant la terre afin que plus rien n'y respire fut la seule image qu'il sauva de sa panique pour se décrire ce qu'il éprouvait. Il avait la bouche grande ouverte et ses poumons n'étaient plus que branchies.

Il s'était rué vers Piégut sans réfléchir. Il avait traversé le parc de Popocatepetl d'une seule traite. Il avait reçu contre lui la véhémence des quatorze chats la queue droite qui miaulaient qu'ils mouraient de faim. Il les avait écartés sans brutalité mais sans les reconnaître, comme des objets. La Chabassut, qui ne se couchait jamais avant qu'il ne fût rentré, la Chabassut lui avait dit :

— Beau Diou que vous êtes pâle ! On dirait le marbre du tombeau ! Vous devriez prendre une infusion !

Il avait trouvé la force de ricaner :

— Une infusion contre le désamour !

Depuis qu'il était ici, la bataille était perpé-

tuelle. Le soir surtout était poignant : être aux
aguets du silence, le vent traînant sous les arbres
de la montagne ; savoir qu'elle était quelque part
dans le monde, seule ou accompagnée, hantant
l'oubli où désormais elle le tenait. Il la voyait
comme sur un écran dans son imagination : entière, réelle, avec ses trois dimensions, son allure,
la vivacité de sa démarche, les parfums quelquefois étranges dont elle usait et son odeur qui était
elle, qui la faisait unique, et sa légèreté de caractère, l'attrait irrésistible pour elle de l'instant présent qui lui permettait d'être toujours heureuse.
Il l'avait vue faire plier sous cet appétit de vivre
des chagrins parfois immenses. Alors lui ! Elle
avait dû l'effacer de sa vie comme un écolier ef-
face son ardoise.

Au début, il tendait la main vers le téléphone,
il la laissait suspendue au-dessus du combiné
comme s'il était aux prises avec quelque athlète
qui lui aurait interdit de s'en emparer. La soif de
l'entendre, de lui parler, de lui souhaiter la bonne
nuit comme autrefois, les soirs où ils n'étaient pas
ensemble ; ces moments où l'érotisme n'avait aucune part, où seul le grand plaisir de la savoir vivante, en sûreté, ayant échappé aux embûches de
la journée, lui tenait lieu de bonheur total. Depuis si longtemps il écartait d'elle, comme des
branches sournoises, les traquenards de la vie ;
depuis si longtemps il s'efforçait de dévier d'elle
le cours du destin.

— Eh bien continue ! ricanait son libre arbitre. Tu t'es flatté dès le début...

— Il y a quatorze ans !

— C'était hier ! Souviens-toi ce soir-là sur les remparts de Lurs, tu lui as dit : « Je veux être un pétale de rose sur votre vie ! » C'est le moment de l'être ! Tout ce que tu peux faire désormais pour elle, c'est de te rendre facile à oublier.

Maintenant il n'en était plus à garder ainsi, comme un somnambule, ses mains ouvertes esquissant la présence imaginaire d'un corps, ses mains que les grandes ombres, le feu dans la cheminée, rendaient tremblantes de convoitise. Il avait encerclé sa douleur, il l'avait ensevelie sous des pelletées de temps (quelques mois) comme un cadavre de terre. Elle ne pouvait plus que couver sous la cendre, elle suintait...

Or un soir, ainsi, qu'il écoutait le vent, il lui sembla entendre le bruit si banal d'une voiture qui s'arrête et d'une portière qui claque.

— Tu n'es pas guéri..., se dit-il.

Car il venait de se lever, de traverser le corridor, d'ouvrir la grande porte sur le perron aux dalles disjointes.

— Bien sûr, se dit-il, ce n'est pas elle. Elle n'a jamais mis les pieds ici. Et pourquoi viendrait-elle ? Tu es toujours aussi naïf. Tu crois toujours qu'on peut remonter le temps ! Toi qui te proclames athée, tu es toujours dans l'attente du miracle.

Sur le terre-plein qui n'avait pas de forme, qui

n'appartenait à personne, où les asters de l'automne tremblaient en silhouette devant la lune, la forme trapue d'une voiture noire était tapie dans l'ombre d'une muraille.

C'était une de ces voitures qui n'ont plus d'âme, dont les constructeurs s'imitent les uns les autres pour être au plus près du mauvais goût du public ; une de ces voitures qui ne sont que signes de réussite et d'avertissement, dont les sièges, pour peu qu'on le leur commande, vous chauffent les fesses et qui clignotent en rouge *fasten belts* si vous n'avez pas attaché votre ceinture.

Il s'en extirpait une silhouette volumineuse dont on entendait la démarche assurée qui battait le pavé de Piégut. Elle avait les mains engoncées dans les poches d'un étrange manteau. Ce n'était qu'un homme bien sûr, qu'espérer d'autre ?

Laviolette avait allumé la lanterne du perron mais la lumière s'évaporait dans la nuit profonde. Le visiteur, dont le visage penché en avant ne fournissait aucun indice, commença à gravir lentement les marches.

— Monsieur ? dit Laviolette.

L'inconnu atteignait la terrasse, se redressait. Il apparaissait en pleine clarté. Laviolette ne le reconnut pas.

— Monsieur ? répéta-t-il.

— Alors c'est ici Piégut ? C'est d'ici que vous partez pour Gap voir votre Parmesane[1] ?

1. Voir *Mon ami Laviolette*, chez l'auteur.

— Vous parlez de temps écoulés. Il y a fort longtemps de cela.

L'homme était à contre-jour. Même sa silhouette n'était pas familière à Laviolette. Il parlait sur un ton de reproche.

— Vous ne pouviez pas vous terrer dans un lieu plus facile à découvrir ? J'ai pris quatre routes différentes avant de trouver la bonne !

— Comment ? dit Laviolette. Vous y arrivez comme ça à neuf heures du soir et vous prétendez ne pas connaître Piégut ?

L'inconnu leva les bras au ciel.

— Comment vouliez-vous que je connusse Piégut ?

— Vous êtes le juge Chabrand ! s'écria Laviolette.

— À la bonne heure ! Comment m'avez-vous identifié quinze ans après ?

— À votre imparfait du subjonctif !

Ce n'était pas tout à fait vrai, la voix et le maintien avaient aussi aiguillé Laviolette ainsi que, bien qu'on ne fût qu'en octobre, le carrick vert forestier que le personnage arborait comme au meilleur temps de sa vie[1]. Il avait dû se conserver dans la naphtaline, là-bas, en Guyane où il n'était d'aucun usage, mais ici, dès que les forêts du Labouret avaient commencé à respirer l'automne, le poids de ce manteau sur les épaules avait fait taire les rieurs.

1. Voir *Le sang des Atrides*.

— Oui, douze ans ! s'exclama le juge Chabrand. Avec les moustiques, la mangrove, la sudation, les fièvres et en dépit de mon hépatite virale ! On espérait y voir finir ma vilaine peau ! Eh bien non ! C'est le contraire qui s'est produit ! Regardez-moi !

Il ôta théâtralement son carrick. Alors on s'aperçut que le juge Chabrand était devenu un oiseau des îles. C'était ce qu'avouait la chemise chamarrée de feuilles de bananier et le teint hâlé d'un retraité retour des Bahamas. Parmi les couleurs bariolées de sa chemise nichait un cacatoès et, à chaque geste qu'il faisait, les plumes de cet oiseau chatoyaient à tout bout de champ. Il avait encore sur sa personne l'odeur des plages infinies dont il paraissait avoir abusé. En outre, il avait pris cinq kilos. Le Robespierre ascétique de sa méchante jeunesse s'était engraissé d'un autre modelage. De plus, sous prétexte qu'il avait vécu douze ans en Guyane, il s'était fait la tête de Chéri-Bibi : strictement rasé, le crâne passé à la pierre ponce et les méplats affublés d'épouvantables côtelettes. Lui qui autrefois était si longiligne, il avait maintenant un peu de brioche, ce qui lui conférait un certain air respectable.

Le juge Chabrand était de ces hommes qui font de leur vie la vitrine de leurs idées. Il avait épousé là-bas une véritable descendante d'esclaves sur laquelle — hélas — tous les hommes se retournaient. Elle l'avait laissé tomber pour un noir authentique comme elle mais qui lui conve-

nait mieux. Un soir d'avril, par pleine lune, elle
l'avait quitté alors qu'il ronflait. Il était le jouet
d'un rêve où quelque Elvire blafarde lui faisait
face, diaphane et déjà blottie entre les bras de la
mort, en quelque barque, sur quelque lac. Le
bruit des avirons, dans son rêve, était assourdissant. C'était sa Guyanaise dont l'amant, sur la
mangrove, faisait force de rames pour s'enfuir.

Chabrand avait sauvé de ce naufrage deux enfants : un blanc, un noir. Le blanc était quelconque et studieux. Le noir scandalisait par son intelligence et sa beauté. Il faut reconnaître à sa
décharge que le juge Chabrand les aimait en
toute égalité et que, naturellement, afin de ne pas
se singulariser parmi tous les titulaires d'un bureau de par le monde, il avait tout de suite installé en bonne place leur photo en couple mais il
l'avait fait à sa manière : au lieu de garder l'image
sous ses yeux, il l'avait délibérément tournée vers
la chaise fatale où s'assoient les prévenus.

— Regardez-moi ! s'exclama-t-il. Je m'y suis
refait une santé ! On m'a admiré avec étonnement tenir douze ans en un climat où les plus ambitieux ne supportent pas un lustre : on les rapa-
trie sur une civière ! J'y ai gagné de pouvoir élire
mon affectation suivante. Quand j'ai crié : « Digne ! » imprudemment, je vous le concède, on
m'a pris pour un fou. Afin de m'en priver le cas
échéant, on a vérifié de quel attrait cette ville
pouvait bien être parée à mes yeux. On n'a rien
trouvé ! J'y suis depuis quinze jours !

C'était sa vie que le juge Chabrand racontait ainsi aux murs de cette demeure, à grands gestes, en arpentant entre les meubles la vaste salle commune et son escalier qui menait aux chambres, où sa voix dérangeait le long de la rampe l'éternité de trois photos d'ancêtres que l'humidité avait fini par gondoler. Ils le regardaient sévèrement, en dessous, comme si, venant d'ailleurs, il était incongru qu'il rompît le silence.

Le juge Chabrand respira un grand coup. Prenant à témoin la hauteur du plafond où jouaient les flammes de l'âtre :

— Piégut ! s'exclama-t-il.

— Comment avez-vous su que j'étais ici ?

— Je suis allé à Popocatepetl. La Chabassut a été revêche à son d'habitude. Elle non plus ne m'a pas reconnu. Quand j'ai dit mon nom, elle m'a regardé des pieds à la tête en répétant « Chabrand ? Le juge Chabrand ? » On eût dit qu'elle me soupesait. « Qui sait ! a-t-elle dit. Peut-être que vous, vous allez le distraire ! » Et elle m'a nommé Piégut. Comme j'avais à faire au col des Garcinets...

Laviolette hochait la tête sans regarder Chabrand. Il avait regagné son fauteuil devant la cheminée et il fixait les flammes.

Il y avait un livre devant lui, posé à l'envers contre la page à lire, sur la table de noyer brut grossièrement équarrie et balafrée d'entailles diverses, constellée de mille taches anciennes et nouvelles. Chabrand, désinvolte, se saisit du volume.

— *Un amour de Swann* ! s'exclama-t-il. C'est incroyable ! Vous n'avez donc pas bougé ? Il y a seize ans, quand je suis venu vous relancer pour l'affaire de Barles, vous vous souvenez ? Vous lisiez déjà ce livre !

Laviolette branla du chef :

— Alors, il n'y avait pas lieu, dit-il. C'était un simple prélude. Un simple aperçu de ce qui m'attendait.

Chabrand était un homme qui avait beaucoup souffert, de son caractère d'abord, et de la vie ensuite qui s'était appliquée à le bien tanner, à lui faire entendre que toutes ses convictions étaient sans fondement. Son grand œuvre : *Justification de Karl Marx à la lumière de l'expérience albanaise*, il y avait longtemps qu'il en avait jeté le manuscrit à la poubelle. Ses ennemis lui en parlaient parfois, à mots couverts, ou lui en demandaient des nouvelles.

Il avait appris à faire front par le silence. Le silence était l'élément essentiel que le temps avait apporté à son caractère. De même était-il capable de ne pas questionner. Au surplus, ici, ce feu un dix octobre, qui brûlait petitement au milieu d'un grand âtre, alors que la nuit de Piégut était à peine humide, ce feu le dispensait de plus de questions.

Autrefois, il y avait bien longtemps de cela, quand Chabrand était amoureux de madame de

Térénez (où était madame de Térénez de par le
vaste monde ou de par le vaste temps ?), à cette
époque donc, Laviolette lui avait dit :

— Si vous êtes chagrin et en toute saison, allu-
mez-vous un feu de bois et observez-le fixement
se consumer. Vous verrez : les flammes vous tien-
dront lieu de consolation.

Il s'agissait alors d'un Laviolette goguenard, en
pleine possession de soi-même et capable, puisqu'il était bien-portant de corps et d'âme, de vous
assener à tout bout de champ cet aphorisme qu'il
avait puisé dans Stendhal : *Nous avons tous assez
de courage pour supporter la souffrance d'autrui.*

Chabrand considérait sans mot dire ce nouveau
Laviolette tassé au coin de son feu et qui posait
machinalement la main sur ce livre : *Un amour de
Swann.* Il râlait de douleur imperceptiblement.
Son brame ne passait pas les lèvres. Il pleurait
simplement en son for intérieur mais le juge Chabrand, sous son étrange désinvolture, était capable même d'entendre pleurer les murs.

— La Chabassut m'a chargé de vous prévenir,
annonça-t-il, que depuis votre départ vos chats
sont neurasthéniques.

Laviolette ricana.

— Je les connais ! Ils doivent réclamer à manger deux fois plus souvent !

Il soupira.

— Il y a quinze ans, je vous aurais convié à dé-
guster des grives sur canapé, mais maintenant ! Il
n'y a plus de *lèques*, presque plus de genièvre, les

grives ont le goût du cidre tant elles se gavent
de pommes dans les vergers d'en bas et quant
aux canapés, le pain est devenu tellement quelconque...

— Ne vous inquiétez pas, dit Chabrand, chemin faisant, je suis devenu végétarien.

Il avisa, derrière le dos de son hôte, épinglée
au mur sombre, une grande carte des Basses-Alpes où le département apparaissait pour ce qu'il
était : une oblongue calebasse qu'on aurait posée
sur le feu en l'oubliant. Eux, ici, à Piégut, ils faisaient partie de cet appendice coincé entre l'Italie
et le massif du Pelvoux, où les noms de villages
ne recouvraient plus que des déserts, où les vallons fertiles s'étrécissaient en clues, où il n'était
plus resté à l'homme que l'espoir d'en partir, de
s'en aller.

— Pourquoi aimons-nous tant ce pays ? se demanda le juge à voix basse.

Il n'attendait pas de réponse et observait attentivement le relief de la carte. On l'avait constellée
de points rouges un peu partout. On avait jalonné
de ces repères les vallons et les coteaux, les cours
d'eau et les clapiers, les villages et les campagnes.
Il y en avait le long du Bès comme au col du
Labouret, à la crête de Geruen comme à Châteauneuf-Val-Saint-Donat, à l'ermitage de Ganagobie comme sur le plateau de Valensole, au col
du Négron comme à Selonnet. Tantôt c'étaient
des points isolés, tantôt de véritables corymbes où

ces points apparaissaient serrés comme les raisins rouges d'une grappe.

— Parce qu'il nous berce, dit Laviolette.

Il devait bien y avoir trois minutes que Chabrand avait posé cette question qui ne réclamait pas de réponse.

Le juge mit le doigt sur la carte pour désigner un lieu précis et, tourné vers Laviolette, il lui dit

— Connaissez-vous le col des Garcinets ?

— À vol d'oiseau c'est à deux pas d'ici !

— J'y étais tout à l'heure et je vais vous dire la vérité : c'est cette proximité qui m'a invité à venir vous voir.

— Que faisiez-vous au col des Garcinets ?

— Vous le connaissez bien, n'est-ce pas ?

— Je m'y suis arrêté... Sous un ponceau, en plein soleil. Naguère... ajouta-t-il. Il faisait très chaud.

« Quatorze ans ! se dit-il. Est-ce naguère, antan ou autrefois ? »

Il faisait très chaud ce jour-là. Le ruisseau sous le ponceau était à sec. Ils avaient, elle et lui, dévalé le talus et, dissimulés sous la voûte, ils s'étaient caressés l'un l'autre à perdre haleine. Elle n'aimait rien tant que lui offrir ses seins en plein soleil et il ne se lassait jamais de leur dédier ses mains en berceau, ses lèvres pour les effleurer aussi doucement qu'une brise...

— Un crime, dit Chabrand, voici ce qui m'amène. Avouez que l'enchaînement venait tout naturellement : un crime est commis au col des Garcinets et Laviolette est à Piégut !

Laviolette ne répondit pas. Un crime ? De quel autre crime pouvait-il bien s'agir que de celui que la vie était en train de commettre contre lui ?

— Eh oui, poursuivit Chabrand, je ne suis pas à Digne depuis quinze jours que déjà j'ai sur les bras une affaire comme vous les aimiez tant.

Il s'assoyait. Aux flammes de l'âtre, regardant Laviolette sous les yeux, il s'apercevait que celui-ci avait perdu quelques kilos.

« Cinq peut-être », se dit Chabrand.

Sur un homme de cette corpulence ça faisait beaucoup. Ça se voyait. On eût dit d'une outre à moitié vide. Le pantalon bâillait plein de plis, sous le bas-ventre.

« Il a un cancer », se dit le juge Chabrand.

Il écouta avec passion la grande houle du vent autour de la maison, autour de Piégut.

« Cet homme, se dit-il, qui ressemble tant à tout le monde qu'il en est quelconque, cet homme, comment fait-il pour choisir si bien ces endroits où l'âme souffre le moindre mal ? »

— Je vous apporte un divertissement, dit-il.

Sur la table, à côté de *Un amour de Swann*, il assenait et il lissait du poing un insignifiant morceau de papier qu'il fit glisser sous les yeux de Laviolette mais celui-ci continuait à regarder seulement en soi-même et ne voulait rien voir d'autre.

— Allons, dit Chabrand, réveillez-vous ! Vous

n'êtes ni si vieux ni si malheureux qu'un beau crime ne puisse vous mettre au comble du bonheur !

Sur ce morceau de papier quadrillé il posait, dans un sachet de plastique transparent hermétique, un objet qu'il tirait de la poche de son carrick.

— C'est une épingle à linge, dit-il. Vous pouvez la prendre en main, il n'y avait pas d'empreintes. Elle tenait au revers du bleu de travail de la victime le papier que voici !

Il le brandissait sous le nez de Laviolette.

— C'est la page déchirée d'un répertoire. Dessus, il y a deux noms d'inscrits : *Ferdinand Bayle*, la victime, et au-dessous, très bas au-dessous, une indication : *Barbu d'Auzet*. On a rayé cette ligne au crayon fuchsine.

Malgré lui, Laviolette avança la main vers ce papier. C'était une feuille oblongue aux coins incurvés. Le quadrillage presque invisible y était à peine esquissé en rouge. Une écriture mesurée qui ne dépassait pas du quadrillage avait tracé ces mots fort lisiblement :

> *Bayle Ferdinand (passable)*

— Vous ne m'aviez pas indiqué, dit Laviolette, ce mot à côté du nom ?

— Je voulais vous en faire la surprise, dit Chabrand.

Beaucoup plus bas sur cette feuille, on avait tenté d'oblitérer au crayon fuchsine les mots inscrits de la même écriture, mais en vain. Le crayon n'effaçait pas l'encre, au contraire, il faisait ressortir chaque lettre et l'on pouvait lire facilement ces mots :

Barbu d'Auzet (égoïste)

Laviolette prit en main le sachet contenant l'épingle à linge qu'il fit tomber sur la table. Il la ramassa, l'observa.

— C'est une épingle en bois, dit Chabrand. Aujourd'hui, on en fait en matière plastique de toutes les couleurs. Celle-ci est en bois délavé. Elle semble avoir beaucoup servi.

Il la balançait devant le visage de Laviolette comme une friandise devant un enfant. Laviolette la saisit au vol avec une sorte de convoitise puérile. La vue du moindre objet d'autrefois le renvoyait à ses origines. Il avait tout appris de la vie avant ses dix ans. Depuis, il ne vivait plus que sur cet acquis.

Il promenait devant ses narines cet insignifiant morceau de bois. Il revoyait la corbeille à linge de la grand-mère posée à terre, les épingles sur les draps ballonnants, le linge arraché au fil en toute hâte.

— Laisse ! on le pliera dedans, qu'il va faire chavanne[1] !

Le ciel était noir. Un ciel passager, le ciel d'un été orageux voici soixante ans, un ciel que le monde ne reverrait jamais plus tel qu'il était ce jour-là, et que Laviolette retrouvait dans sa mé-

---

1. Faire chavanne : pleuvoir fortement.

moire, en ses moindres détails comme s'il était d'hier.

Il flairait voluptueusement l'épingle, fermant les yeux comme un gourmet. L'odeur qui en émanait lui faisait l'effet d'un pansement sur sa douleur. Son amour mort reprenait sa vraie place dans le temps, comme si celui-là était déjà aussi loin de lui que cette épingle à linge surgie du passé.

— Elle sent le lessif ! dit-il. Mais vous ne pouvez pas comprendre. C'était la potasse du feu de bois, les cendres truffées de charbonnille, sur laquelle on coulait l'eau bouillante. Rien aujourd'hui ne sent plus le lessif. C'est une odeur morte.

— Cette épingle, dit Chabrand, a été trouvée sur le cadavre d'un homme dans le col des Garcinets, au sortir d'un virage serré. Il était à bicyclette. Il a fait un saut dans le vide de quelque six mètres. Mais il n'est pas mort de ça. Il portait à la ceinture un fusil de boucher qui lui a transpercé l'abdomen.

— Un accident, dit Laviolette.

— Un crime, dit Chabrand. Vous croyez que c'était par jeu qu'il portait au revers cette sorte d'étiquette que tenait une épingle ? Pour vous le faire entendre, je vous préciserai que les gendarmes ont examiné la route. On avait enduit l'asphalte (sur toute la largeur du tournant) avec cinq litres d'huile de vidange. On s'est donné la peine, après coup, de pelleter du gravier sur la chaussée pour éviter de faire une autre victime

Donc c'était bien un seul homme qui était visé. Le nommé Bayle Ferdinand, tueur de cochons de son état.

— Ce n'est pas une profession. On va tuer le cochon pour aider les amis.

— Celui-ci était rémunéré. Ce sont les gens de Bréziers qui nous l'ont dit. Quand ils ne l'ont pas vu arriver, vers les six heures du matin, ils ont flairé le malheur. Ils sont partis à sa recherche en voiture. Ils ont vu la bicyclette au bord du fossé et ils ont téléphoné aux gendarmes.

Bréziers... dans les fonds de Bréziers, il y avait un beau bois de pins tout gonflé d'un vent très retenu. C'est là qu'une fois elle avait voulu s'arrêter. C'était là qu'il s'était agenouillé devant elle. Elle avait serré ses genoux comme elle aimait le faire. Il avait entendu ce vent si retenu pendant tout le temps qu'avait duré sa prosternation, les rotules crucifiées par les aiguilles du pin où elle s'adossait. N'y aurait-il donc pas un souvenir — Comment pouvait-il ce soir s'attendre à un crime au col des Garcinets ? — où cet amour ne se dresserait devant lui comme un obstacle ?

— Cet homme, dit Chabrand, n'était pas qu'un tueur de cochons. C'était aussi un de ces résistants à l'envahisseur dont votre génération se targue si volontiers. Il était décoré ! Aussi, en haut lieu, attacherait-on du prix à ce que cette énigme soit promptement résolue !

— Et c'est pour me dire ça que vous êtes venu ici depuis les Garcinets ?

— Je suis venu vous montrer ce crime comme on montre un beau tableau à un connaisseur.

— Mon pauvre ami ! Il y a longtemps que les œuvres d'art sont fanées pour moi. Je ne suis point de ces hommes qui se laissent accroire jusqu'au bout.

— Bien ! dit Chabrand. Je vous laisse donc à votre marasme. Barbotez dedans tant qu'il vous plaira ! Toutefois... Gardez ce papier. Jetez-y un coup d'œil de fois à autre. Un tueur de cochons assassiné à trois heures du matin dans le col des Garcinets, avec cette feuille arrachée à un carnet qui lui pendait au revers comme un badge d'aujourd'hui ! Est-ce que ce n'est pas alléchant ? Est-ce que ce n'est pas de nature à vous sortir de vous-même pour venir prendre l'air du monde ? Oh, je ne vous demande pas de vous fatiguer ! Mais si vous alliez, en vous promenant, faire un tour à Auzet, un de ces après-midi et que, par hasard, vous tombiez sur ce fameux barbu ?

Laviolette était très loin de Chabrand. Prostré contre la table, il était toujours sur le boulevard Gassendi par ce soir de grand vent où les platanes faisaient autant de tumulte que les paroles. Il l'écoutait lui dire et répéter et diffuser la nouvelle : « Tu as eu le meilleur de moi-même... Tu as eu le meilleur de moi-même... » Comme s'il pouvait en douter ayant encore, incroyable douceur, dans sa mémoire, l'élan que tant d'années il avait reçu contre lui.

Elle ne l'avait pas laissé tomber. Elle l'avait déposé le long de la vie que désormais il regardait passer. Que lui importait un beau crime ? Autrefois, pendant qu'il savourait son amour, autour de cet essentiel des tas de choses avaient leur importance : l'art, la lecture, la musique, l'amitié de quelques hommes disparus, un idéal non exprimé mais très vivace qu'il dissimulait au plus profond de soi. Aujourd'hui, la fin de cet amour avait emporté tous les autres bonheurs, comme s'il avait irrigué des fantoches, lesquels, sans lui, n'auraient jamais eu d'existence propre.

« Il a beaucoup vieilli, décida Chabrand qui l'observait en dessous, il ne voit plus le monde. »

Il avait beaucoup vieilli. On ne lui disait plus qu'il ne faisait pas son âge. Ce n'était plus ce jovial pétant de santé qui traversait la route devant les voitures en marche, comptant sur deux grandes enjambées pour leur échapper le cas échéant.

Il n'y avait plus que Piégut, le ciel et la nuit. Il se leva, infiniment las. Il se rapprocha de Chabrand avec de bons yeux de chien battu et une large main ouverte en invitation d'adieu.

— Ne comptez pas sur moi, dit-il. Je dois désormais me concentrer sur l'essentiel.

Chabrand ignora la main tendue et fit deux pas en avant dans la direction du mur, à gauche de la cheminée, derrière la table luisante où était jeté *Un amour de Swann*. Il se planta devant cette carte des Basses-Alpes constellée de points rou-

ges qui l'intriguait si fort depuis qu'il l'avait re-
pérée.

— C'est curieux, dit-il.

Laviolette doucement le prit par le bras pour
l'entraîner vers la porte.

— Vous savez, dit-il, quand on commence à
mourir on a besoin de faire des pèlerinages.

Mais Chabrand ne se laissait pas faire. Il était
rivé sur ses larges pieds, contemplant la carte
comme si elle constituait une énigme.

— C'est curieux, dit-il, cette carte... on dirait
un arbre chargé de fruits rouges !

Laviolette eut un sourire crispé.

— N'est-ce pas ? dit-il. Et pourtant il est bien
fini.

— Quoi donc ? demanda Chabrand.

— Le temps des cerises, dit Laviolette

Auzet

Il avait gardé devant lui, abandonné sur le noyer de la table, ce papier mâchuré par la mauvaise photocopie qu'on en avait tirée. La pagination était visible dans le coin à droite : *douze*, ainsi que le quadrillage et ces deux lignes manuscrites espacées entre elles de moitié, entre le haut et le bas du feuillet :

Bayle Ferdinand (passable)

et plus loin :

Barbu d'Auzet (égoïste)

On avait tenté de raturer cette ligne au crayon fuchsine, néanmoins elle était parfaitement lisible et pourtant on s'était acharné à la rendre incompréhensible, d'abord par un simple trait horizontal puis par une série de croix. On avait surchargé le tout d'un feston qui débordait de la ligne. Il sembla à Laviolette qu'une certaine impatience avait présidé à cette vaine tentative. Comme si on avait essayé, sans y parvenir, d'effacer une tache de sang.

Quand il se plongeait dans *Swann* pour que la

similitude des sentiments qui le rapprochaient de ce souffrant d'amour lui fasse comme un cataplasme sur sa propre douleur, il avait en ligne de mire cette épingle à linge que Chabrand, la jugeant dérisoire, ne lui avait pas reprise.

Cette épingle à linge, en bois délavé, il lui arrivait souvent de la saisir, de la promener devant ses narines et, les yeux fermés comme pour respirer une fleur, de retrouver par elle des souvenirs olfactifs qui parvenaient aussi, comme la lecture de Proust, à le captiver assez pour l'arracher quelques instants à son amour défunt.

Cette odeur de lessif, depuis longtemps passée, ramenait à sa mémoire jusqu'à la vision de la casserole avec laquelle sa grand-mère puisait, dans le *tian*[1] où coulait la lessive, l'eau chaude chargée de cendre. Il voyait cette vieille casserole sur le flanc de laquelle était émaillé un bouquet de fleurs des champs qui jaillissait littéralement en feu d'artifice, dans la buée du lavoir où l'on avait allumé un brasier sous le cuvier et qui respirait la forêt de pins fragile.

Comment imaginer en ce Laviolette de quatre ans, ce qu'il allait pouvoir devenir si jamais il devenait quelque chose ? Car le voici qui par curiosité, par jeu ou pour savoir si le destin allait oser, le voici qui, son aïeule sitôt le dos tourné pour parler aux bugadières voisines, s'agrippait sournoisement aux poignées du cuvier plein de linge

---

1. Bassine en faïence.

et de lessif pour le renverser. Sournoisement, de toutes ses petites forces bien bandées, les dents serrées, le faciès convulsé de méchanceté et grommelant.

— Ça leur apprendra ! Ça leur apprendra à me laisser tout seul avec une lessive !

Mais ce cuvier était plein de sagesse et d'assise. Il pesait deux fois le poids de l'enfant. Et soudain le lavoir s'emplissait de cris d'horreur. C'étaient les bugadières qui accusaient du doigt le petit cramponné aux *maneilles*[1] du cuvier. L'aïeule arrivait d'un seul bond, arrachait l'enfant aux poignées de zinc en lui tapant sur les doigts. La gifle claquait, sans retenue, proportionnée à la peur éprouvée. Le *drôle*, la bouche ouverte, projetait à la fin un hurlement qui sortait des entrailles de la terre, non pas tant de douleur, non pas tant de vindicte contre l'aïeule, à qui, pourtant, il décochait un coup de pied aux chevilles, mais dans la déception que l'accident qui l'aurait privé du monde ne se fût pas produit.

Il n'y aurait jamais eu cet amour de femme entre lui et la mort, et la rencontre précoce de la seconde l'aurait soufflé à la première, laquelle n'aurait jamais su que Laviolette avait existé.

Il serrait contre soi ces si tendres souvenirs d'enfance pour que les autres, ceux qui font mal, soient le plus longtemps possible tenus en lisière mais il n'y avait rien à faire. Il en est des peines

1. Poignées.

d'amour comme des souffrances physiques : elles sont sujettes au même flux que l'océan, elles procèdent du même barattement que la mer. On en est délivré pendant trois minutes, on espère follement qu'elles ne reviendront plus mais les voici, leitmotiv entêtant comme le roulement d'un tambour, d'abord lointain, d'abord voilé, comme une batterie funèbre puis de nouveau lancinante, de nouveau coupe-joie, coupe-volupté, avec ce creux insatiable de l'intérieur de l'être, aux membres transformés en poupée de son et qui s'étonne que le monde n'ait plus de couleur, plus de musique, plus de rumeur d'éternité.

Même Piégut n'y pouvait rien. Laviolette restait de longues minutes à se comprimer le cœur devant cette table basse, devant ce feu qui essayait de capter son attention.

Il avait cinquante ans d'expérience. Il n'était plus naïf. Il savait que ni alcool ni drogue ni fumée de cigarette n'y feraient rien. Ce n'était pas la peine de même essayer. Alors il marchait. Il marchait, il marchait, le plus loin possible, vers Venterol ou le col de Sarraut, choisissant un parcours avec des montées et des descentes pour que le retour enfin soit exténuant et l'oblige à penser à sa carcasse douloureuse, aux pieds qui lui cuisaient, aux genoux qui l'obligeaient à se rappeler son âge.

Mais même avec ça, il lui fallait encore une heure de lecture, une heure patiente, à bien se pénétrer, mot après mot, des affres que Swann avant lui avait vécues, pour que son mal s'atténue. Il s'endormait les bras en croix mais, dès le réveil, la mémoire instantanée lui sautait dessus, soufflait sur la plaie, encendrée pour la nuit, lui restituait avec zèle tous les éléments, tous les accessoires de la réalité, intacte, sans érosion, comme si quelques heures encore ne s'étaient pas écoulées.

Alors, son regard tombait sur ce feuillet dérisoire, accompagné de son épingle à linge. Sa douleur agacée avait beau lui enjoindre de ne s'inquiéter que d'elle, il était ferré comme une alouette devant les facettes multiples du miroir. Son esprit, en dépit qu'il en eût, se mettait à fonctionner sans en référer à son obsession, à prendre conscience de l'absurdité de ce mystère : un tueur de cochons tombant sur son fusil de boucher, à cause d'une tache d'huile répandue dans un virage, au col des Garcinets ; et quelqu'un épinglant au revers du veston de la victime cet infâme bout de papier.

C'était une page d'un carnet démodé. On ne fabriquait plus ces sortes d'agendas quadrillés, trop bon marché, trop humbles, trop communs. Le public d'aujourd'hui réclame plus de luxe pour le moindre de ses accessoires. Un carnet de cette sorte était forcément ancien comme était ancienne l'épingle à linge délavée. Il s'agissait d'un feuillet de répertoire. Sous la pagination, un *B* imprimé en haut à droite l'attestait.

Laviolette triturait machinalement cette pièce à

conviction entre ses grosses pattes (ses grosses pattes maladroites, lesquelles, sans doute, à force de ne pas répondre à ce qu'on attendait d'elles, avaient fini par lasser la patience de cette pauvre femme que l'on regrettait tant).

À cette évocation, et à ce qu'elle lui rappelait, Laviolette interrompit net son triturage. Il cacha ses mains accusatrices sous la table ; d'elles sans doute venait une partie du mal. L'amour réclame des doigts de violoniste et Laviolette ne pouvait exciper que de pauvres doigts boudinés.

Et puis tant pis ! Il avait autre chose à faire à l'instant présent que macérer dans ses manques. Il extirpa ses mains au grand jour. Il s'empara du feuillet qu'il présenta à la lumière, sous la lampe verte. Il était maintenant tout entier au col des Garcinets, cette nuit récente où ce crime avait eu lieu.

Il lut à haute voix :

Bayle Ferdinand (passable)

Les *ss* de ce dernier mot dressés debout sur leurs boucles bien assises étaient pimpants, élégants, d'une sveltesse de jeune fille et souples de taille comme s'ils venaient d'être tracés.

— C'est une femme ! s'exclama Laviolette.

Cette révélation surgissait subitement hors de son infaillible intuition dont, autrefois, il était si fier. Il en eut une brève bouffée d'orgueil vite réprimée.

Il y eut dans le ciel de Piégut, derrière le dos de la colline où le village s'abritait, un gémissement du vent qui éparpilla à l'instant le semblant de confort moral que Laviolette venait de retrouver grâce à cette horreur : un crime. Mais le crime avait été si longtemps sa pâture ; il avait tant pataugé dedans avec cette célèbre moue à la fois de goûter le comique des situations et d'en ressentir tout le scandale.

Il fit un geste qui ravivait sa douleur comme si on lui arrachait un pansement : il décrocha le téléphone. Une envie irrépressible le saisit de composer, avant d'avoir réfléchi, le numéro de celle contre qui il s'arc-boutait pour l'oublier. L'envie de prononcer très vite :

— Oh ! Excuse-moi ! Je me suis trompé de numéro !

Mais la douleur redoublerait si elle n'était pas au bout du fil, elle redoublerait aussi si elle réagissait paisiblement (peut-être son nouvel amant à côté d'elle) avec des paroles et une intonation qui ne ressembleraient jamais plus à ce qu'il attendait d'elle.

Il fit le numéro que lui avait laissé le juge Chabrand. La voix qui lui répondit était aussi absente que la sienne propre. De même que Laviolette était encore à Digne, de même Chabrand devait être encore en Guyane.

— C'est Laviolette, dit-il.

La tonalité de la voix changea aussitôt. Elle devint ironique, semblable à ce qu'elle était autrefois.

— Quel bon vent vous amène ?

— Avez-vous fait pratiquer l'analyse graphologique de la feuille trouvée sur le cadavre ?

— Il va sans dire.

— Et alors ?

— Caractère déterminé, récita Chabrand. Per-
sonnalité diverse et multiple, promptement capable de passer de la plus totale sincérité au *men-
songe pour sauver vaut mieux que vérité pour
nuire*, non pour se protéger mais pour ménager
autrui. Au demeurant individu bien décidé à ne
refuser aucune éventualité, curieux de tout, hap-
pant la vie à grandes brassées ; profondément dis-
simulé, fût-ce à soi-même !

Laviolette soupira.

— C'est une femme ?

— Oui ! répondit Chabrand surpris. Comment
le savez-vous ?

— Oh ! fit Laviolette.

Il raccrocha.

Chez lui, Chabrand ne fit qu'un saut jusqu'à la
patère pour décrocher son carrick. À grandes enjambées, par la nuit de Digne qui était déserte
comme elle l'était vingt ans auparavant, comme
elle le serait dans vingt ans, il se dirigea vers Popocatepetl. Le portail rouillé était toujours ouvert. Jamais plus on ne l'avait refermé. L'avoine
folle qui s'entassait saison après saison sous les
grands arbres était couleur de limon, jamais plus
on ne l'avait vue verte. Le tombeau du satrape,
en cette hideuse pierre ponce, était toujours aussi

laid[1], la maison biscornue était toujours aussi étrange. Sous un auvent, mise sur cales, la Vedette vert pomme achevait sa vie dignement.

— Chabassut ! cria Chabrand.

Elle apparut brusquement dans le cadre de la porte ouverte à fracas car elle coinçait.

— Voueï ! dit-elle.

Une nuée de chats la queue interrogative l'escortait, miaulant de faim à voix déchirante.

— Il m'a téléphoné ! cria Chabrand.

— Alors il va mieux ! s'exclama la Chabassut les mains jointes.

Elle n'avait jamais eu d'âge, ce qui lui avait permis de ne pas vieillir. À quatre-vingts ans qu'elle avait alors elle ne paraissait pas plus âgée que lorsqu'elle en avait soixante.

— J'en étais sûre ! Sainte Rita ne m'a jamais failli !

— Qui est-ce, sainte Rita ?

— La patronne des Causes perdues ! Ça fait trois mois que je lui allume des cierges à Saint-Jérôme.

Autrefois, devant ces assertions, Chabrand aurait ri au nez de la vieille, aux éclats, mais il avait pris sur les doigts quelques bons coups de houssine de la part du destin, ce qui l'avait rendu modeste et dubitatif.

— Mais qu'est-ce qu'il a ? demanda-t-il.

— Il a l'amour perdu ! gémit la Chabassut.

---

1. Voir *Le sang des Atrides*.

Elle secouait vers le ciel ses mains jointes.

— Mon Dieu ! Comment a-t-elle pu lui faire du mal ? Elle a l'air si droite ! Elle avait l'air de tant l'aimer !

Chabrand hocha la tête.

— Ah ces imparfaits..., soupira-t-il.

Ainsi que l'étrave du navire écarte sans espoir la mer qui se referme après elle, Laviolette écarta ses états d'âme pour s'orienter vers ce crime comme on saisit un remède à sa portée. Un beau jour, il descendit à Digne, sous le prétexte de quelque denrée que l'épicier ambulant n'apportait pas à Piégut. Il aurait pu aller à Gap, plus proche, mais il avait envie de s'en faire accroire. Il avait envie de passer, fût-ce en voiture, sous les fenêtres de son amour perdu, jeter furtivement un coup d'œil sur son jardin. Avait-elle, comme si de rien n'était, balayé l'allée de ses feuilles mortes ? Avait-elle attaché, pour les faire blanchir, les cardons de Noël ? Savoir qu'elle vivait d'une manière ordinaire lui était indispensable. Savoir que le désordre joyeux qui avait gagné ses sens n'influençait pas son train-train quotidien le tranquillisait. Tant qu'il pouvait l'imaginer occuper les deux tiers de ses journées aux gestes machinaux de la vie, il pouvait oublier qu'elle adorait, le reste du temps, quelqu'un d'autre que lui.

Mais le destin avait décidé de lui faire lâcher prise coûte que coûte. La villa était à volets clos.

Les feuilles mortes sur le perron s'entassaient contre la porte à bouton de cuivre, les kakis, à profusion sur l'arbre défeuillé, tombaient et pourrissaient, elle qui les aimait tant.

Il eut la mort dans l'âme comme si elle lui décochait encore cette consolation fatale : *tu as eu le meilleur de moi-même.*

Il ne s'arrêta pas. Par le boulevard Victor-Hugo, il gagna le bord de la Bléone. Il y avait longtemps qu'il ne l'avait plus entendue cascader sur ses galets, longtemps, lui sembla-t-il, que cette rumeur familière ne l'avait plus bercé.

Sitôt qu'il l'entendit, l'oppression permanente qui l'habitait depuis qu'il avait perdu son amour parut se calmer un peu dans ce bruit éternel. Le moment présent était-il plus captivant que tous ceux du passé ?

Il s'arrêta dans le virage qui ménageait un terre-plein avant le pont Bailet. De là, il considéra l'endroit précis où l'enfant assassin s'était jeté dans le vide[1].

Mon Dieu ! Combien y avait-il de temps de cela ? Laviolette ouvrit dans sa mémoire le cercueil du défunt.

Les os ne devaient plus tenir entre eux, la poussière sous eux devait s'entasser, la tête, avec sa denture intacte d'homme au printemps de la vie, devait avoir roulé dans la matière imputrescible du capiton blanc. Il n'y avait plus personne, sans

1. Voir *Le sang des Atrides.*

doute, pour fleurir la tombe. La mère et la sœur, Laviolette avait appris qu'elles étaient mortes toutes deux dans le silence, dans l'anonymat, bercées par la miséricordieuse discrétion que le peuple accorde à ceux auxquels il a pardonné.

Il s'engagea dans les clues de Barles. Les trembles avaient perdu leur parure. Au bord des roubines noires, les bouleaux n'avaient plus que quelques feuilles couleur de plomb en fusion et qui faisaient des signes virevoltants. Seuls les sumacs accrochaient aux escarpements des clues de somptueux arrangements floraux. Ils étaient blottis inaccessibles dans les guirlandes de pierre que la pression avait étirées en torsades lorsqu'elles étaient encore malléables ; des guirlandes parfois pas plus épaisses qu'une page de livre comme pour inviter à feuilleter cette prodigieuse et longue histoire, se déroulaient de bas en haut des parois à pic, gracieuses, tendues en cordes de harpe d'où s'échappaient parfois des accords en sourdine sous les doigts impalpables du vent.

« Pourquoi, se dit Laviolette, n'as-tu pas pris par le col du Labouret et Seyne pour gagner Auzet ? Tu aimes d'avoir mal, il me semble ? De l'autre côté tu n'as presque pas de souvenirs. Ici, c'est un piège qui se referme à chaque pas. ›

Oui. Il aimait d'avoir mal car s'il réussissait à ressaisir le temps assez solidement et à le retourner, il pourrait revivre, comme on relit un livre déjà lu avec passion, tous les moments où le bonheur lui composait ce sourire ravi que personne

— sauf Lemda — n'avait jamais pu voir aux
lèvres de ce sceptique.

Il avançait lentement sur cette route (la D 900
A). Il s'arrêtait pour écouter le bruit du Bès, le
silence au-dessus de ce vacarme. L'un comme
l'autre étaient toujours égaux à soi-même, ni plus
légers ni plus profonds. Ils ne s'étaient pas déca-
lés, fût-ce dans la mémoire.

Sa jeunesse et son enthousiasme étaient nés ici,
alors qu'il avait déjà soixante ans, entre les bras
de cette femme qui aimait tant ce qu'il aimait.

— Arrête-toi là !

Comme elle lui agréait, cette injonction, à
laquelle il avait répondu tant de fois avec la
même impatience. Elle l'entraînait au bord du
courant. Ils s'assoyaient, ils s'allongeaient, ils se
vautraient, contre les supports les plus rébarbatifs
du monde : le grillage d'une digue, les galets brû-
lants arrachés aux gorges par les crues et qui
s'éboulaient sur la berge jusqu'à l'eau claire, les
soliveaux épineux largués sur les îlots scintillants,
l'herbe truffée de chardons.

Il y avait des couvertures dans l'auto mais ils
n'avaient jamais la patience d'y retourner. Ils s'aimaient à la débridée, debout, à croupetons, assis,
l'un soufflant son désir aux épaules de l'autre. Ils
inventaient des caresses qu'ils croyaient nouvelles, comme tous les amants. Ils avaient fait
l'amour contre tant de troncs d'arbres propices !
Il lui avait délicatement dégrafé son soutien-
gorge sur tant de tapis de mousse, sous les arbres

truffés de pommes de pin ! Elle ne se plaignait jamais, lui montrait après, sur sa peau, en gémissant, les marques parfois cruelles qui stigmatisaient sa chair rose.

Il était revenu, dans la rumeur du Bès éternel, ce temps de leurs escapades, ce temps où, durant tout le trajet, elle posait sa main sur celle de son amant pour lui faire prendre patience, lui assurer que, bientôt, ils seraient l'un contre l'autre.

— Arrête-toi là !

Elle lui désignait les endroits propices, attentivement guettés car elle était toujours friande d'une étreinte en plein air, du contact, en un mélange de sensualité heureux, des mains de son amant et du souffle du soleil.

Il existait un coin non loin d'une source, entre deux ponts, où plusieurs fois ils s'étaient aimés à deux pas du courant, sur un semblant de pelouse sèche, entre quatre bouleaux qui les protégeaient de la route surplombante. C'était toujours dans le silence du soir, à l'approche de la nuit qui chasse des clues tous ceux qui n'ont rien à y faire.

Laviolette arrêta sa voiture sur cette aire de l'Équipement pour venir s'enfoncer parmi ces souvenirs qui le crucifiaient. Il dépassa la source multiple qui suintait de l'eau par tous les pores de la terre et qui roucoulait égalant le bruit du Bès.

Les bouleaux du quinconce étaient à peine moins graciles, l'herbe, sous leur berceau, avait été à l'août dernier foulée par d'autres corps, d'autres amants, qui avaient jugé l'endroit propice. Les feuilles mortes qui constellaient le sousbois commençaient à effacer patiemment les traces anciennes et récentes. Bientôt l'abri serait prêt pour des étreintes nouvelles qui se croiraient les premières à imprimer ici leur souvenir.

Pèlerinage ou chemin de croix, l'alentour de la source était bruissant encore des exclamations de Lemda et surtout de son rire. L'écho du Bès, profond entre ses falaises, avait enclos ce rire dans son éternité et semblait — lointain et aérien — l'égrener encore pour sa félicité.

Laviolette prêtait l'oreille jusqu'à se figurer l'entendre, jusqu'à le laisser retentir en lui pour en pleurer tout son saoul. Ce rire était Lemda tout entière, le concentré de son entéléchie, un aveu permanent de sa nature profonde.

« Comment ai-je pu penser une minute retenir un être doué d'un tel rire ? Moi qui imagine si facilement le pire, a-t-il fallu que je me jette de la poudre aux yeux pour ne pas prendre ce rire pour ce qu'il était : une machine à effacer l'instant présent ou à peine écoulé ; un instrument pour bondir vers l'instant qui va suivre avec le même élan, l'étrangler au passage ou bien le laisser fuir, avec la même fougue, saisir la vie, la sentir palpiter entre ses doigts et se jeter sans préméditation vers de nouvelles découvertes — il y a tant d'hommes divers de par le monde, c'est comme une vitrine où l'on ne sait que choisir —, nouveaux désirs, sensations plus rares. Lemda était une femme intelligente. Une femme intelligente ne saurait borner ses sensations à l'imagination d'un seul homme. »

Laviolette reprit pensif sa voiture et la route de Barles. Il était maintenant dans ce pertuis où le pauvre instituteur philatéliste avait été foudroyé sur son antique cyclomoteur[1]. C'était si vieux tout ça ! C'étaient des souvenirs antérieurs à son amour. Quand il aimait encore légèrement toutes sortes d'agréments au lieu d'un seul. Les captivantes péripéties de ses aventures passées avaient été dévorées vives par les quatorze ans du bonheur qu'il venait de vivre. Elles étaient désormais lassantes comme un livre trop lu.

Il revoyait, avec un triste sourire, le phaéton de la diligence qui descendait les clues à fond de train pour empêcher les maléfices de le rattraper. la Grimaude et son regard de travers à donner le vertige ; la fille de la Grimaude et son périscélide, lequel la réconfortait par son seul vocable et son intime sensualité ; monsieur Fondère, mort pour avoir mangé trop de ces champignons dont il raffolait et qui allait recevoir en un lieu si secret cette mystérieuse rente qui avait fait tant rêver Laviolette, au temps où il était encore capable de penser à autre chose qu'à soi-même. C'était le temps où il n'avait pas encore d'amour. Paresse, méfiance, crainte de ce qui venait précisément de lui arriver, il était resté longtemps sans en avoir.

---

1. Voir *Les courriers de la mort.*

En ce temps-là, il se penchait passionnément sur autrui, il n'en était pas encore à connaître la douleur, à la tâter machinalement, comme un maniaque en un tic irrépressible.

En ce temps-là l'exaltait la superbe indifférence du minéral : ces clues, semblables au chas d'une serrure, que le temps avait fignolées et qui bouclaient pour toujours le pays de Barles sur ses secrets.

Quand il eut dépassé l'église et l'Agence postale (dire qu'un jour il avait eu le coup de foudre pour la plantureuse préposée !), il obliqua machinalement vers ce terre-plein de l'Équipement où s'amorçait la route du château qui desservait le cimetière.

Il laissa là sa voiture noire, cossue et bête, en omettant toutefois comme à l'accoutumée d'en refermer la serrure, ce qui lui attira tout de suite, de la part de l'animal mécanique, un couinement désapprobateur qui eût duré jusqu'à épuiser la batterie, s'il n'était pas revenu en toute hâte corriger son oubli.

Il soupira.

— Ah ce n'est pas ma Vedette qui m'aurait ainsi empêché de vivre !

Il voulait, comme au temps jadis, gravir cette pente à pied. C'était plus pénible qu'autrefois. Il commença l'escalade de son pas d'habitude et puis peu à peu, il ralentit. À ce petit raidillon en courbe où Pencenat Émile avait perdu la vie contre une malencontreuse ficelle, il dut même s'arrêter tout à fait pour reprendre souffle.

Il leva les yeux. Le cimetière vertical lui offrait son énigme paisible, forgée au cours des siècles par tous ceux qui avaient rêvé d'être enterrés sur ce balcon.

Il n'y avait plus de fente de boîte aux lettres contre la porte du cimetière de Barles et c'était bien là que s'embusquait la vraie question : qui pouvait bien avoir fabriqué ce détail incongru qui conférait à la modeste entrée de ce champ de repos la dimension d'un secret de famille ?

Tel jour, à tel anonyme, cette porte barrée d'une boîte à lettres avait ouvert l'imagination, avait parlé. Et si quelqu'un en cette occasion avait inventé quelque chose, c'était bien la porte elle-même, cet objet prétendu sans âme, laquelle en percutant l'esprit d'un inconnu lui avait signalé son humble présence et sur quoi elle débouchait.

Cette porte goguenarde qui tantôt comportait une boîte aux lettres et tantôt n'en comportait pas selon la capacité de chacun à se laisser éblouir ou à se laisser ligoter par la froide logique ; cette porte du cimetière de Barles interrogeait chacun à la façon d'un sphinx et chacun lui répondait selon sa propre énigme.

Laviolette plaça ses deux mains contre le battant pour le repousser. Vingt ans d'absence hors de ce lieu précis ne lui avaient pas laissé oublier combien ce battant était récalcitrant, combien il grinçait à la moindre contrainte et d'ailleurs, il laissa échapper le même gémissement que lorsque l'assassin à la belle écriture l'entrebâillait pour annoncer ses forfaits.

Tous les personnages de cette histoire qu'on aurait crus inventés étaient couchés ici, contemplant le Blayeul, là-bas en face, à la base duquel quelques somptueux mélèzes sur le vert profond des sapins ensoleillaient les pentes de leur toison d'or.

Les défunts reposaient en ces tombes montagnardes qui ressemblent à des lits d'enfants, entre des balustrades argentées où il faut se pencher pour déposer les fleurs. La Toussaint était encore proche et nulle de ces tombes n'avait été oubliée.

Laviolette défila lentement devant elles, méditant devant chaque nom : Esprit Fondère, Marcelin Combaluzier, le capitaine au long cours qui avait si peur que la mer ne le rattrape ici ; la Grimaude, à qui l'on avait ajouté, au tombeau, une stèle de marbre montrant sa photo bistre, où elle faisait ce qu'elle pouvait pour masquer cet œil qu'elle avait eu révulsé. Hélas, que comptait aujourd'hui, dix ans après sa mort, un œil révulsé pour cette femme de bien ?

Laviolette fit une longue halte devant le berceau sous lequel dormait l'assassin à la belle écriture. Lui aussi avait été fleuri aux dernières Toussaint.

Finalement, il n'avait occis, à part Pencenat Émile, mais c'était une cruelle nécessité, que des gens qui n'étaient pas barlatans et ceux d'ici lui avaient pardonné avec leur bonhomie habituelle. Il devait même y avoir d'anciens élèves qui se re-mémoraient avec nostalgie les coups de règle sur les doigts en évoquant brièvement la vie de l'insti-tuteur au comptoir du café où officiait une autre Grimaude.

Seul Pencenat Émile gisait contre son gré à côté de Prudence, sa femme, et cet autre tombeau qu'il s'était si amoureusement préparé sonnait tristement le creux. C'est absurde un tombeau vide pour l'éternité.

Tous ces êtres avaient vécu ici humblement, à petit bruit, avec la satisfaction de ne jamais avoir voulu en bouger et, même s'ils ne l'avaient avoué à quiconque comme leur plus profond secret, ils avaient tous aimé cette terre ingrate et ils avaient assez dit, de leur vivant, que leur plus cher désir était d'y être enterré pour que leur parût riante la mort qui les saisirait un jour.

Laviolette allait dire adieu à ces quelques dis-parus si profondément plongés dans l'absence. Ils avaient délégué la vie qui les avait habités au rouet éternel du Bès qui filait sa quenouille bruyante au fond des clues qu'il continuait à scier patiemment.

Ayant observé sa minute de silence pour ren-dre hommage à tous ces personnages familiers, Laviolette allait prendre congé d'eux lorsqu'il en-tendit qu'on repoussait la porte grinçante. Il se retourna. C'était une femme boiteuse qui tenait à la main un arrosoir vert. C'était un regret éternel par toute sa démarche et ses yeux absents du monde réel. Elle gravissait péniblement la pente raide qui desservait les sépultures. Elle aussi avait été jeune voici vingt-cinq ans et ce poids qui s'entassait sur ses épaules commençait à gêner son élan.

On pouvait toujours reconnaître en cette apparition — les êtres qu'on n'a plus vus depuis vingt-cinq ans sont toujours des fantômes — la fille de la Grimaude qui était aussi un peu bossue.

Elle portait à l'épaule une binette de jardin. Le périscélide autour de sa cheville qui cliquetait autrefois par quelques minuscules clochettes d'argent était désormais immobile, coincé par la chair qui s'était épaissie autour des tendons, et les jambes en poteau de cette pauvre femme ressemblaient maintenant tout à fait à celles de la Grimaude sa mère.

Elle avait jeté sur Laviolette un regard sans objet. Ses yeux n'étaient plus vifs. Un mortel ennui les obombrait. On sentait très bien que seul l'élan machinal lui restait de ce qui avait été autrefois ses ambitions et ses espoirs.

« Elle vient sarcler la tombe de sa mère », se dit Laviolette.

Mais la fille de la Grimaude passa sans ralentir le pas devant la stèle à la photo bistre et ne détourna pas les yeux.

C'est plus loin qu'elle déposa son arrosoir et sa binette contre un berceau de fer en se crachant dans les mains. Elle ne se préparait pas à la prière ni au recueillement. Elle regardait en hochant la tête l'herbe haute qu'il allait lui falloir arracher.

La tombe de l'assassin à la belle écriture ne comportait pas de portrait et son épitaphe était sobrement rédigée :

Alcide Régulus

1892-1950

La fille de la Grimaude, avec une patience de montagnarde, commença à nettoyer le pourtour du berceau de fer où était couché depuis long-temps, carbonisé par la foudre, le corps de mon-sieur Régulus. Elle allait lentement, régulière-ment, s'interrompant parfois pour s'essuyer le front car le soleil de novembre, bien rassemblé sur ce coin de terre, dardait contre l'échine ronde de la bossue.

« Ainsi donc, se dit Laviolette, elle l'aime en-core vingt-cinq ans depuis sa mort ! Et c'est une simple ! Tu te souviens comme elle était vulgai-re ? Comme elle paraissait facile ! »

Il resta là, à contempler de loin cette femme aux fesses maintenant boursouflées et qui autour de la tombe de son amant, se battait contre l'avoine folle. Chaque coup de sarcloir s'éparpil-lait sonore parmi les échos du Blayeul et du Bès conjugués. Et cette patiente interrogation d'une binette cassant les cailloux autour d'une tombe, paraissait sonder avec espoir ce grand espace où l'absence définitive d'un être rendait cependant cette vivante incrédule.

Laviolette frissonna.

« Ainsi donc, se dit-il, si Lemda, ce qu'à Dieu ne plaise, venait à mourir avant moi, je ne serais plus réduit qu'à l'immobilité d'âme de cette pauvre femme aux mains vides qui passe son temps à rendre toute propre la tombe de son amant ! »

Un instant il fut joyeux à la pensée que Lemda fût simplement occupée ailleurs, dans le monde, à choisir quelque colifichet ou à aimer quelque autre homme.

Il sortit du cimetière presque serein. La mort avait remis l'amour à sa vraie place. Il se trouva préoccupé même que l'heure devînt si tardive et qu'il lui fallût se hâter s'il voulait gagner Auzet avant la nuit.

On n'imaginait pas que parmi ces colonnes funèbres de hêtres tapis pour les masquer devant les falaises instables, un torrent et une route puissent se glisser de conserve, en donnant cette forte impression de se bousculer pour atteindre plus vite Auzet qui pourtant ne justifiait pas une telle impatience.

Soudain, à gauche, une pancarte de l'Équipement ni réglementaire ni de dimension normale surgit pour vous avertir dans l'espoir que vous ne la verrez pas : *Auzet 3 km*, proclame-t-elle. C'est trois kilomètres d'arbres noirs, d'ombre mouillée que le soleil hésite à caresser : quand il le fait il ne pénètre pas, il effleure les cimes des hêtres puis disparaît. Sauf le sourire d'une claire cascade qui s'étale en arc-en-ciel un peu après le pont qui enjambe le cours d'eau, la roche omniprésente vous prévient d'emblée qu'ici il n'y a pas de quoi rire. Quelques années auparavant un pan de montagne s'est abîmé d'un seul bloc au fond du torrent avec un bruit de fin du monde que, Dieu merci, nul n'était là pour entendre. La falaise de la nouvelle paroi est toute neuve, aucune érosion ne l'a encore attaquée. Profitant de la lumière depuis dix ans à peine, elle est comme un miroir terni surgi des ténèbres. La route fait ce qu'elle peut pour que le torrent ne l'asphyxie pas. On ralentit à chaque virage, on se dit que cette chaussée est un piège, que soudain elle va heurter la montagne sans avertir en criant : « Poisson d'avril ! » On a beau savoir qu'Auzet est là-haut on n'arrête pas de n'y pas croire.

— Mais que sont-ils venus faire, tous, à Auzet et pourquoi ? se dit Laviolette à haute voix.

Il y avait maintenant trois quarts d'heure qu'il n'avait plus pensé à Lemda. Ici, ils ne s'étaient jamais arrêtés. Ici, elle ne s'était jamais adossée contre aucun tronc en le forçant à s'agenouiller devant elle. Ces pentes n'appelaient pas au plaisir des sens, elles se refusaient à admettre la joie car le froid de la mort les hantait. Livrer sa chair nue, ne fût-ce qu'en un éclair, à la caresse de l'ombre eût été une incongruité, un sacrilège. Entre les hommes et les berges du Grave (c'était le nom du torrent), il n'y avait pas d'amour perdu.

Laviolette espérait au moins qu'Auzet, par quelque subterfuge, aurait trouvé le moyen d'échapper à ce pertuis et que, par un tour de souplesse, il aurait réussi à se rétablir sur un coteau où le soleil le réchaufferait. Mais non ! Éparpillé sous les pins et les hêtres, dispersé parmi les bosquets sur quelques tertres, englouti comme naufragé sur l'océan, par le chaos des creux et bosses, ce lieu était sans unité, comme surgi droit hors du déluge, lequel n'avait permis à l'homme que de s'accrocher n'importe où, sans plan d'ensemble. Au petit bonheur.

L'église presque solitaire avait été conçue à la hâte sur la seule esplanade péniblement arrachée à l'inexorable logique des effondrements. Et pourtant, on avait lutté ici comme partout ailleurs pour que l'orgueil subsiste de faire partie d'un tout, un tout bien délimité, bien caractérisé, bien différent de tous les ailleurs et qui avait forgé des êtres heureux de vivre ici, des êtres qui, pour un empire, n'auraient pas voulu d'un autre village pour y être nés.

À Auzet, sur les marches de l'église, un pied ici un pied là, se vautraient deux hommes goguenards, un œil vigilant, l'autre mi-fermé, qui ne faisaient rien, qui avaient repéré Laviolette à deux cents mètres, sur le terre-plein en pente où il avait fait claquer sa portière, qui *se la contaient au plus juste* avec des sourires de connivence, ignorant tant qu'ils pouvaient cet intrus en pardessus trop long qui venait vers eux dans l'intention de leur demander quelque chose.

Ils avaient chacun une allumette entre les

dents, soit qu'ils se fussent récemment arrêtés de fumer, soit qu'ils n'eussent pas d'argent pour s'acheter des cigarettes. En tout cas, ils avaient l'air, comme le village, d'être démunis de tout sauf d'orgueil.

« Des chasseurs », se dit Laviolette.

Il était raciste envers les chasseurs. Néanmoins, ces deux-là, ils avaient ce regard à l'affût qui transforme en un clin d'imagination un marcassin en une daube.

Il avait tout de suite compris qu'il serait vain de souhaiter le bonjour à ces deux individus et qu'il valait mieux feindre d'être ici depuis toujours.

Il toucha son chapeau.

— Je cherche un barbu, dit-il.

Ils se tournèrent vers lui avec vivacité comme s'ils le découvraient. Leur regard parlait avant leur bouche. Il disait : « Alors ? Vous avez vu Auzet ? C'est ici ! Et nous on en est ! »

— Un barbu ! s'exclamèrent-ils ensemble. Mon pauvre monsieur ! Il en passe quelques-uns mais ils restent pas !

— Un barbu égoïste, appuya Laviolette.

Ils s'interrogèrent en se tournant l'un vers l'autre.

— Ça serait pas, dit l'un, le berger du Marzenc ?

— Mais non, dit l'autre, il a trois chiens avec qui il partage tout ce qu'il mange.

— Alors, de tout sûr, ce sera le Clu du Clos de Bouc !

— Non, dit l'autre en secouant la tête, il est parti depuis trois mois chercher sa pension en Allemagne.

— Sa pension ? En Allemagne ? dit Laviolette désorienté.

— Oui. C'est un divorcé profit. Sa femme lui verse une pension mais à condition qu'il aille la chercher !

Laviolette devait avoir l'air profondément interloqué. C'était la première fois de sa vie qu'il entendait parler d'un mâle qui touchait une pension parce qu'il était divorcé profit.

— Oïe mais, mon pauvre monsieur, vous avez pas fini d'en voir ! Et même ici nous avons nos têtes !

Ils avaient eu le temps, depuis qu'ils le suivaient des yeux, de supputer l'envergure du personnage et d'en imaginer pis que pendre chacun de son côté. Ils n'avaient pas besoin, d'ailleurs, de confronter leurs points de vue, ils n'eussent pu que rivaliser dans la mauvaise impression.

Ils considéraient Laviolette l'air malin, une paupière mi-close, attendant la question suivante de pied ferme.

— Et puis, l'Allemand, c'est pas un vrai barbu. On croit qu'il l'est parce que ses rouflaquettes lui rejoignent la moustache.

Laviolette soupira en secouant la tête.

— Un barbu égoïste, dit-il, qu'une femme aurait pu inscrire sur son agenda...

Il jouait son va-tout. Après, il n'en savait pas plus. Parallèlement il avait entrepris de rouler une cigarette, tâche longue et minutieuse que même à Auzet nul n'exerçait plus depuis longtemps. Les deux naturels le regardaient faire, subjugués. Ils n'avaient plus envie de brocarder cet étranger. Ça leur rappelait leur père et leur grand-père, ce geste précis : rouler une cigarette C'est le comble de la maîtrise de soi, de la maîtrise du monde. Celui qui roule une cigarette ne peut être bousculé par aucun événement, par aucune douleur, par aucune désillusion. Ça leur en imposait aux deux olibrius, cette équanimité d'âme, ça les apprivoisait.

— Si vous parlez de femmes, dit l'un, ça ne peut être que le Misé Lachugot !

— Qui est-ce le Misé Lachugot ?

— Oh, un sculpteur soi-disant !

— Mais n'allez pas vous figurer du marbre ou de la pierre ! Lui, c'est les racines.

— Il sculpte les racines ?

— Pardieu pas ! Il est trop feignant pour ça ! Il les trie !

— Oui. Il revient de la montagne avec des fagots de bois mort ! Une fois il a traîné jusqu'ici un chêne foudroyé qui ressemblait à un diplodocus ! Et il y a pendu des lanternes vénitiennes dans les branches noires ! C'est un fabricant de roulements à billes qui le lui a acheté pour sa pe-

louse d'Angleterre ! Ils ont bu ensemble l'argent
de la sculpture pendant trois jours.

Les yeux leur sortaient de la tête. L'énormité
du monde, la façon dont il allait, les expulsait à
coups de pied dans le train hors de leur enveloppe goguenarde. Par rapport aux sculptures du
barbu et aux douze bouteilles de *pure malt* vides
qu'on avait trouvées alignées à côté de la poubelle après le passage du fabricant de roulements
à billes et du camion qui avait emporté l'œuvre
d'art, Auzet leur paraissait anodin. Ils admet-
taient leur incompréhension, leur ignorance, leur
crainte obséquieuse devant ce qu'on ne conçoit
pas.

D'un coup de langue olympien, Laviolette pa-
rachevait sa cigarette.

— Tout ça ne me dit pas si c'est un égoïste !
C'est ça que je cherche : un barbu égoïste !

— Il imite notre accent pour nous ressembler
et pourtant il est gonflé pour nous de mépris
comme une outre de vent. Il ne va pas à la messe,
il ne joue pas aux boules, il ne fait jamais le quatrième à la belote. On a beau l'inviter il ne parti-
cipe ni aux castagnades ni à la Saint-Estrop.

— Il ne danse pas ! s'écria le second olibrius.
Si ce n'est pas un égoïste ça, alors dites-moi ce
que c'est !

— À la bonne heure..., dit Laviolette. Et diffé-
remment, il loge où votre barbu ?

— Là-haut ! Vous pouvez pas vous tromper.
Vous arriverez devant la clôture en fil de fer,

vous verrez un tas d'immondices à côté. À un moment, il nous demandait de vider nos poubelles
devant chez lui.

— Il disait : « Vous pouvez pas savoir le plaisir
que vous me faites. C'est là que j'ai mes plus
beaux éclairs de génie ! »

— Des rats crevés secs comme des momies. Il
les peint en vert et il en fait des guirlandes !

— Eh bien..., soupira Laviolette.

Il mesura du regard la pente raide qui l'attendait, heureusement réjouie de quelques beaux
arbres.

Par défi à l'emphysème qui le guettait devant
ce raidillon, il battit le briquet. Les olibrius qui se
figuraient tenir le pompon avec leur Auzet soi-
disant obsolète, n'en croyaient pas leurs yeux. Ils
observaient cet homme emprunté de soi-même
comme s'il débarquait dans la vie depuis hier et
qui sortait de sa poche, interminablement, vingt
centimètres de filin jaune et noir qu'ils reconnais-
saient pour de l'amadou parce qu'ils en avaient
vu autrefois, dans leur enfance, chez leur oncle
Marius. Et le geste que fit Laviolette pour provo-
quer l'étincelle et l'abri qu'il dessina avec sa main
en coquille pendant qu'il soufflait modérément
sur la mèche incandescente, tout cela dissipa leur
air goguenard, tout cela les replongea dans leur
enfance fleurie quand il faisait meilleur vivre.

Ils dirent à Laviolette au revoir respectueuse-
ment. Ils étaient fort aises d'avoir pu converser
avec quelqu'un qui les avait pris au sérieux.

La maison du sculpteur était un trou, c'est-à-dire qu'elle se retranchait derrière un rempart de terre qui la protégeait comme une tranchée. Un grillage de poulailler l'isolait de la route. Un cadre de bois, grillagé aussi, lui tenait lieu d'entrée. Une boîte aux lettres hypothétique était clouée sur un pieu, le battant bancal de la portière prêt à claquer au vent qui passe, et sur cette boîte mal équarrie on avait tracé à gros traits, à la peinture blanche, ces deux mots :

Misé Lachugot

« Prononcé par un Parisien, se dit Laviolette, ce doit être terrible ! »

Il n'y avait pas, naturellement, de sonnette. Le portail était malaisé à ouvrir, tenu en haut et en bas par deux crochets de fortune qui tentaient de vous écorcher quand on les sortait de leur boucle.

En dépit de la bêtise de la chose, Laviolette fit comme tout le monde. Il cria :

— Y a quelqu'un ?

Le silence des grands bois répondit seul, longuement, à son appel. Il ne lui restait plus qu'à se piquer en débloquant les deux crochets.

Il n'avait pas plus tôt franchi la barrière qu'un épagneul breton enthousiaste arriva à fond de train pour lui sauter dessus, essayant, debout sur ses pattes arrière, de lui lécher la figure.

C'est difficile, quand on aime les bêtes, d'empêcher un chien de vous gâter vos vêtements. Celui-ci lui labourait les genoux avec conviction pour lui prouver en quelle amitié il le tenait.

Laviolette ne dut le salut de son pantalon qu'au portillon qu'il avait laissé ouvert. Le chien devait rêver de liberté. Il s'engouffra par l'ouverture en aboyant de plaisir.

Alors, un personnage ouvrit une porte basse à côté d'une fenêtre aux carreaux sales et néanmoins agrémentée d'un pot de géranium sur l'appui.

— Qu'est-ce que c'est que cette intrusion ? grommela-t-il.

C'était un vrai barbu, un barbu permanent, pas quelqu'un qui hésitait entre porter ou non la barbe. C'était un barbu affirmé : quand il s'avançait de profil on voyait sa barbe bien avant de le voir lui. Cette barbe était au vent, mi-prophétique mi-frondeuse, précédant ce personnage et le suivant comme une Légion d'honneur.

Un barbu paraît toujours plus crédible et plus capable qu'un glabre, ça fait conducteur d'hommes, la barbe. On s'incline devant un barbu. On est pris en sa présence, quoi qu'on dise, d'un inexplicable respect. Nous autres, parmi nos montagnes, le complexe de Moïse n'a pas fini de nous apprivoiser.

Celui qui s'avançait vers Laviolette ne parvenait pas, car sa barbe était rare, à dissimuler son menton ravalé sous le poil follet quoique long. En revanche, la barbe le faisait paraître costaud alors qu'à certains détails — les jambes grêles dans le short — on le devinait chétif.

— Excusez-moi... dit Laviolette chapeau bas, je voulais juste...

— Me poser quelques questions ! Je sais ! Je hume le flic à deux cents mètres !

— Je suis à la retraite ! dit Laviolette très vite. Le flic je ne le sens presque plus !

— Pour moi si ! J'étais devant le Palais-Bourbon en mai 68, moi monsieur ! J'ai craché sur les CRS jusqu'à en avoir une asialie !

— La salive vous est revenue ! C'est bien ça !

— Dehors !

Le chétif barbu essaya de se saisir de Laviolette de quelque manière pour l'orienter vers la barrière mais c'est difficile de saisir un mètre cube de chair par la peau du cou pour le jeter *extra-muros manu militari*. On risque de se déboîter un ménisque et ce n'est pas en criant « dehors ! » qu'on peut expulser un Laviolette. Et ce n'est pas en entrant dans la maison et en ressortant armé d'un fusil (ce que fit le barbu) qu'on peut impressionner quelqu'un qui rumine depuis quelque temps des idées de suicide et qui, face au canon de ce vieux *Darne* de chasse, est en train de se dire :

« Tiens donc ! Ce serait peut-être une solution ! »

Laviolette profita de ce qu'il avait le canon contre la poitrine et que, par conséquent, il pouvait hésiter encore un peu, pour examiner les lieux. C'était un jardin où les plantes et les arbres avaient été remplacés par des êtres cocasses ou horribles ou ignobles. D'innocentes racines, d'innocents troncs d'arbres morts que la nature, d'ordinaire, chargeait de rêve, avaient été ici destinés autrement par un révolté social plein de rancœur d'enfance et qui avait lu Freud pour se justifier. Il débordait de massacres et d'holocaustes, et faisait ce qu'il pouvait pour que le monde ne demeurât pour toujours qu'un souvenir d'horreur, pour que l'humanité ne cessât jamais d'avoir le nez trempé dans cette pourriture, pour que le ciel ne fût plus jamais clair.

Néanmoins, suspendues par des ficelles aux créations du démiurge, des étiquettes rédigées au marqueur rouge fixaient les limites de ses désillusions : *Le Nain jaune*, 6 000, *Le Horla*, 14 000, *La Sainte-Hermandad*, 7 500, et le grand tissu arachnéen qui couvrait la pergola de noir de fumée s'appelait *Omerta* et coûtait 35 000 francs, comme l'indiquait l'écriteau accroché à l'un des supports de la tonnelle.

— Qu'est-ce que vous voulez, expliqua le barbu, si je ne mets pas ces prix abusifs, je ne vends rien...

— Et avec ça vous vendez ?

— Cinq ou six par an et à des gens qui se consultent, qui pèsent le pour et le contre, qui mettent en connaisseurs des lunettes pour mieux examiner de près. Ils viennent de partout, on leur a dit que j'étais fou. Ça les fait calculer. Ils pensent à Van Gogh.

— Vous tenez votre fusil comme un CRS tient

sa matraque, dit Laviolette. On voit tout de suite qu'il n'est pas chargé et le ressort est tellement rouillé que même s'il l'était, chargé, il aurait toutes les chances de vous péter a la figure.

Il ouvrit d'autorité la porte basse et pénétra le premier dans l'antre. Ça sentait la saleté désespérée que rehaussait l'odeur des livres en train de moisir.

C'était un antre mi-cuisine mi-atelier où les relents d'oignon le disputaient aux belles odeurs des sous-bois pourrissants. Sur une table à tréteaux macéraient des préparations dont on ne savait si elles étaient destinées à la cuisine ou à l'œuvre d'art. Quatorze œufs pas encore battus se faisaient de l'œil dans une jatte en moustiers. Très haut, au-dessus d'un lit déformé, une étagère noire était jonchée de livres.

« Encore un solitaire ! » se dit Laviolette.

Il y en avait partout quantité, le moindre village des Basses-Alpes nourrissait le sien. Ces originaux croyaient naïvement qu'il suffit d'être solitaire pour s'arroger le droit d'être artiste. Mais s'ils se proclamaient solitaires, la solitude, elle, ne les aimait pas. Elle a ses têtes. Ne lui plaît pas qui veut.

En ce temps-là, il était du dernier galant de vivre seul en un antre d'où l'isolement avait chassé les derniers naturels. On rencontrait partout des solitaires qui organisaient chez eux, la nuit, des beuveries, des fumeries, des partouzes, afin de ne pas rester seuls et qui se quittaient vannés à six

heures du matin croyant avoir leur comptant de
société, mais le désert les encerclait au réveil en
ce cadre enchanteur qu'ils avaient choisi en tout
enthousiasme. Tous les éléments de la poignante
solitude les attendaient ici, prêts à se mettre à
leur service. Ils disaient :

— Tu as dit que tu nous aimais ? Reprends-
en !

Les bergers, les porchers, les bûcherons, les cu-
reurs de rigoles, les caveurs de truffes, les chasseurs professionnels qui ne tuent que pour manger ou bien ceux, si nombreux chez nous, qui
n'ont jamais osé déclarer leur passion à personne
et qui ont fini par se réjouir de la solitude comme
s'ils étaient entrés en religion ; tous ceux-là rica-
naient en voyant tant de vaniteux se proclamer
solitaires.

Eux, qui ne créaient pas d'œuvre d'art, ils se
faisaient petits devant le silence, la nuit, les étoiles, le vent ; le dos rond, chapeau bas en présence
de ce qu'ils ne comprenaient pas, subissant
comme une foi cette solitude que d'aucuns aimaient tant.

Celui-là, avec sa barbe en éventail, il était en
train de crever de solitude indigeste mais il n'en
serait pas convenu pour un empire. Il était aussi
goguenard avec Laviolette que l'avaient été les
deux olibrius sur les marches de l'église et néanmoins il ne criait plus qu'il voulait le mettre dehors. Bien qu'il se fût vanté de respirer le sbire à

distance, l'odeur de celui-ci lui paraissait bizarre. Il ne l'avait jamais décelée nulle part.

Au ras de cette barbe qui lui servait de tchador, il considérait Laviolette avec ses petits yeux méchants, vifs, vindicatifs, fureteurs, intelligents jusqu'à un certain point mais qui conservaient au fond des prunelles la hantise du famélique jeune homme qu'il avait été et qu'il pourrait bien redevenir si tout d'un coup ses œuvres d'art cessaient de plaire, devenaient obsolètes, tant il commençait à poindre d'ambitieux nouveaux solitaires qui ne reculaient, pour s'exprimer, devant aucune outrance.

Laviolette de son côté ne penchait pas vers le modernisme. Quand il portait ce pardessus préféré trop ample et trop long parce que choisir plus précisément eût été une perte de temps, et qu'au surplus il coiffait cet invraisemblable chapeau noir qui dispersait les moineaux, c'était tout le cauchemar de la vieille garde stalinienne fêtant un 1er mai sur la place Rouge qui fondait sur Digne depuis la villa Popocatepetl, mais ici, à Auzet, l'atmosphère n'en était pas troublée.

Ces deux êtres anachroniques en ce siècle faisaient pitoyable au cœur de cet antre qui empestait l'huile de lin rancie et où une seule étagère de livres tirait le regard par l'uniformité des titres. C'était tout l'œuvre de Sartre, en partie plusieurs fois racheté en diverses collections. Chaque volume avait des aspects de vulgate lue sous la lampe par trois générations de mormons : corné, sale, taché.

On sentait que cet auteur avait été vénéré, suivi pas à pas, parfois précédé ; on sentait que long-temps on l'avait utilisé comme maître à penser, qu'on avait organisé sa vie, autant que possible, en fonction de cette méditation pour en arriver au choix, en tant que véhicule du message, de cet art brut qui n'exigeait pas d'intention.

Il y avait un fauteuil éreinté devant un âtre dé-bordant de cendres et froid depuis longtemps. Laviolette s'y laissa choir et s'y carra. Désormais il était inexpugnable.

Le barbu résigné s'assit jambes croisées sur la table en écartant quelques rats crevés récemment peints en rouge vif.

— Eh bien ? demanda-t-il. Les gens d'Auzet se sont encore plaints que mon chien leur avait tué un poulet ?

— Pas ce mot-là devant moi ! gémit Laviolette. Je vous ai dit que je ne le suis plus qu'à peine !

— Alors ?

— Êtes-vous égoïste ? questionna Laviolette.

Le barbu eut un haut-le-corps. On voyait à son air interloqué qu'il faisait un rapide examen de conscience et que ma foi non, il ne se trouvait pas égoïste. Il avait un chien que les voisins nourris-saient. Il avait semé en route deux enfants que leurs mères respectives élevaient sans lui, du mieux qu'elles pouvaient, mais il avait son art qu'il devait respecter et les enfants l'auraient lourdement encombré. D'ailleurs les mères respectives en convenaient en soupirant :

— Qu'est-ce que vous voulez ? C'est un artiste !

« Et ta sœur ? » lui soufflait sa conscience.

C'était vrai. Il avait une sœur à l'hospice qu'il n'avait plus vue depuis trois ans et qui était son remords, mais son art l'absolvait là aussi et sa sœur lui pardonnait volontiers son absence chronique.

— Qu'est-ce que vous voulez ? C'est un artiste !

Laviolette comprit qu'il sortait rassuré de son retour sur soi-même et il lui dit :

— Non ! Je ne parle pas de cet égoïsme-là.

Il produisit hors de sa poche ce fac-similé de la feuille d'agenda trouvée sur le cadavre du col des Garcinets et le brandit devant le barbu.

— Vous voyez, c'est écrit là : *Barbu d'Auzet (égoïste)*. Nous avons tout lieu de croire que cette ligne a été tracée par une femme.

— Oh ! s'exclama le barbu, dans quelle embrouille voulez-vous m'entraîner ?

— Vous connaissez le col des Garcinets ?

— C'est à deux pas d'ici. J'y ai conçu mes plus beaux supports d'œuvre.

— Eh bien, au col des Garcinets, il y a peu de jours, un homme a été découvert mort avec cette feuille de papier épinglée à la boutonnière.

— Un accident ? demanda le barbu.

— Non. Un crime.

— Et alors ? Vous allez me demander où j'étais tel jour à telle heure, comme font vos collègues ?

— Que nenni ! Je ne vous prends pas pour un assassin... Mais si vous me disiez pourquoi votre signalement se trouvait sur cette feuille et surtout qui l'y a inscrit, vous vous rendriez un fier service

Le barbu eut un sourire suffisant.

— Je *vous* rendrais un fier service.

— Non non ! C'est à vous que vous le rendriez parce que, vous savez, c'est malsain de figurer sur un calepin en même temps qu'un autre homme trouvé assassiné.

Un pli profond de réflexion barrait le front du barbu.

— Une femme, dites-vous ? Vous savez, des femmes, j'en consomme à peu près quinze à vingt par an, alors votre calepin...

— Et lui là-haut ? le mort des Garcinets ? Son nom ne vous dit rien ? Bayle Ferdinand. Vous ne l'avez pas connu ? Vous ne savez pas qui c'est ?

— Aucune idée. Vous savez, je ne demande pas leur fidélité aux femmes que je satisfais. J'ai les idées larges. Et si ce Ferdinand y a trouvé son compte...

— Cette femme ne vous a jamais écrit ? Vous auriez pu, sur ce papier, reconnaître son écriture

— J'aurais été égoïste avec quelqu'une..., murmura pensivement le barbu.

Il cherchait. Il ne voyait au sortir des lits ou des buissons que des femme vannées, parfaitement repues et qui lui tendaient les bras pour qu'il revienne vite.

Néanmoins quelque chose le tarabustait dans cette appellation d'égoïste qui figurait sur le bout de papier.

— Vous savez qu'il y a plusieurs barbus à Auzet ?

— Je sais : le berger du Marzenc et le Clu du Clos de Bouc. Mes informateurs ont eu beau chercher ils ne leur ont pas trouvé des têtes d'égoïste.

Laviolette marqua un temps d'arrêt, le temps de laisser le barbu descendre au fond de lui-même, chercher ce qui pouvait bien le faire taxer d'égoïsme et n'y rien découvrir derechef.

— Non ! Il y a plusieurs barbus, reprit Laviolette, avec une satisfaction mauvaise, mais d'après eux, de barbu égoïste, il n'y en a qu'un !

— Qui eux ?

— Oh, deux qui tenaient le portail de l'église. Mais ça aurait pu être n'importe qui : vous imitez leur accent, vous n'allez pas à la messe, vous ne jouez pas aux boules, vous ne faites jamais le quatrième à la belote, vous n'allez ni aux castagnades ni à la Saint-Estrop. Ça suffit. Vous vous suffisez à vous-même ! Vous êtes un égoïste d'après eux !

Il reprit le papier. Le barbu était étonné. L'idée qu'il figurait sur un calepin quelconque en compagnie d'un autre homme qu'on avait occis commençait à oblitérer fâcheusement son sens artistique. Il feuilletait sa mémoire à toute vitesse. Une femme ! Une femme qu'il avait déçue assez pour qu'elle note cette appréciation. Une femme assez désinvolte pour ne pas même se souvenir de son prénom alors qu'elle avait écrit en toutes lettres celui du mort, adorné du mot *passable*, sur le papier que Laviolette lui avait fait lire.

Était-ce la Caspienne inconnue qui fumait la pipe et roulait un accent russe tellement authentique qu'il sonnait faux ? Était-ce cette bourgeoise belge qui dansait contre lui en lui jaugeant le sexe lors d'une soirée techno et qu'il avait persuadée de ne garder que son vison sur sa nudité ? Mais non ! Ils avaient fait l'amour trois quarts d'heure, langoureusement, en dansant. Était-ce alors la bergère du Cousson ? L'après-midi du jour où l'orage les avait jetés ensemble dans une cabane que traversait la foudre et où il avait eu grand-peine à traîner derrière lui un tronc de sapin encore fumant de l'éclair qui venait de le sectionner ? Était-ce cette libraire de Digne qui lui avait ri au nez en lui apprenant, après coup, qu'elle était uniquement lesbienne ? Ma foi, il donnait sa langue au chat.

Sa barbe en flocons flottait au courant d'air. Il ne maîtrisait plus son quant-à-soi. Sa bonhomie factice, quoique apparemment naturelle, fondait sous son nez en pomme de terre, ridiculement petit, sur son large visage mou. C'était un homme désorienté que Laviolette guettait en dessous avec un bon sourire.

— Non non ! dit-il. Cherchez plus loin ! Ça

peut être l'an dernier ou il y a deux ans. La chimie du papier ça se transforme en miracle dans les labos de la Police. Tenez : ce bout de carnet, on a pu vérifier qu'il a été fabriqué il y a plus de deux ans ! Par conséquent votre signalement a pu y être noté *avant* cette date. Cherchez ! Cherchez bien ! Ça peut vous sauver la vie !

Il se leva péniblement du fauteuil crevé. L'épagneul breton qui revenait à toute vitesse s'essuyait vigoureusement les pattes contre le pantalon de Laviolette, lequel ne ressemblait plus à rien.

— Et si je me souviens de quelque chose ? demanda le barbu pensif.

— Vous téléphonez au juge d'instruction. Je n'ai pas le numéro dans la tête mais comme il s'agit de votre sécurité, je vous fais confiance, vous trouverez bien !

— Pourquoi pas à vous ?

— Je vous l'ai dit : je suis à la retraite. Si l'on me savait là, je me ferais taper sur les doigts. Oh puis, vous savez, ça n'a pas une telle importance après tout ! Vous n'êtes pas du genre peureux ?

— Je ne suis pas du genre ! Vous êtes bon vous ! Assassiné au col des Garcinets ? Un certain Ferdinand Bayle, dites-vous ? Mais assassiné comment ?

— Oh, d'une manière toute poétique ! Il a glissé sur une imprévisible tache d'huile ! À trois heures du matin. C'était un tueur de cochons qui se rendait à son travail. Il portait un fusil à aiguiser qui lui a traversé le ventre. Après tout... Vous n'êtes pas tueur de cochons, vous ?

— Que Dieu garde ! Mais pourquoi on l'a tué ?

— Ah ça ! Si je le savais je serais moins inquiet...

Il tournait le dos à son interlocuteur. Il s'en allait. Il passait sous le portique de la monstrueuse araignée en racines. L'artiste, pour agrémenter le monstre, lui avait suspendu, au milieu du nœud de bruyère qui figurait le corps, un phallus mauve comme un fond d'artichaut.

Une corde à linge courait d'un portique à l'autre de la pergola et il y avait une épingle de bois solitaire sur ce fil.

— Vous permettez ? demanda Laviolette.

Il détacha délicatement cet accessoire et l'empocha dans un mouchoir.

— On ne sait jamais... soupira-t-il. Le labo de la police fait parfois des prodiges.

— Pour qui êtes-vous inquiet ? cria presque le barbu.

— Pour vous ! dit Laviolette sans se retourner.

L'épagneul breton qui l'avait pris en amitié le regardait se dépêtrer du portail grillagé en remuant la queue. Le barbu dubitatif le suivait des yeux aussi, la barbe interdite.

Si Laviolette avait encore pu être heureux, il l'eût été car il venait d'exercer avec bonheur l'un de ses talents. Il avait réussi à modifier le personnage de son hôte en profondeur, l'obligeant à re-

considérer la bonne opinion qu'il avait de soi-
même. Il lui avait fait envisager l'éventualité de
sa propre mort ce qui, à cinquante ans qu'il avait
alors, n'était pas la préoccupation majeure du
barbu. Maintenant, à part Sartre, il avait enfin de
quoi penser sans maître. Il dormirait moins bien
la nuit prochaine. Demain devant l'éclat de miroir
qui lui servait de glace, il regarderait son propre
visage en se tâtant machinalement les contours du
squelette.

Mais en ce qui concernait l'énigme de l'homme
mort au col des Garcinets, Laviolette n'était pas
plus avancé. Du moins le croyait-il.

Puimoisson

L'homme sifflait. Il y avait fort longtemps, un siècle, qu'on ne sifflait plus à Puimoisson, qu'il n'y avait plus de quoi siffler si toutefois un sifflotis aux lèvres indique qu'une profonde satisfaction règne dans le cœur du siffleur sur tous les aspects de sa vie. Même les *appelants* ne sifflaient plus car il n'y avait presque plus de grives. Le peu qu'il en restait, comme à Piégut, avait le goût du cidre.

Et néanmoins l'homme sifflotait et tanguait. Il sortait d'un bon repas de dimanche que lui avait mijoté son épouse fidèle dans la belle villa qu'il s'était construite pour abriter sa tranquillité d'âme.

C'était un homme précautionneux qui avançait ses grands pieds l'un après l'autre en tâtant le terrain. C'était un homme d'autrefois qui ne percevait pas le siècle passer. Il avait le téléphone mais c'étaient les autres qui appelaient. Il avait la télévision mais c'était sa femme qui ne ratait pas une série B, une fois sa vaisselle faite.

Lui, il n'aimait rien tant qu'aller s'offrir une

longue méridienne sur une chaise longue vétuste, installée non loin d'un figuier goutte d'or dont il avait encouragé la paresse en lui construisant une solide tonnelle pour qu'il puisse s'étendre.

Le figuier est un arbre qui sait vivre. Sitôt que celui-ci s'était aperçu qu'il pouvait étayer ses branches cassantes sur un portique en fer, il s'était mis à s'allonger démesurément, à dérouler en volutes ses nœuds voluptueux aux volumes indécents, son feuillage rêche, à l'odeur amère de lait végétal et que le vent dominant faisait trembler parfois, dévoilant ses fruits énigmatiques, flapis et pourtant évocateurs, où pendait sous leur ventre vert pâle une grosse goutte translucide de miel qui ne tombait jamais et où s'irisait, en transparence, le monde alentour.

Il arrivait au bon vivant de s'arc-bouter parfois sur sa chaise longue afin de se rapprocher, au bout d'une branche ployante, d'une figue volumineuse adornée de sa goutte translucide, de parvenir à se contempler dans ce minuscule miroir et de s'y trouver beau.

Sous la mi-ombre mi-soleil de ce figuier prodigieux, trois ruches pour le plaisir et non pour le profit étaient équilibrées sur des briques rouges, et le vacarme à l'unisson des ouvrières au travail vibrait à travers l'air comme un tympanon en sourdine.

C'est à la douce invite de cette musique naïve que le sybarite, un journal sous le bras, celui qui lui tomberait des mains sitôt le troisième titre vaguement enregistré, tournait autour de sa chaise longue, l'assurait dans l'herbe, l'orientait de manière qu'elle restât à l'ombre jusque vers six heures où il se réveillerait.

Il éprouvait, pendant toutes ces manœuvres, une jubilation permanente. La répétition quotidienne, depuis si longtemps, de tous ces gestes simples imitait à s'y méprendre l'éternité, de sorte qu'un homme au cœur naïf était bien excusable de croire enfin qu'il en faisait partie.

On entendait au loin, derrière les fenêtres ouvertes de la villa, le tintamarre d'une vaisselle qu'on martyrisait. Les cuillers tintinnabulaient vers l'égouttoir avec un bruit de cristal brisé, les assiettes cliquetaient, l'une contre l'autre jetées un poêlon qu'on dégraissait à la paille de fer était soudain assené sans précaution sur l'acier inoxydable de la cuve.

Tous ces symptômes traduisaient le mécontentement, le désenchantement. Cette femme qui faisait la vaisselle après avoir fait la cuisine était privée de joie et le faisait savoir.

C'est triste un dimanche après-midi, une femme qui fait la vaisselle au lieu de faire l'amour. Sauf l'homme à la bouche ouverte qui distillait sa sieste en ronflant de plaisir, tout le monde pouvait l'entendre.

En réalité, personne ne l'entendait car il n'y avait personne. Il y a des jours d'été ainsi qui sont de silence aussi profond et aussi dépeuplé que les nuits d'hiver les plus obscures. Le soleil à l'aplomb condamne les hommes à ne pas s'aventurer sous lui, les longues rues des villages où les persiennes sont fermées contre lui sont inhabitables. Il n'y a guère que quelques poules, les ailes gisant dans la poussière qu'elles remuent, pour meubler le désert.

Sur le plateau lavandin, il n'y a qu'un seul homme à perte de vue sur un tracteur rouge. Il s'abrite sous un parasol Ricard qui flamboie jaune et noir sur le champ bleu lavande. L'instant vient de ressusciter un Van Gogh.

Cet homme est en retard. Il aurait dû couper comme tout le monde, à la lune ancienne. Mais il était occupé ailleurs, à quelque plaisir ou à quelque malheur. Maintenant la lune est dans le ciel de ce dimanche après-midi, fendue en travers par l'ombre de la terre, on voit bien qu'elle commence à se remplir de lumière.

Les lames de la faucheuse sous le ventre du tracteur coupent la lavande au ras des tiges et rendent proprement dans les ornes des bouquets égaux. Le bruit qui accompagne ce travail imite la mastication paisible d'une mante religieuse décortiquant son repas d'insecte. Sous la haute charpente du véhicule on voit se dérouler un ruban bleu continu où parfois quelque abeille broyée étend pour la dernière fois ses ailes d'or.

Quelqu'un, dans une quatre chevaux, contre le fameux poteau de Telle attend patiemment de-

puis un certain temps que le tracteur se rappro-
che de la route. Tout à l'heure, celui-ci n'avait
que six raies à jeter bas mais ces raies sont à perte
de vue et il faut chaque fois une demi-heure pour
que l'engin se représente au bord de la route.
Pendant ce temps, celui qui drive le tracteur et
qui ruisselle de sueur au point d'en avoir les yeux
qui cuisent, celui-là est en train de se dire : « Qui
est-ce ce calamantran qui s'est arrêté là en plein
soleil et qui a klaxonné timidement tout à l'heure ? De tout sûr il va me demander un renseigne-
ment et il ose pas descendre à cause du soleil. Il
attend que moi je m'approche peut-être ? Il peut
toujours courir ! »

Ayant ainsi regimbé contre une éventuelle contrainte, l'homme du tracteur poussa un peu plus
à fond le potentiomètre du transistor coincé contre la boîte de vitesses et qui diffusait *My Bed is
Like a Little Boat*, un succès récent des Little
Lusitan Boats qui faisait fureur au sud du 45e parallèle de latitude Nord, cette semaine-là.

Force coups de section rythmique et de trom-
pette leurraient la solitude de celui qui était
perdu parmi ses vingt hectares de lavande, ce dimanche après-midi. Ça lui rappelait les accents de
la basse-cour quand le renard menace. Il aspirait
à regagner sa ferme, distante de deux kilomètres
et qu'on distinguait à plat, au loin, mussée contre
le vent, pliée dans un creux du plateau.

Allons... Il n'y avait plus rien à faire. Le poteau
de Telle était à portée de la main. Entre la der-

nière butte de lavande et ce poteau, il n'y avait plus que la route et dessus, convenablement garée sur la berme, cette voiture scintillante, aveuglante sous le soleil, de sorte qu'on ne distinguait ni la marque ni la couleur. On savait simplement qu'elle louchait du mufle, à cause d'un phare enfoncé sous un choc très ancien.

Ce n'était pas glorieux de se faire interpeller par le conducteur d'un si minable équipage et le phaéton du tracteur rouge (Massey-Ferguson deux cent quarante chevaux) se préparait à répondre le plus impoliment qu'il pourrait.

Ça y était. Il n'y avait plus que quelques mètres entre l'engin énorme et la frêle voiture anonyme. Déjà, les véhicules se racontaient de l'un à l'autre des histoires de moteur.

— J'ai trente-trois ans ! se plaignait la voiture.

— Et moi, grognait le tracteur, je n'ai plus qu'un dé à coudre d'huile dans le carter depuis trois jours. Et ce croquant mettra encore trois jours avant de s'en apercevoir !

Le conducteur de la voiture avait l'air de connaître la vie. Il demeurait immobile dans son habitacle tandis que le maître du tracteur mettait pied à terre pour désherber, sous le haut châssis, les mandibules de l'engin engorgées par toutes sortes de mauvaises herbes.

Il faisait ça d'un air plein de mépris, le dos tourné ostensiblement à la voiture seule sur la route, bouillante et qui fumait un peu du pot d'échappement bien qu'elle fût à moteur coupé.

Il fallut bien enfin se retourner. Il fallut bien tirer hors de la voiture la moitié du faciès abrité sous la large visière d'une casquette.

— Ho l'homme ! héla-t-on depuis la guimbarde.

Le coupeur de lavande ne risquait pas d'entendre. Le Little Lusitan Boats concluait son morceau à l'unisson et à l'infini sur une explosion de cymbales et de borborygmes viscéraux que fournissaient à l'envi le cor et les deux trompettes. Il fut enfin possible de dialoguer.

— Ho l'homme ! Vous sauriez pas par hasard où je pourrais trouver le Féraud des Iscles ?

— Aux Iscles ! proféra le nettoyeur d'herbes aussi incivilement qu'il put.

Il faisait exprès de répondre sans rien regarder d'autre que son propre tracteur et même il pissa contre la roue monumentale en accordant beaucoup d'intérêt à l'opération.

L'homme de la voiture attendit humblement que le coupeur de lavande ait remonté ses braies, avant de demander :

— Mais où c'est les Iscles ?

— Juste avant le Pas de Laval.

— C'est avant Puimoisson ?

— Oh, bien avant. Mais méfiez-vous ! Les Iscles et le Pas de Laval, c'est le même chemin au début, après ils se séparent, mais comme ils s'arrachent les pancartes — ils sont fâchés depuis trente ans ! — on sait jamais si l'on va chez l'un ou chez l'autre. On reconnaît ça aux chiens !

— Quels chiens ?

— Ceux du Pas de Laval ! Ils ont des crocs tant longs !

De son index en faucille il imita le calibre de canines meurtrières.

— S'ils ne vous partent pas après, dit-il, c'est que vous serez sur le bon chemin.

— Oïe bé peut-être ! Et les Iscles, c'est à droite ou à gauche ?

— Ça, dit le coupeur de lavande, je me rappelle jamais !

Cette fois, il remonta sur sa machine. Il se serait donné des coups de pied au cul d'avoir tant parlé, d'avoir fourni tant de détails, mais c'est qu'il n'avait plus ouvert la bouche depuis ce matin huit heures. Encore était-ce devant sa femme qui ne répondait jamais que par oui ou par non, en baissant les yeux.

Or quand on baigne parmi ces lavandes bleues tant prisées des touristes, avec la seule compagnie (de là le transistor) des myriades d'abeilles qui puisent le nectar des fleurs sur des centaines d'hectares, quand on est au départ de sillons qui ont trois cents mètres de long et qu'on est là, le cul sur le tracteur qui vous fait tressauter les vertèbres, la tête à moitié déboîtée pour faire tirer droit, et que le soleil et la lune sont en même temps dans le ciel de juillet et qu'il n'y a pas un arbre à l'horizon, sauf un amandier sec atteint d'héliotropie jusqu'à en être mort étranglé ; quand on est là tout seul, par un beau jour, à sen-

tir le poids du monde — et un dimanche encore !
— sur ses faibles épaules, on se trouve tout drôle
et ne pas parler devient une maladie.

L'homme soupira, ouvrit la glacière mobile qui
était calée contre le garde-boue, et il but à la bouteille fraîche, longuement, en regardant s'éloigner
la guimbarde, toute seule, sur la ligne droite à
perte de vue, puis il referma la glacière et remit le
tracteur dans le bon sens, celui des sillons encore
éclatants de fleurs qu'il allait falloir faucher d'ici
le coucher du soleil. Il parla seul pour prolonger
un peu l'absence de silence :

— Qu'est-ce qu'il peut bien aller foutre, celui-
là, un dimanche après-midi, chez le Féraud des Iscles ? Il va lui déranger sa sieste !

Plus tard, quand on lui demanda à quoi ressemblait le conducteur de la voiture, il répondit en
imitant avec sa bouche un bruit de pet ce qui,
chez nous, exprime le comble de l'ignorance. Non
il n'avait pas vu le particulier, non il ne pouvait
donner aucun détail. Vous vous rappelez, vous —
vous n'en avez peut-être jamais vu —, comment
c'est fait une quatre chevaux ? Y a juste la moitié
de la vitre qui s'ouvre horizontalement et c'est
par là, le particulier, qu'il a passé la moitié de la
tête ; une moitié de tête, une moitié de vitre,
qu'est-ce que vous voulez voir, vous ? Et en plus,
la vitre, elle était sale !

— Non ! cria-t-il. C'était peut-être pas une
quatre chevaux ! Parce que la vitre, il l'a
abaissée !

— Ah, vous voyez bien ! s'exclama l'enquêteur plein d'espoir. Vous l'avez vu le particulier ?

— Jamais de la vie ! Il avait abaissé que la moitié de la vitre. J'ai vu que son nez !

— Ah justement ! Vous avez vu son nez, comment était-il ? Aquilin ? Droit ? Camus ?

— En pomme de terre ! Mais une pomme de terre mince, étroite : une charlotte.

L'enquêteur avait refermé son carnet, découragé.

— Attendez ! s'écria à ce moment-là l'homme aux lavandes. Il avait une ganse noire à la casquette. Il était en deuil !

L'homme et la quatre chevaux, cahin-caha, cheminèrent sous la canicule, jusqu'à cet embranchement, à l'entrée de Puimoisson, où il y avait indiqué *Pas de Laval* sur une pancarte sale. Le chemin néanmoins était propre. On voyait qu'il était souvent emprunté par de grosses voitures. Celui qui menait chez le Féraud des Iscles, en revanche, était sablonneux, malaisé, à peine tracé. Trois gros genêts défleuris en masquaient l'entrée. Ça ne ressemble plus qu'à un balai maléfique, un genêt défleuri sous la canicule, et si par hasard on y met le feu ça jette à dix mètres de hauteur des flammes noires qui craquent comme foyer d'enfer. Ceux-ci paraissaient vouloir dissuader quiconque d'emprunter cet itinéraire. Ils grif-

fèrent au passage la branlante voiture qui n'en fut
ni plus sale ni plus rayée.

C'était le bonheur en réalité que masquait cette
entrée rébarbative. Après ce n'étaient que vignes,
cyprès haut dressés, vergers aux fruits à profusion
quoique pourrissants sur les branches car la capacité familiale de consommation avait été largement surestimée, surtout depuis que les enfants
étaient partis ailleurs, vivre leur vie.

La villa était rose, laide, pratique. La terrasse
en était rehaussée comme d'un monument par un
énorme barbecue à four en briques cuites qui vo-
missait sur tout le paysage sa vulgarité. On sentait
qu'on s'assemblait là autour pour de rugissantes
beuveries. Le bonheur ostensible débordait de ce
havre de terrasse en terrasse. On l'avait bruyam-
ment convié et il s'était laissé piéger, captivé par
tant de naïf contentement de soi.

Sous un tilleul une grande table où servir le
pastis était disposée entre les bancs à dossiers
cloués au sol par de gros boulons afin que nul ne
les emportât car le bonheur est toujours jaloux de
ce qu'il possède.

L'ensemble s'appelait *Mas bien gagné* comme
si le propriétaire avait été le seul qui eût jamais
travaillé.

L'homme en deuil gara sa voiture à cent mètres
de la bâtisse, sous les chênes-verts poussiéreux
qui commençaient la garrigue. Il était un peu
alarmé par ce nerveux bruit de vaisselle qu'on
était en train de faire, aussi flairait-il l'air avec

précaution. Mais il était aussi peu visible sous le soleil, tant il était insignifiant, qu'il l'avait été l'an passé, sous la lune d'octobre, au col des Garcinets.

Il vit sortir le sybarite hors de la maison, la bonne cigarette d'après déjeuner à peine entamée entre les lèvres et le quotidien local sous le bras.

Accroupi derrière la haie de pyracanthas qui bordait la propriété, l'homme suivit jusqu'au figuier la progression du sybarite. Celui-ci était précautionneux, marchant sur des pataugas de toile, il s'y reprenait à deux fois pour poser le pied à terre.

Il s'arrêta devant la chaise longue. C'était une chose innommable, rescapée de quelque naufrage pécuniaire, autrefois payée trois francs dans une enchère publique et que nul depuis n'avait jamais songé à soustraire aux intempéries. Nul autre que Féraud des Iscles n'aurait su s'y asseoir sans qu'elle s'écrasât. Il n'était pas question de la remplacer. Féraud avait fait construire la villa qui succédait à un cabanon. La chaise longue était déjà là. Il avait changé trois fois de voiture. La chaise longue n'avait pas bougé. Féraud avait hérité de ses parents trois terrains à bâtir aussitôt réalisés. La chaise longue n'en avait pas profité. Il y a des choses comme cela qui résistent à la fortune et survivent à leur vétusté.

L'inconnu, derrière les pyracanthas, considérait ce vestige avec bonhomie. Il en appréciait l'absence de toute couleur, l'amincissement de la toile au travers de laquelle le soleil perçait, son enracinement en ce lieu autour de quoi croissait l'herbe folle.

« Ma voiture aussi elle est vieille, se disait l'inconnu, elle non plus n'a plus de couleur. Est-ce une raison pour la jeter ? Du moment qu'elle marche encore. »

Pendant qu'on l'épiait ainsi derrière les buissons aux fruits rouges, Féraud avait fait trois fois le tour de sa chaise longue. C'était un homme qui aimait faire durer le plaisir et tirer du moindre bien-être des sensations infinies. En outre, l'affalement sur ce siège de fortune constituait à chaque fois un exploit nouveau. Féraud devait s'accroupir jusqu'à toucher le sol puis se soulever lentement et assurer ses fesses sur le montant de droite, le plus solide, puis se laisser aller, toujours lentement, en arrière jusqu'à toucher de l'occiput la toile mourante. Après ça il pouvait se carrer, assurer son derrière bien au creux de la toile, s'équilibrer sur les appuis qui craquaient bien un peu sous le poids mais tenaient bon.

C'était un *transat* du temps jadis qui avait contemplé la mer. Des femmes distinguées y avaient suivi le sillage mordoré d'un navire par les nuits des Tropiques, en rêvant à la Croix-du-Sud. Sur le montant de droite était inscrit un chiffre, *21*, et un nom *Georges Philippar*. Ça n'empêchait pas le sybarite d'y dormir tranquille. Maintenant le *transat* était ici, sous le figuier, à terre pour jamais.

Sûr de son fait, il prêta l'oreille une minute au

tintamarre de cette vaisselle qu'on faisait de mauvaise grâce. Il en tira une félicité de plus. Allons, l'Augusta était toujours en bonne santé. Bien qu'elle ne proférât pas un mot en sa présence, il était toujours inquiet quand, soit fatigue soit écœurement, les ustensiles dans le bac étaient déposés en silence. Il croyait qu'elle déversait dans ce tintamarre son trop-plein d'énergie. En réalité, elle le tuait chaque jour avec une joie mauvaise, lui maintenant la tête dans l'eau sale de l'évier sous les espèces de chaque casserole à récurer, notamment celles où le lait avait *attrapé*, ce qui justifie tous les crimes.

À l'aigre musique de cette vaisselle martyrisée, le sybarite béat, la cigarette pendant aux lèvres sensuelles — c'était bien ce que sa femme lui reprochait : qu'avec de telles lèvres son homme ne l'ait plus touchée depuis sept ans —, laquelle cigarette s'effondrerait éteinte sur sa chemise dans quelques minutes sitôt qu'il aurait pris connaissance de quelques titres alléchants de son journal, tel celui-ci : *Un Pierreverdant tombe de son échelle et s'écrase au sol dont son rival avait scié trois barreaux.*

« Il y a des gens quand même… » Le sybarite mollissait, la conscience lavée des quelque deux cents porcs qu'il avait égorgés en vingt ans de pratique. Les pieds et paquets qu'il avait dégustés à midi (trois paquets et deux pieds) commençaient leur œuvre torpide. L'acide de son estomac avait fort à faire pour les dissoudre, d'autant qu'ils avaient été précédés d'un pastis bien épais et soulignés d'une demi-bouteille de ce vin de Pierrevert dont on délibérait toujours, entre amis, des qualités et des défauts.

L'inconnu qui suivait toutes les péripéties de cette chute vers l'inconscient vit d'abord flotter sur le courant d'air deux pages du journal qui s'en allaient par à-coups, poussées sur l'herbe sèche, à la suite d'une brise légère. Deux pages... puis quatre puis six, à la queue leu leu, jonchant le dessous du figuier, coiffant un rosier-tige, se débattant parmi les feuilles rêches d'un romarin.

Les mains sans défense du sybarite s'ouvraient enfin sur les dernières feuilles du quotidien qui s'affalaient sans force au pied de la chaise longue. Ces mains tombaient le long du corps, venaient s'appuyer sur l'herbe rugueuse. Pendant ce temps une catalepsie bienheureuse s'emparait du visage et des traits, le crâne chauve se mettait à resplendir aux caprices de l'ombre et du soleil, à travers le feuillage du figuier. Les prémices d'un ronflement affleuraient aux commissures des lèvres.

Le sybarite esquissa puis affirma un sourire ravi. Sa bouche s'ouvrit sur un brame véhément presque tragique.

Alors, l'inconnu vint sur la pointe des pieds contempler sa future victime. Il ne la connaissait pas, il ne l'avait jamais vue et pourtant il avait décidé de la tuer sans haine et sans crainte. À tel point sans haine qu'il n'était muni d'aucune arme, qu'il aurait répugné même à porter lui-même les mains sur ce semblable et qu'il ne savait pas, no-nobstant, comment il allait s'y prendre.

On lui avait décrit comme légendaires les siestes de cet homme et son nonchaloir. À la veillée, au soir d'hiver, où l'on parlait de tout le monde, où sous l'égrenoir de la conversation tous et chacun recevait son dû, il avait entendu parler de ce Féraud et de ses siestes.

— Un jour de communion, son neveu lui a fait péter un gros serpenteau sous sa chaise longue. Qu'est-ce que vous croyez qu'il a fait, le Féraud ? Il a tout juste ouvert un œil mourant et voyant qu'il n'arrivait rien d'autre, il a enfilé un nouveau ronflement à celui qu'il venait d'interrompre !

L'inconnu était maintenant à même d'admirer ce sommeil. C'était un sommeil convulsif à force d'être profond. Il faisait vibrer la vieille carcasse de la chaise longue comme si elle vivait sa dernière heure. Parfois, on croyait que le réveil était imminent, tant au frémissement des traits et au tremblement de la peau il paraissait impossible que le corps ne fût pas alerté par l'épouvante. Mais non. C'était cyclique comme le passage des nuages devant le soleil, comme le remous d'un ruisseau quand, à la surface lisse, un soudain tourbillon se creuse avec un bruit d'absorption. C'était ce bruit que proférait la bouche ouverte du personnage, puis il la refermait, puis le silence et puis soudain ce bruit de nouveau comme un évier que l'on débouche. Parfois le dormeur s'arc-boutait sur la toile de la chaise longue, on avait

l'impression qu'il allait se jeter hors. Mais non !
Avec des précautions infinies, épousant de nouveau le contour de la toile, lentement, comme s'il
était conscient de la vétusté de son siège et enfin
le comblant de son corps, le dormeur s'y reposait
sans heurt et sans secousse, soulignant d'un gémissant ronflement cet exploit qu'il venait d'accomplir.

L'inconnu était immobile aux pieds du sybarite
et même il avait ôté sa casquette à ganse de deuil.
Il ne se souciait guère qu'on pût le repérer, aussi
peu visible sous le soleil qu'il l'avait été l'an passé
dans le col des Garcinets, sous la lune d'octobre.

Il était perplexe, l'imagination en panne, ne sachant comment s'y prendre pour arrêter cette vie
sans avoir l'air d'y toucher. L'an passé, dans le col
des Garcinets, ç'avait été plus facile. Le hasard
seul, semblait-il, s'était chargé de la chose. Ici, il
allait falloir l'aider, peut-être y mettre la main.

L'inconnu prêta l'oreille. À travers le vacarme
assourdissant des cigales qui crépitaient par tout
le plateau et la crécelle intermittente de la vaisselle bousculée, à soixante mètres de là, dans la
maison aux fenêtres ouvertes, une autre sonorité
plus basse et plus compacte s'établissait sous ce
niveau aigu et lui servait de basse continue.

Presque au pied du figuier, bien orientées vers
le levant, s'alignaient trois ruches toutes bruissan-
tes d'un travail sans relâche. Leur vacarme à
l'unisson retentissait sous le feuillage. Invisibles
parmi les frondaisons obscures de l'arbre, les

abeilles sautaient parfois dans le soleil quand quelque rayon parvenait à transpercer le figuier. Alors on voyait jouer autour d'elles l'auréole bleue d'une poussière de pollen qui explosait en une myriade de particules dans l'atmosphère. Les ouvrières grondaient en chœur à l'entrée du rucher, avides d'aller débarrasser leurs corps de la récolte qui les alourdissait.

L'homme en deuil admirait la tenue irréprochable de ces ruches que le sybarite soignait avec amour. Elles étaient d'une couleur de cire et chacune était briquée comme une boîte à coucou dans un chalet suisse. On avait la sensation fort vive que, sous le toit de bardeaux, l'oiseau couleur du temps allait bientôt surgir pour l'annoncer.

C'étaient des ruches d'amateur éclairé, des ruches aussi vénérées qu'un meuble d'ancêtre dans une maison bien tenue. Les abords en étaient constamment sarclés. Il y avait de beaux numéros bleus sur des pancartes, au bout de piquets plantés en terre, lesquels eux-mêmes étaient soigneusement calibrés et ressemblaient autant que possible à des objets d'art.

« C'est un homme de bonheur ce Féraud et ça m'étonne pas qu'elle l'ait un jour choisi... », songeait l'homme en deuil. Depuis quelques instants, la casquette soulevée, il se grattait la tête, en un geste perplexe.

Il flairait quelque part une solution quelconque à son problème particulier mais il ne parvenait pas à saisir sous quelles espèces, matérielles et flagrantes, elle l'attendait pour le servir.

Longtemps il tourna en rond autour du dormeur invétéré, longtemps son regard suivit le vol des abeilles, observant le dôme du figuier, voyageant de la chaise longue à la haie de pyracanthas. Il était en quête d'une trouvaille quelconque à débusquer, quelque élément qui lui permettrait de perpétrer son crime sans avoir l'air d'y toucher.

Il s'accroupit pour mieux réfléchir, en se rongeant l'ongle du pouce, et c'est alors qu'il aperçut, venant de l'angle de la maison où il sortait d'un appentis, le serpent vert d'un tuyau d'arrosage qui se lovait à terre jusqu'à la haie de pyracanthas. C'était un de ces tuyaux prometteurs qui donnent soif rien qu'à les voir tant ils évoquent la fraîcheur d'une source.

L'homme en deuil en eut tout de suite l'œil luisant. Il se déplaça, accroupi toujours, jusqu'au bout de ce tuyau que signalait un objet mal visible de loin. C'était une oblongue bassine, verte elle aussi comme le tuyau et qui, pleine à ras bords, devait contenir à peu près cinquante litres d'eau claire. Cette eau devait coûter cher tant elle chuintait avec parcimonie, hors du robinet fixé sur le tuyau. Elle était, avec la verdure du figuier la seule note fraîche de ce juillet torride. L'homme comprit tout de suite à quoi elle était destinée et le parti qu'il pouvait en tirer.

Il ouvrit le robinet et le referma aussitôt car il

s'en échappa un jet d'eau raide qui fit un bruit du diable. L'homme inquiet resta coi de longues minutes à observer le dormeur qui n'avait pas bronché. Celui-ci était parti pour une longue croisière de sommeil béat que son coffre puissant orchestrait avec des ronflements à variations.

Alors, l'homme en deuil alla s'arc-bouter contre le sol, entre les pyracanthas, agrippé des deux mains aux rebords de la bassine. C'était dur car il fallait la vider en silence. L'eau s'épandait dans l'herbe, en nappe sournoise, par l'effort de celui qui soulevait le récipient, et cela lui prit plusieurs minutes pour le vider entièrement. Quand ce fut fait, il fallut l'arracher au sol. Il devait être là depuis des années car il dessinait dans l'herbe un ovale bien visible où les racines blanches du chiendent persillaient la terre. L'homme ferma à fond le robinet.

Il était sûr de lui et paisible : transporter une bassine vide et usagée d'un point à un autre ne pouvait en aucun cas passer pour un acte criminel. L'homme se déplaçait lentement, à bonne distance de la chaise longue mais toujours en arc de cercle autour d'elle.

Il ne perdait pas de vue non plus les ruches vrombissantes où les éclairs dorés des abeilles fulguraient sous le figuier parmi les rayons tamisés du soleil.

C'était l'heure où le jour de juillet oscille sur son sommet, où le silence est à son comble chez les travailleurs, où ils s'épargnent et courbent l'échine, subissant la canicule, n'osant s'agiter, s'ils le peuvent, à cause des ruisseaux de sueur qu'ils vont tirer de leurs membres au moindre effort.

Autour d'eux cependant, l'énergie de la matière est aussi à son comble. Les insectes grouillent dans la chaleur qui les fustige et accélère leur rythme de vie comme il ralentit celui des travailleurs. Les oiseaux, les lézards, les grenouilles des mares taries, tous immobiles, à l'affût, guettent leur proie pour des bombances d'arthropodes dont on entend craquer les squelettes sous les mâchoires des prédateurs.

Les fleurs sont béantes, pâmées à force de vide, désirant l'abeille par amour et pour se perpétuer. Sur tout le plateau de Puimoisson et celui de Valensole, l'abeille est seule, maîtresse du monde, ayant ce privilège d'être dédaignée par les prédateurs parce que, insecte parfait, elle n'est pas comestible.

Invisible au ras du sol, elle pompe les godets mauves de la sauge officinale ou les amphores de la fleur de lavande. Mais qui, à part les abeilles, s'est jamais penché sur les cinquante amphores d'une fleur de lavande ? Quelque bigre peut-être, hissant comme un colporteur les ruches sur les tilleuls en fleur, quand le nectar de celles des champs est épuisé, quand les mandibules des ouvrières claquent sur le squelette des étamines au lieu de se refermer sur le velours du pollen.

Le vol d'une abeille qui butine est une école

buissonnière : elle prend conscience de la vie, du beau temps qu'il fait. Devant une corolle toute fraîche et née du matin, elle vrombit de bonheur avant de l'investir. Tâter le pistil d'une fleur est pour une abeille le comble du désir exacerbé. (Asseyez-vous au bord d'un orne par trente-cinq degrés à l'ombre pour écouter ces ouvrières ena-mourées si vous ne me croyez pas.) On ne sait pas, à cet instant, car il n'a jamais été dit ni écrit nulle part qu'Éros est une exclusivité humaine, quelle est la part de l'érotisme dans le comporte-ment de l'abeille et celle de la fonction grégaire qui est de rapporter au bercail une parcelle de la nourriture collective.

Une abeille qui travaille fait durer longuement son plaisir, le tâte, l'apprivoise, y ajoute quelque fantaisie, quelque arabesque, quelque mystère. Une abeille qui travaille, si l'on prend soin de l'observer, ne ressemble à aucune de ses voisines, il y a chez elle mille manières de recueillir et de rapporter à la ruche la moisson d'un périple par-fois long de cinq kilomètres.

Un seul impératif tient l'abeille enchaînée au rucher quand l'heure est venue : c'est la soif. Tenant entre ses mains la bassine vide, l'homme en deuil était maître de la soif des abeilles. Celles qui œuvraient tranquillement dans les parages de ces trois ruches sous le figuier comptaient ferme-ment sur cette bassine autour de laquelle elles s'amasseraient tout à l'heure pour effleurer l'eau.

Il s'agissait d'orienter le récipient de manière

que les ouvrières ne puissent éviter la chaise longue où dormait le sybarite. Car si l'abeille qui butine est une promeneuse, l'abeille qui a soif se transforme en coup de fusil, elle n'a pas de temps à perdre, son vol est une trajectoire. Rapide comme une balle, elle ne tient pas compte des obstacles, si l'on en dresse un entre elle et le point d'eau, elle s'écrase contre plutôt que de l'éviter Une abeille affolée par la soif a des réflexes d'individu, peut-être les seuls, elle se rue vers l'eau comme la limaille de fer vers l'aimant. Chaque soir, des dizaines de cadavres d'abeilles jonchent les points d'eau préparés pour elles tant le délire de la soif leur tient lieu de raison. Il ne faut pas se fier à la sérénité de la nature, elle ne cesse jamais de tuer ni de faire naître.

L'homme en deuil connaissait bien les mœurs des abeilles et c'est pourquoi il calculait au plus juste l'emplacement exact où il fallait reposer la bassine.

Quand il eut bien réfléchi, après avoir pris en compte la trajectoire du soleil, il s'assura qu'on pouvait dérouler le tuyau jusqu'à l'amener à la nouvelle position de la bassine. Tous les gestes qu'il fit ensuite relevaient de l'innocence du fontainier qui tire le meilleur parti d'une eau toujours fort rare en ce pays.

Il emplit le récipient avec parcimonie, en réduisant autant que possible le bruit du robinet. Il avait bien assuré l'assise du réservoir de manière que le niveau de l'eau soit absolument identique à ce qu'il était à l'ancien emplacement car il ignorait les réactions des abeilles à tout changement de leurs habitudes, de même qu'il prit soin de régler le chuintement de la pression pour que le débit ne diffère pas de ce qu'il était auparavant.

Après ces quelques aménagements rien n'avait changé dans le paysage. L'ombre du figuier était toujours aussi dense, sous la haie de pyracanthas poussiéreux, le tuyau ondulait toujours dans l'herbe sèche et l'on entendait toujours ces bruits de vaisselle que faisait la ménagère dans la villa.

Le dormeur paisible quoique ronflant avec véhémence était toujours enfoncé dans le sommeil et l'homme en deuil s'était accoisé sous un chêne-vert d'où il observait avec angoisse la course du soleil. Car maintenant le soleil seul était maître du sort du sybarite. S'il se cachait derrière quelque nuage, la soif des abeilles cesserait d'être obsessionnelle et elles se contenteraient de contourner raisonnablement l'obstacle qu'on leur proposait. Seul le soleil avait le pouvoir d'affoler leur soif.

Mais il n'y avait rien à craindre. Les silhouettes des arbres ne dépassaient pas leur circonférence. Il fallait être dessous pour profiter de leur ombre. Il était né tout à l'heure à l'aplomb de Lure un petit nuage au-dessus d'une combe obscure, laquelle narguait la canicule du fond de son vallon et avait osé jeter cette tache humide contre le ciel. Elle fut épongée en trois minutes. La tête de l'Estrop sous le brasillement de l'air était invisible comme par un sombre jour d'hiver. Un corbeau pathétique traversait le plateau en direction du Mourre de Chanier. Son appel semblait crier grâce.

L'homme en deuil s'était mussé sous la poussière du feuillage, à l'abri d'un chêne-vert. Il était là, le cœur battant, bien dans le prolongement de l'axe que formaient les ruches, la chaise longue et la bassine ruisselante où l'eau miroitait complètement immobile. Il transpirait à grosses gouttes. Il n'était pas sûr du tout que son traquenard allait fonctionner. Il n'était pas sûr du tout qu'au premier dard qui l'atteindrait, le sybarite ne se levât pas en criant : « Au secours ! » Aussi gardait-il une main ferme sur le gros galet de l'Asse qu'il s'était procuré en fouinant alentour. S'il fallait en arriver là...

L'homme attendit deux heures parfaitement immobile. Un peu de salive suintait aux commissures de ses lèvres et un peu de sueur s'amassait dans les plis de ses fanons et de son cou. C'est au bout de ce temps qu'il sortit de sa poche un carnet ancien qu'il ouvrit et dont il détacha une page avec soin.

Il fourragea de nouveau dans ses profondes, ce qui fit un bruit d'osselets. Parmi quelques objets hétéroclites qu'il rempocha furtivement, il préleva une épingle à linge à laquelle il accrocha la feuille du carnet. Il se leva, courbé en deux, il s'avança vers le dormeur en retenant son souffle. Plusieurs minutes, il resta ainsi penché sur le sybarite qui

ronflait la bouche ouverte. Il le voyait bien : sa
tête bonasse, sans relief, son front dégarni, la
niaise incurvation de son nez épaté où des résilles
violettes révélaient l'homme de bonne chère.

Le vent du soir montait de très loin comme
une marée sournoise, imperceptible, sans encore
éveiller le tremblement des feuillages. Il portait
en lui, depuis le bord du plateau, une rumeur de
foule suppliante. C'était aux abords de toutes les
ruches de Puimoisson et de Valensole, le brutal
rassemblement quotidien des ouvrières retour du
travail.

Alors, comme s'ils pardonnaient au monde
d'avoir été si ardents, les rayons du soleil abaissè-
rent ensemble leurs faisceaux. L'Estrop au lointain redevint visible, le Serre de Montdenier se
mit à scintiller tout blanc comme il serait l'hiver
prochain lorsque la neige le couvrirait.

Et soudain, sans un signe d'avertissement, les
abeilles des trois ruches se lancèrent dans une no-
ria sauvage qui avait pour cible la bassine verte.
C'étaient des flèches horizontales à peine visibles, accompagnées de bourdonnements exaspé-
rés comparables aux huées d'une foule qui refuse
de faire quartier. Cette attaque frontale qui ne
souffrait pas de déviation passait au-dessus de la
chaise longue du dormeur, mais le gros de la
troupe s'écrasait de plein fouet contre l'obstacle,
obstiné, aveugle, comme la ruée de combattants
à l'assaut.

Le sybarite n'eût peut-être pas succombé au

grand nombre s'il n'avait d'abord été foudroyé par une attaque involontaire ; la trajectoire d'une ouvrière passa au-dessus de la bouche ouverte qui aspirait une grande goulée d'air. L'insecte tourbillonna dans ce maelström. Le dormeur referma la bouche, on ne sut jamais s'il avait ressenti quelque piqûre.

L'homme en deuil horrifié vit sa victime se dresser toute raide comme un fantôme sans yeux. L'œdème de Quincke avait déjà transformé en une horrible citrouille ce qui avait été une tête d'homme.

Le sybarite parcourut en trombe les soixante mètres qui le séparaient de la villa. Il surgit dans la cuisine en bousculant la vaisselle. Il mourut la tête dans l'eau de l'évier comme l'avait tant rêvé son épouse. Celle-ci eut juste le temps de lui arracher du veston cette page d'agenda que retenait une épingle à linge.

Il n'y avait plus que quelques abeilles parsemant son visage et son cou et qui achevaient elles aussi de mourir, le dard emportant les entrailles arrachées au corps.

Mais c'était là petit détail. Le reste des avettes fusait toujours entre les ruches et la bassine ayant anéanti l'obstacle.

Leur trajectoire continue tendait dans l'air du soir comme une portée musicale et le bourdon de leur allégresse s'inscrivait au crépuscule en *do* majeur.

Il y avait longtemps que, courbant l'échine

l'assassin en grand deuil avait regagné sa voiture brimbalante. Il assumait sur ses épaules le souffle du malheur. S'il y avait eu quelqu'un pour l'observer, on l'aurait vu pleurer.

Lurs

En un an, le chagrin d'amour de Laviolette n'avait pas pris une ride. Il s'étendait comme la lèpre, perceptible à chaque réveil, nourri de beaux souvenirs qui n'avaient plus aucune réalité puisqu'on ne pouvait plus les rattacher au présent.

À Piégut, la carte routière contre le mur sombre de la salle commune, déserte désormais à part lui, Laviolette l'enrichissait de points rouges presque chaque jour. Il allait hanter en rêve tous ces coins des Basses-Alpes où ils s'étaient aimés avec Lemda. Il en dénichait dans sa mémoire d'inédits comme cette prairie au-dessus de Prads que les pins sylvestres faisaient sournoisement retourner au sauvage et où il avait perdu une des deux capes usagées qu'il avait emportées pour que Lemda y soit moins inconfortable parmi les jeunes conifères qui dissimulaient leurs ébats sous le soleil de quatre heures. Cette cape dans l'herbe qui poussait autour d'elle, sans doute depuis trois ans était-elle encore là, perdue dans la solitude et des nuits et des jours et des étés et des hivers car personne, même pas les chasseurs, ne fréquentait ces friches des fermes mortes dont même les oiseaux n'approchaient plus.

Ces points rouges étaient incrustés parmi les paysages divers sur lesquels ils s'étaient extasiés ensemble avant d'y communier dans un érotisme minutieux, toujours plus recherché. Ils aimaient l'amour tous les deux et ensemble, jusqu'à ne plus se reconnaître, jusqu'à ne plus se rechercher que les yeux fermés, avec des éclats de regards ravis qui filtraient au soleil à travers leurs paupières et par lesquels ils se remerciaient.

Ces réminiscences poignantes le jetaient dans un abîme de panique où il n'avait plus comme remède que les transes de son cher Swann.

Il raflait le volume sur la table basse, il en bâfrait littéralement la substance avec des mouvements de l'âme saccadés et avides, comme un drogué cherchant sa dose.

C'était le seul moment chez Laviolette où sa souffrance le ravissait. Grâce aux accents pathétiques de celui qui avait ainsi dépecé au plus près sa propre douleur, il la retrouvait chez autrui et, sublimée par l'art, elle devenait supportable.

Il pouvait ensuite, le cœur calmé, revenir à sa précieuse carte du pays, ayant encore retrouvé dans sa mémoire des vallons où le vent claquait, où le silence odorant des grands bois avait dit un jour aux deux amants : « Vous vous souviendrez. Nous sommes votre substance et votre foi. La joie communiante qui vous exalte ensemble, ne vous y trompez pas, c'est en nous qu'elle demeure. Ne comptez pas sur votre mémoire, comptez sur la soudaine résurgence des sensations éphémères que vous aurez goûtées parmi notre immortalité. »

Ainsi, tel soir, il venait de retrouver soudainement, grâce au vent qui soufflait sur Piégut, un de ces endroits anciens qu'il n'avait hanté qu'une seule fois.

C'était il y avait longtemps, un moment qui à peine avait duré une demi-heure, dans la sapinière de la forêt Demontzey sur le versant nord du col du Labouret. Ils s'étaient rejoints en ce lieu par un jour sombre de janvier, sous un épicéa où Laviolette s'était agenouillé sur la neige pour adorer Lemda. Un soleil malade à travers les ramures de l'arbre faisait fondre le gel qui s'était accumulé et qui, en gouttes espacées, percutait alors la nuque de Laviolette entre le cou et la chemise. Il n'avait pas bronché, car l'égoïste Lemda tout à la recherche de son plaisir n'eût pas toléré qu'il s'interrompît pour quelques gouttes d'eau. Laviolette, le crayon rouge à la main qui venait de ponctuer la carte de ce nouveau souvenir, se demandait pourquoi il n'était plus avec Lemda dans cette sombre forêt, par ce jour gémissant d'autrefois.

Alors la porte s'ouvrit avec fracas et le juge Chabrand, tel un justicier, inscrivit sa sévère silhouette dans le chambranle.

Toujours revêtu de ce carrick vert forestier qui

avait autrefois emporté un amour dont à peine il se souvenait, il était venu à pied depuis Venterol où il avait laissé sa voiture.

Il s'était promené dans ce crépuscule lugubre pour avoir le temps précisément de se mettre dans la peau de Laviolette, à l'unisson avec Piégut. Cette route de Venterol à Piégut, en novembre qu'on était alors, ressemblait à un tapis de feuilles mortes que ne dérangeaient pas les deux ou trois véhicules qui par jour y passaient. Laviolette lui-même n'y avait aucun souvenir à partager avec ces solitudes. Lemda n'y était jamais venue.

Il avait fallu à Chabrand la moitié d'un été et celui d'un automne pour qu'il se décidât, poussé par plus fort que lui, à venir s'attaquer à la solitude de Laviolette, et aussi parce que la Chabassut ne cessait de le solliciter.

— Je vous en prie ! Allez le distraire ! Il est en train de se tuer ! Tenez ! J'ai un chat de quinze ans, celui auquel il tenait le plus ! Il ne passera pas l'hiver. Eh bien jamais, vous entendez, jamais ! il ne demande de ses nouvelles. Lui qui aimait tant ses chats ! Jamais plus !

Elle fondait en larmes. C'est dur de voir pleurer sur un désastre une femme de quatre-vingts ans.

Chabrand avait mis toute une année aussi à ruminer sa jalousie contre Laviolette car il croyait, en aimant Digne, avoir touché au pinacle, or le jour où il avait découvert Laviolette parmi l'emphase solitaire de Piégut, il s'était avoué, en son for intérieur, que se contentant de Digne il était encore engoncé parmi les mortels communs qui ne savent pas se passer les uns des autres.

Cependant il n'avait pu ignorer plus longtemps les injonctions téléphoniques de ce personnage si haut placé parmi les grands commis de l'État et qui le menaçait maintenant de le muter dans les Yvelines, où il y a tant de monde, s'il n'obtempérait pas.

Laviolette étonné ne se lassait pas de contempler ce juge dodu car il ne parvenait pas à chasser de sa mémoire l'ascétique Chabrand d'autrefois et croyait naïvement que, changeant d'aspect, celui-ci pouvait aussi avoir changé d'âme.

— C'est très grave ! attaqua Chabrand tout de suite. Deux tueurs de cochons et résistants de la première heure par surcroît qui se font abattre à un an de distance. Honnoraty...

— Quoi ! Il est encore en vie celui-là ?

— Sauf son respect c'est à peu près ce que je me suis exclamé quand il m'a téléphoné.

— Il vous a téléphoné ?

— En personne. Il m'a tout juste permis de prononcer mon exclamation incrédule. Après quoi il m'a à peu près dit que des personnages tels que lui étaient à peu près immortels et qu'en tout état de cause ils ne prenaient pas leur retraite avant soixante-quinze ans et qu'il n'en avait que soixante-treize.

— C'est parfait ! Qu'il vieillisse en paix et qu'il me foute la mienne !

Chabrand secoua la tête.

— Non ! Car il m'a parlé de vous. Il s'est enquis tout d'abord de savoir si vous étiez toujours en vie. Il m'a dit : « Et mon frangin[1] ? »

— Ah c'est vrai ! ricana Laviolette avec amertume. Nous étions frangins.

Il se souvenait. Cela ne valait même pas l'oubli. En réalité, Chabrand rapportait une conversation tronquée. Honnoraty lui avait dit :

— Il n'est pas mort ? Je l'aurais su. Il n'est pas gaga au moins ?

Chabrand avait tourné sept fois sa langue dans la bouche avant de répondre :

— Il a un chagrin d'amour.

Honnoraty avait ricané.

— Bref ! Vous êtes en train de me confirmer à mots couverts qu'il est réellement gaga.

Chabrand passa aussi sous silence ce qu'il avait alors répondu :

— Je vous souhaite, monsieur le contrôleur général, d'en avoir encore un quelque jour.

— Un quoi ?

— Un chagrin d'amour.

— Mon jeune ami, si vous saviez ce que c'est que le bien public et l'intérêt que j'y porte, vous ne feriez pas de ces réflexions idiotes.

---

1. Voir *Le secret des Andrônes*.

— Il a parlé de bien public..., résuma Chabrand.

Le reste de la conversation n'offrait aucun intérêt et Chabrand se contenta amèrement de constater en soi-même que grâce à l'amour et à son
chagrin, lui qui n'avait pas cinquante ans, il avait
fait plus de chemin dans la vie que ce vieil Honnoraty. Hélas, en cette fin de siècle, il y avait encore, mais c'étaient les derniers, de ces beaux ca-
ractères qui ne voulaient pas se regarder en face.

Laviolette pendant ce temps faisait ce geste
familier de semer du sel par-dessus son épaule.
Le frangin Honnoraty pouvait toujours aller se
faire cuire un œuf, avec son bien public.

Mais le juge Chabrand n'était pas homme à se
laisser si facilement évincer. Il étudiait depuis assez longtemps les ressorts de l'amour-propre pour
savoir que même un Laviolette est susceptible de
vanité.

Quand un homme tel que Laviolette prétend si
bien se connaître et donc s'abstient de jamais par-
faire cette connaissance, le moindre imbécile est
capable de le faire trébucher.

— Vous savez, cher, que vous nous avez rendu
un fier service en confisquant cette épingle à linge
chez le barbu d'Auzet ?

— Ah bah !

— Eh oui ! L'épingle à linge, c'est comme la
sucette en caoutchouc qu'on fourre dans la bouche des gosses pour avoir la paix. Ce n'est pas de-

main qu'on remplacera la sucette par un gadget électronique, ni l'épingle à linge !

— C'est-à-dire ?

— Que l'analyse comparée des deux épingles, celle trouvée sur le cadavre du col des Garcinets et celle qui était sur le fil chez le barbu d'Auzet, a confirmé qu'elles ont bien été utilisées par une seule et même personne. Et savez-vous ce qu'on a trouvé dessus ?

Laviolette fit signe que non.

— Des traces de rouge à lèvres ! De la même provenance, et du même tube et de la même marque ! Sur l'une et sur l'autre !

— Allons donc ! Du rouge sur une épingle à linge !

Laviolette se frappa le front. Il revoyait brusquement sa mère en train d'étendre au jardin la lessive de la famille. Bien sûr elle n'utilisait pas de rouge à lèvres à l'époque, mais quand les épingles la gênaient elle se les fourrait entre les dents par deux, trois, parfois quatre.

Laviolette se leva pour considérer dans l'escalier les daguerréotypes de ses ancêtres. Le brigadier Laviolette, celui qui avait sévi à Forcalquier dans les années 1910[1], le regardait sous son bicorne et au-dessus de ses moustaches avec un air lourd de reproche.

Ce n'était pas un air nouveau. Il le regardait ainsi, vivant ou mort, depuis l'enfance, d'abord

---

1. Voir *Les charbonniers de la mort.*

parce qu'il était une bouche de plus à nourrir, ensuite parce que, en classe, il préférait la poésie aux mathématiques, puis parce qu'il était devenu franc-maçon et enfin aujourd'hui parce qu'il se souciait comme d'une guigne du bien public et que par surcroît il avait un chagrin d'amour.

Laviolette tourna le dos à cet ancêtre grondeur. Il ouvrit le buffet aux douceurs auxquelles il ne touchait presque plus. Il en tira une vieille bouteille de vin de noix munie d'une étiquette d'écolier.

— Chemin faisant, dit-il, vous n'êtes pas devenu aussi alcoolophobe ?

— Hélas, dit Chabrand, pas quand l'alcool a bon goût.

— Trinquons aux labos de la police, proposa Laviolette. Ils ne cessent pas de m'étonner.

— Bon ! dit Chabrand. Vous pensez bien que, partant de là, j'ai immédiatement dépêché deux gendarmes à Auzet pour alpaguer le barbu. On l'a fait rebouillir pendant deux bonnes heures puis je l'ai fait mettre en garde à vue en lui recommandant, en ce salutaire tête-à-tête avec soi-même, de bien se rappeler qui était cette femme dont on retrouvait le rouge à lèvres sur l'épingle à linge de son étendoir et sur celle qui tenait la page du calepin (où le signalement de ce barbu était noté !) au revers du tueur de cochons assassiné. Mais rien à faire ! L'homme nous a avoué à peu près quinze bonnes fortunes par an. Soit cent soixante-cinq, depuis onze ans qu'il est là ! Il est à jamais incapable de dire laquelle lui a confié cette épingle à linge ou à laquelle il a pu la barboter !

— Mais comment peut-il avoir tant de maîtresses ?

— Que voulez-vous ? C'est un artiste et il est barbu ! Bref ! Trois fois depuis l'année dernière — car nous n'avancions pas et il était notre seul lien avec le meurtre — je l'ai convoqué, mis au trou, morigéné. En vain ! Il m'a dit : « Vous pensez bien ! Accusé de meurtre ! Moi ! Un artiste ! *Felix artifex* ! J'aurais plongé dans le crime ! Avec ma sensibilité ! C'est insensé, monsieur le juge ! Vous pensez bien que je cherche ! Toutes les nuits je refais le compte de mes amours ! J'en oublie ! J'en saute ! J'en rattrape ! Je confonds les années ! » Bref ! Il a une belle peur comme vous dites mais ça ne lui rafraîchit pas la mémoire !

Il se leva, fit miroiter son verre aux flammes de l'âtre. Il y avait longtemps, bien longtemps qu'il n'avait pas bu un vin de noix qui ait autant le goût de terroir qui, en une lampée, parle autant d'enfance et de paix sur la terre.

Prolonger le silence lui paraissait salutaire pour appâter Laviolette. Il se faisait l'impression d'être Schéhérazade berçant l'immortel ennui de son sultan. Pendant que Laviolette était intrigué par cette sombre trame, il ne songeait pas à son amour perdu.

— En plus, reprit Chabrand, pour cette nuit d'octobre où fut assassiné le premier tueur de cochons, il n'avait pas d'alibi. Ce pouvait être lui le coupable. L'épingle à linge de son étendoir était accusatrice, imprégnée du même rouge que celle trouvée au revers de la victime au col des Garcinets. Vous imaginez bien qu'après cela, la navette des gendarmes entre Auzet et mon cabinet s'est accélérée, cinq fois, vous entendez bien ? Cinq fois je l'ai fait convoquer ! Rien à faire ! Il ne pouvait rien préciser parce qu'il ne se souvenait pas. Pourtant, à chaque fois il m'était de plus en plus antipathique. À chaque fois il me déplaisait plus souverainement !

— Ça, dit Laviolette, il faut reconnaître qu'il a une gueule d'empeigne. Mais pourquoi dites-vous le premier tueur de cochons ? Vous êtes entré ici en annonçant qu'il y en avait deux.

— Je suis un mauvais raconteur d'histoires, avoua Chabrand. J'aurais dû commencer par là. La gueule d'empeigne est hors de cause. Cet été à Puimoisson, il y a eu un autre meurtre. Un autre tueur de cochons, un autre résistant. Il était adjoint au chef du maquis sur le plateau de Valensole. Mais vous savez combien il est délicat, encore aujourd'hui, de toucher à ce genre d'homme. Les bouches sont cousues, les rares paroles sont évasives, chacun songe aux ennuis possibles et qui de rien ne se mêle de rien ne se démêle.

— Et que faisait votre barbu d'Auzet cette nuit-là ?

— Ce n'était pas la nuit, c'était en plein jour par canicule. Il faisait la sieste avec une épicière de Seyne. Et comme celle-ci est célibataire et qu'elle est allergique aux gendarmes, elle lui a fourni un alibi en béton !

— Et l'arme du crime ?

— Des abeilles qui avaient soif. Je m'explique. Quand on a retrouvé le *de cujus*, il avait la tête dans la cuve de l'évier pleine d'eau de Teepol et son visage ressemblait à une citrouille d'épouvantail. On a extrait à l'autopsie quatre-vingt-dix-huit dards d'abeilles. Personne ne résiste à ça. Il en avait un planté sur la langue qui a dû être décisif. Et, détail pittoresque, un aussi on ne sait comment planté dans le gland de la verge. C'est vous dire qu'il avait plusieurs raisons de mourir.

— Mais comment cet homme a-t-il pu s'exposer à ça ?

— Il faisait la sieste sur une chaise longue. L'abreuvoir des abeilles avait été déplacé. Il était juste sur la trajectoire.

Laviolette se leva et fit quelques pas autour de la table basse. En passant, il sentit l'odeur des grands bois dont s'était imprégné le carrick de Chabrand sur le trajet de Venterol à Piégut, sous les hêtres.

« Il commence à reprendre pied dans la réalité », se dit le juge plein d'espoir.

Laviolette se planta devant la fenêtre où l'austère site de Piégut lui faisait signe à travers les vergers mourants et les naïves corbeilles de fleurs au coin des maisons. Qui sait ? Lemda pourrait peut-être avoir encore quelque admiration pour lui s'il réussissait à résoudre cette agaçante énigme ? Et qui sait, pendant qu'il s'offusquerait à la résoudre, qui sait si l'oubli à la fin ne viendrait pas ? Qui sait si un jour, pacifiés l'un et l'autre, ils ne pourraient pas se retrouver simplement ensemble, assis à la terrasse d'un café, à Digne ou ailleurs, devisant paisiblement ? Cette perspective le plongeait dans un désespoir plus vif encore que l'idée de ne jamais plus la revoir. Être assis à côté d'elle (à côté d'elle !), lui demander civilement pardon si jamais, par inadvertance, il la frôlait de trop près ou s'il lui heurtait le coude en se levant, cette idée d'être à ses côtés sans plus jamais contenir entre ses bras le corps entier de son amie perdue, cette idée le faisait bramer de souffrance comme un vieux cerf au fond des bois.

— À quoi songez-vous ? demanda le juge alarmé. Je vous apporte un grand mystère tout frais et vous le considérez du point de vue de Sirius ! Et votre attention erre je ne sais où !

Laviolette eut pitié de cette sollicitude inutile, par quoi Chabrand essayait de lui faire comprendre, avec ses faibles moyens, qu'il avait de l'amitié pour lui et que ce n'était pas là si mince cadeau que lui faisait la vie.

— Combien de temps avez-vous souffert pour votre Créole ? demanda Laviolette à brûle-pourpoint.

— J'ai encore mal la nuit quand j'envoie machinalement le bras pour la toucher. Elle se tenait toujours au bas bout du lit au risque d'en tomber.

— Alors ne soyez plus persifleur. Ce n'est pas l'objet qui compte, c'est la douleur.

— Je persifle pour vous fustiger, dit Chabrand. Où est-il le Laviolette d'autrefois si volontiers résigné à la souffrance d'autrui ? Vous tâtez la vôtre avec une sollicitude suspecte pour un moraliste. Si vous pouviez vous voir, ainsi démoli, vous auriez honte !

— Je suis humilié jusqu'aux tripes. Je suis écarlate de honte jusqu'à l'âme. Et alors ? La honte vous croyez que ça guérit ?

Il fit signe à Chabrand d'approcher son verre. Il emplit aussi le sien avec ce vin de noix qui parlait des tranquillités sans émoi de Piégut.

— Soit ! dit-il. Je rentre dans votre jeu. Donnez-moi des détails.

— Eh bien voilà ! dit Chabrand.

Il s'assit sur le banc vis-à-vis de Laviolette en faisant décrire à sa houppelande un large cercle qui la fit retomber en corolle autour de lui.

— L'homme de Puimoisson dormait imprudemment à proximité de trois ruches en pleine activité. Sa femme en le voyant surgir dans la cuisine avec une tête en forme de citrouille, a d'abord cru qu'il lui faisait une farce. Après elle a appelé le SAMU. Il était mort quand les secours sont arrivés et la veuve machinalement tendit au médecin qui constatait le décès cette pièce à conviction.

Chabrand brandit devant lui la photocopie agrandie d'une feuille de répertoire identique à celle qui était fixée au revers du veston sur le cadavre de l'année précédente, au col des Garcinets.

— Sans ça, dit-il, tout le monde aurait cru à une mort naturelle, même si le baquet où les abeilles venaient boire, il était patent qu'il avait été déplacé.

Chabrand agitait la pièce à conviction devant le nez de Laviolette.

— Et naturellement, dit-il, ce papier insignifiant était tenu au revers par une épingle à linge.

— Et naturellement, poursuivit Laviolette, vous l'avez fait analyser et vous avez trouvé des traces d'un rouge à lèvres identiques à celles qui ont été relevées chez le barbu d'Auzet.

— Et surtout, sur le cadavre du col des Garcinets.

Laviolette avança la main vers le feuillet que tenait Chabrand comme un appât et celui-ci nota qu'il y mettait un peu de fébrilité, un peu de passion. L'espace d'un instant, il eut l'impression que sur le visage de son hôte quelques rides s'estompaient.

Laviolette chaussait ses lunettes. Il lisait à haute voix :

Féraud Honoré (le dormeur)
F. d'Églantine (Melchior)
(la cafetière)

Ces deux dernières lignes s'inscrivaient, comme sur le premier document trouvé au col des Garcinets, beaucoup plus bas sur la feuille. Comme la première fois, on s'était efforcé de les effacer au crayon fuchsine mais sans succès.

— Il y a un détail significatif..., souligna Chabrand.

Il ne lâchait pas Laviolette des yeux, de crainte que celui-ci ne replongeât brutalement dans sa propre réalité. Il lui tenait littéralement la tête hors de son histoire particulière comme on tient hors de l'eau celle d'un homme qui se noie.

— Un détail que vous avez peut-être déjà noté, insista-t-il. Regardez ! Regardez bien !

Laviolette observa le feuillet avec une attention que, depuis longtemps, il n'accordait plus qu'aux images de son passé avec Lemda.

— Vous êtes désavantagé par rapport à moi, je vous l'accorde, dit Chabrand, parce que c'est l'original que j'ai eu sous les yeux mais n'importe ! Je vous sais assez fin renard pour relever ce détail.

Laviolette soupira.

— Vous obligez mon vieux cerveau à se livrer à un exercice qui réclame un long entraînement. Je n'ai plus les réflexes.

— Allons ! Encore un effort !

Laviolette secoua la tête.

— Je ne vois pas...

Alors, à grand regret, Chabrand tira de sa contrepoche une enveloppe. Il en sortit l'original du feuillet qu'il déploya devant Laviolette, qui s'exclama :

— Parbleu ! Avec l'original c'est facile ! Les

deux mots : *le dormeur* et *la cafetière* apparaissent tout de suite avoir été écrits après coup et avec un crayon différent.

— À la bonne heure, vous n'êtes pas rouillé !

— Sans doute ! Mais si ça vous avance à quelque chose...

— Moi non...

Chabrand pointa le doigt sur son hôte.

— Mais vous si ! Vous avez la grande habitude des hommes de ce pays. Aucun de leurs travers ne vous est étranger. Vous allez déduire, puisque vous êtes des leurs, quelque chose de ces quelques éléments.

— Comment concluez-vous qu'il s'agit de quelqu'un d'ici ?

— Parce que, dit Chabrand, quel que soit le mobile essentiel, c'est quand même la mode, par ici, de défier le destin, de faire un bras d'honneur aux autorités. La preuve : si votre homme n'avait pas pris soin d'épingler cette feuille au revers de ses victimes, jamais peut-être nous n'aurions soupçonné un crime. La tache d'huile au col des Garcinets pouvait provenir d'un camion, d'un tracteur. Quant aux abeilles, on pouvait très bien avoir déplacé leur abreuvoir par inadvertance, accidentellement ! À un an de distance, même s'agissant de tueurs de cochons dans les deux cas...

— Et de résistants ! souligna Laviolette. Ne l'oubliez pas ! Honnoraty vous l'a bien fait remarquer.

— Mais même dans ce cas ! Les règlements de comptes relatifs à la guerre ont toujours eu lieu à coups de feu et presque toujours au grand jour, au lieu que là... Il faut être inventif ! Un fusil à aiguiser qui entre dans le ventre d'un quidam, un essaim d'abeilles qui en pique un autre à cent kilomètres de là...

— Je vous accorde que les règles d'Aristote ne sont pas respectées.

— Il fait un peu désuet votre Aristote, car nous avons les voitures !

— Il les a étiquetés comme à la morgue, dit Laviolette pensif. Un peu plus il les numérotait.

— Un défi ? hasarda Chabrand.

Laviolette secoua la tête et dit :

— Non, un avertissement. Si m'en croyez, Chabrand, les deux tueurs de cochons ne sont pas les seuls sur une liste. Il doit déjà y avoir quelques grosses têtes qui ont pris bonne note de cet étiquetage, qui se sont immédiatement souvenus si toutefois ils avaient jamais oublié.

— Nous n'avons pas communiqué ce détail des étiquettes.

— Mon œil ! Il y a le suspect d'Auzet qui n'est pas un muet. Ce n'est pas la Police qui a découvert le cadavre du col des Garcinets, ce n'est pas elle non plus qui a retiré de l'évier la tête de la victime de Puimoisson.

— Non, c'est sa femme.

— Alors, vous voyez bien ? C'est un détail tellement captivant qu'il a dû déjà faire le tour du département et que, autour des zincs des bistrots, les paris sont ouverts concernant la future victime et la façon dont le meurtrier va s'y prendre la prochaine fois.

— En tout cas, voici un assassin bien sûr de lui. Il camoufle ses crimes en accident mais il les proclame aussitôt pour tels en étiquetant ses victimes.

Laviolette secoua la tête.

— Il ne s'agit pas de défi. Il s'agit d'ôter le sommeil à ses futures victimes. De les assassiner à petit feu, avant. Car n'en doutez pas : ses futures victimes savent qui il est et pourquoi il fait ça !

— Mais pourquoi est-il si sûr de lui ? Si ses futures victimes le connaissent, elles peuvent le dénoncer ! Ou le neutraliser ?

— Il est sûr de lui parce qu'il sait bien que la police n'est pas d'ici. Ni les gendarmes ni les juges. Ils ne peuvent pas pénétrer dans les méandres d'un cerveau bas-alpin. Quant aux futures victimes... elles peuvent croire qu'il n'osera pas.

— Mais pourquoi dites-vous « il » ? Ça peut être une femme. N'oubliez pas le rouge à lèvres sur les épingles à linge.

Laviolette, comme il l'avait fait si souvent autrefois, suivait en pensée les contours du pays, il en soupesait les êtres. Il sondait les dessous des péripéties qui avaient émaillé sa carrière. Il tenait sous sa pensée toute la civilisation de ce coin de terre âpre comme une sorbe verte. De la Durance au Mourre de Chanier, de Céreste aux Clues de

Barles en passant par l'échine frissonnante de cette épine dorsale que Lure figurait en long croissant et qui recelait encore tant de mystères foisonnants, de toute part affleurant, de toute part enfoncés dans la terre : les puits énigmatiques dont on n'osait plus ouvrir les portes ni tirer l'eau ; les ruines où sur des vantaux vermoulus de vieux scellés de justice s'en allaient en lambeaux ; des tombes de cimetière accusatrices depuis cent ans, où l'inscription : « innocente victime de l'effroyable tuerie du 15 juillet an tant... » se lisait encore en dépit des lichens blancs qui commençaient à combler les lettres pour les rendre illisibles, sans compter le vent qui soufflait sur de grands chênes où l'on s'était fusillé pour trois truffes, pour une borne-limite déterrée, pour un mûrier que l'on croyait sien et qui était aux Ponts et Chaussées.

— C'est un homme ! dit-il fermement.

Il venait de palper en aveugle les limites de son pays, il avait consulté de mémoire toutes les énigmes, résolues ou non, qu'il avait côtoyées. Une certitude était ancrée en lui comme une équation résolue. Pour cette fois, c'était un homme.

— C'est un homme ! répéta-t-il avec conviction.

Depuis une heure, il n'avait plus pensé à Lemda. Une sorte de jubilation interne lui rendait son âme. Pendant des années, Lemda avait été son unique entretien. Il avait été son amant, sa mère, son ami. Et soudain, il s'était trouvé les mains vides de ce poids voluptueux qui se glissait tout contre le corps de l'autre. Soudain ces épaules solides qui portaient si bien et la robe et la nudité, ce cou opulent que par jeu on menaçait de mordre, s'étaient dérobés et les joies ordinaires du monde que l'on goûtait si fort avec elle, on pouvait maintenant les traverser comme si elles étaient irréelles, et l'on ne voyait plus les soirs splendides. Le cerveau ne martelait plus que cette banalité dérisoire : *un seul être vous manque et tout est dépeuplé*, que l'on se répétait dix fois le jour jusqu'à épuisement de l'intelligence, à quoi l'on se cognait comme une mouche contre une vitre.

Une heure, une heure entière que, depuis l'intrusion de Chabrand, Lemda s'allégeait dans le chagrin de Laviolette. Plus lointaine quoique toujours présente, il pouvait maintenant supporter d'imaginer son rire éclatant provoqué par d'autres que lui. Il l'imaginait même provoqué par quelque imperfection de l'autre lorsqu'on en est à ce stade de l'amour où le rideau se lève sur le personnage décanté de celui ou de celle qu'on aime.

Laviolette savait que ce temps, pour un autre que lui, commencerait un jour dans le cœur de Lemda et qu'une nouvelle fois chez elle l'indulgence puis la compassion succéderaient à l'amour.

Et s'il pouvait ainsi, pour la première fois depuis qu'ils s'étaient quittés, se souvenir de son amante avec quelque liberté d'esprit, c'était parce que Chabrand venait de lui jeter en pâture l'horreur de deux crimes et la responsabilité d'en résoudre l'énigme.

Il tenait dans sa main et la faisait miroiter devant la lampe cette mince feuille de carnet insignifiante en soi où tous ces noms et tous ces mots avaient été alignés à la hâte.

« Par quelqu'un de toujours pressé, se dit-il. Une écriture de femme, véloce, qui mangeait les mots et où les lettres manquaient à moitié ; les i sans point, les t sans barre. Quelqu'un jeté à travers les plaisirs de la vie avec l'intention avouée d'y happer tout ce qui s'y rencontrait. »

— Où allez-vous chercher tout ça ? dit Chabrand ébahi.

Car Laviolette avait exprimé tout haut son opinion sur ce qu'il venait de lire.

— Je me mets à sa place, dit Laviolette lentement. J'ai, comme elle, ce carnet sur les genoux, je viens d'éprouver toutes ces impressions. On m'attend, quelque part, avec impatience, alors de crainte d'oublier, je jette à la hâte un mot ou deux sur le calepin, puis je le referme puis je cours vers d'autres sensations. Voici ce que révèle la vélocité de l'écriture.

— Passe pour *le dormeur*, mais *la cafetière* ?

— C'est un homme petit avec une longue queue.

Chabrand se dressa, leva les bras au ciel et s'exclama :

— Vous me snobez !

— Mais non ! Vous avez entendu parler de Toulouse-Lautrec ?

Chabrand haussa les épaules.

— Je ne suis pas si inculte.

— Sans doute. Mais peut-être ignorez-vous la vie de ce génie. C'était un nain. Sa mère était tombée de cheval quand elle le portait, d'où son nanisme. Mais la nature facétieuse l'avait bien pourvu d'attributs sexuels, de sorte que lorsque sa verge s'érigeait elle atteignait son sternum. C'était l'attraction de tous les bordels qu'il fréquentait. Le nain, avec sa barbe et son *calitre* (c'est un haut-de-forme) en ombre chinoise contre un mur avec devant lui ce vit intransigeant, ça figurait tout à fait une cafetière des familles. Ça rappelait aux pensionnaires les beaux jours d'enfance où le café bouillottait sur le fourneau.

— Et alors ? Quel rapport avec cette inscription sur le carnet ?

— Rassurez-vous ! dit Laviolette. Nous commençons à y voir un peu plus clair.

Son regard se leva vers l'escalier. Il lui sembla que contre le mur, dans le cadre du portrait, le visage banal du brigadier son ancêtre l'observait avec moins de reproche.

— Nous avançons, dit-il. J'ai maintenant la certitude que l'écriture du carnet est féminine.

— Je sais. C'est confirmé par le labo. D'ailleurs, le rouge à lèvres...

— Bon ! C'est une femme qui a écrit ces mots jetés à la hâte, comme des repères. En face de

chaque nom une remarque : pour Bayle Ferdinand *passable*, pour le barbu d'Auzet *égoïste*,
pour Féraud Hyppolite *le dormeur.*

— Fort bien mais *la cafetière* ?

— Justement ! Vous avez de la chance d'être
tombé sur un érudit tel que moi. Dès que j'ai vu
ces mots *la cafetière*, l'image de Toulouse-Lautrec
en chemise à pans, le sexe érigé, s'est tout de
suite imposée à moi.

— Vous peut-être ! Mais cette prétendue
femme, vous lui supposeriez votre érudition ?

— Inutile ! Elle a tout simplement vu un gros
sexe sur un petit homme, peut-être dans la pénombre d'une alcôve. L'image s'est naturellement
imposée à elle.

— Soit ! grogna Chabrand. Mais si ça vous
aide à voir clair, vous avez bien de la chance.

— Attendez ! Que vous évoquent ces quatre
mots : *passable, égoïste, le dormeur, la cafetière* ?

— Des épithètes ?

— Non ! Ça ne marche pas pour le quatrième !

— Des appréciations ! murmura Chabrand.

— C'est ça : des appréciations. Une femme
quelconque a apprécié quatre hommes différents.
Et deux d'entre eux sont déjà morts.

Laviolette et Chabrand, chacun en soi-même,
s'efforçaient d'apprivoiser l'image de cette femme
insolite qui étendait du linge, qui se mettait du
rouge à lèvres discret et sans parfum, qui probablement avait fait l'amour avec ces quatre hommes, qui avait une écriture décidée et qui (la dé-

sinvolture de ces appréciations le prouvait) était spirituelle. Laviolette se demanda quel rire elle pouvait bien avoir.

— Voulez-vous que je vous dise, Chabrand ? Cette femme, de sa vie, n'a encore jamais rencontré l'amour. Elle le persifle !

— Il est tard, dit Chabrand. Et j'ai laissé ma voiture à Venterol.

— Je vais vous reconduire.

Il décrocha son vaste pardessus et son interminable cache-nez qu'il soupesa. C'est curieux les réminiscences : il voyait les doigts qui avaient tricoté cette écharpe. Ça datait d'avant Lemda, quand il considérait encore l'amour avec une aimable bonhomie.

Au retour de Venterol, quand il eut claqué la portière, il resta là au seuil du perron devant la nuit splendide de Piégut. C'était en des lieux et des heures pareilles qu'il était sans défense contre le souvenir.

Lemda surgit du fond de son cœur comme un coup de poignard. Elle était là, presque visible, tranquille, avec son parfum, son volume idéal, son rire.

Il n'avait jamais su pleurer de sa vie, mais ses yeux lourds de penseur commun étaient opaques à force de tristesse.

Vers le milieu du mois il reçut de Chabrand un message au téléphone :

— On a identifié votre Melchior F. d'Églantine.

— Mais pas la femme ?

— Hélas non, mais on s'en occupe. J'ai encore travaillé au corps le barbu d'Auzet. Il est au bord de la crise de nerfs mais il ne peut toujours donner aucun détail sur cette femme dont il obtint un jour une épingle à linge en souvenir.

— Eh bien, allez donc trouver votre machin d'Églantine et terrorisez-le aussi.

— Du tout du tout ! Il est bardé de connaissances en haut lieu comme un terroriste de bombes à retardement. Le procureur m'a recommandé la plus extrême circonspection.

Chabrand fit silence avant de poursuivre.

— Votre frangin Honnoraty a encore frappé !

Laviolette ricana.

— Et il vous a dit : « Envoyez donc Laviolette. C'est dans ses cordes, ça ! »

— Ce sont à peu près ses paroles.

Chabrand n'avouait pas tout à Laviolette. Le grand commis n'avait pas cessé de vitupérer ces gens qui ont la folie des grandeurs et qui se mettent à l'abri, même du téléphone.

— Pourquoi s'est-il foutu sur liste rouge ? avait dit Honnoraty. Je te demande un peu : un retraité ! Même moi je ne peux pas l'obtenir ! Je ne peux tout de même pas m'abaisser jusqu'à descendre à Digne !

— À Piégut, avait précisé Chabrand.

— À Piégut ? Qu'est-ce que c'est que ça ?

— Le village natal de Laviolette.

— Un village natal ! répéta Honnoraty avec tout le mépris d'un homme des villes.

Il avait raccroché sèchement au nez du juge.

— Laviolette, vous allez compromettre ma carrière si vous refusez ! avait poursuivi Chabrand sans rire.

— Qu'est-ce que c'est votre Melchior F. d'Églantine ?

— Un poète.

— Mâtin ! Il y en a au moins cinq cents rien que dans les Basses-Alpes !

— Oh, mais j'ai son adresse, n'ayez crainte !

— C'est bizarre..., dit Laviolette.

— Quoi donc ?

— Cette association : deux tueurs de cochons et dessous deux artistes : un sculpteur, un poète. Deux morts, deux vivants...

— Eh bien, allez donc approfondir ce qui vous intrigue.

— Il habite où votre Églantine ?

— À Lurs, dit Chabrand.

Laviolette lui raccrocha au nez aussi sèchement que l'avait fait Honnoraty.

Non, décidément non, même pour faire plaisir à Chabrand, même si la solution de l'énigme passait par ce village où tant de lumière côtoyait tant d'ombres, non ce n'était pas possible : c'était à Lurs qu'il avait connu Lemda. Le destin s'était donc juré de lui faire suivre son chemin de croix car il n'y avait pas que Lemda.

Il y avait beaucoup plus loin, beaucoup plus tôt, un escogriffe de vingt ans la faim au ventre, la peur au derrière, qui essayait désespérément de se dépêtrer de la mort[1].

Il était étique comme un chat galeux à l'époque. Une barbe sale et laide, ridicule à force d'être clairsemée, mangeait ses joues creuses. Il était resté six heures au fond d'un puits avec des rats morts juste devant le nez, accroché à la chaîne, la tête sous le seau. Les feldgraus avaient tiré sur le seau mais Laviolette avait plongé. Ils avaient balancé une grenade mais elle avait foiré. Il respirait encore sur lui-même, cinquante-cinq ans plus tard, dans la paix de Piégut, l'odeur de cette eau où il avait macéré. C'était celle des entrailles de la terre quand elles encerclent les morts de toute part.

— Les cons ! grommela Laviolette tout seul devant son feu à Piégut.

Il exhalait encore sa rancœur contre ceux qui, à l'époque, avaient donné des ordres prématurés parce qu'il leur fallait absolument des morts pour s'en prévaloir à l'heure des règlements de comptes.

Comment s'appelait ce jeune homme en costume de velours noir devenu jaune d'argile à force d'avoir rampé dans la boue, qui lui avait

1. Voir *Le mystère de Séraphin Monge*.

sauvé la vie en l'enfouissant avec lui dans le champ de fracture du Lauzon entre Lurs et Ganagobie ?

— Ismaël !

Laviolette prononça ce nom à haute voix. Alors, dans le souvenir, surgit la source aux capillaires, la source modeste de Ganagobie où, cette nuit-là, le froc d'un moine séchait à l'étendoir et où une main inconnue avait déposé sur le lavoir un pain qui ressemblait à un miracle.

— Marie ! prononça encore Laviolette à Piégut cinquante ans plus tard. C'est elle que j'aurais dû aimer.

Ils n'avaient eu qu'une seule nuit là-bas... Comment s'appelait le château ? Pontradieu ! Ils s'étaient aimés au Séminaire, dans cette chambre humide, froide, haute, comme des naufragés de la terre, avec plus de désespoir que de passion, avec cette sensation d'être amers de l'intérieur, incomestibles, que la guerre allait leur laisser savourer longtemps encore.

Marie était morte de vieillesse. Ismaël... Qu'était devenu Ismaël qui lui avait ouvert, autrefois, le monde de la musique ?

C'était ce monde de la musique qui l'avait ramené à Lurs un beau soir, il y avait quatorze ans de cela. Il avait vu une affiche à Digne sur la vitrine de la librairie Guichard, en allant chercher son journal. C'était une modeste petite affiche où la date et le lieu étaient sommairement mentionnés :

Église de Lurs
Mercredi 18 juillet
Récital
Alfred DELLER

Alfred Deller était une des grandes voix du monde, on ne pouvait l'entendre que dans ces lieux élitistes où se réunissent tous ceux qui savent et à qui le snobisme tient lieu de sens artistique. Alfred Deller à Lurs ! Comment cela était-il possible ? Laviolette sut plus tard que Deller avait une maison à Niozelles et qu'il avait voulu montrer sa communion avec le pays en lui offrant pour un soir ce qu'il avait de meilleur.

Laviolette avait garé sa voiture (à l'époque c'était encore la Vedette vert pomme) devant la grille du cimetière. Cela lui donnait le loisir de remonter le temps en parcourant à pied les six cents mètres qui le séparaient de l'église. Très haut au-dessus de lui se dressait dans le crépuscule le séminaire en forme de forteresse. Autrefois gris, on en avait depuis fait un hôtel, mais à l'époque du jeune Laviolette et de la vieille marquise de Pescaïre qui l'avait légué à Marie, il avait la couleur dont l'érosion et les saisons avaient baptisé toutes les murailles de Lurs. Il était immense, désert, des volets dégondés pendaient de ses façades et les fenêtres en étaient borgnes, à force d'avoir perdu des vitres.

Dans la bétaillère qui servait à livrer le pain, Marie, autrefois, avait embarqué cet escogriffe maigre qu'était à l'époque Laviolette, lequel avait encore les yeux chavirés par la promiscuité de la mort tant de fois affrontée. Elle avait sorti une grosse clé de la poche de son tablier. Quel âge pouvait-elle avoir alors ? Trente-cinq, quarante ans ? Elle aussi elle riait beaucoup, comme Lemda trente ans plus tard. Elle lui avait dit :

— Tu as sauvé Ismaël ! Il faut que je te donne ! Il faut que je te donne ce qui nous manque le plus !

Ils avaient déjà commencé à faire l'amour sitôt le portail verrouillé, dans le grand escalier, debout entre deux degrés bancals. Leur jubilation impatiente avait ému les longs corridors aux échos scandalisés. Marie l'avait entraîné, gravissant les marches en courant. Elle se mouvementait devant lui nue à moitié. Elle lui avait ouvert la porte d'une vaste chambre obscure où le froid soufflait sans partage. Elle avait à tâtons trouvé le lit à baldaquin où elle avait fait basculer Laviolette entre ses bras puissants.

— C'est là ! lui avait-elle dit, que j'ai vécu ma nuit de noces. J'avais dix-neuf ans ! J'avais tout apporté y compris le désir. Depuis, cette chambre, je la meuble d'autres souvenirs tant que je peux, chaque fois que je peux !

C'est là qu'elle lui avait raconté sa vie, c'est là qu'elle lui avait raconté la vie de Séraphin Monge.

— Je suis heureuse, avait-elle dit, c'est la première fois que je peux raconter. Il ne m'a jamais touchée. Je n'ai jamais fait l'amour avec lui et pourtant... Je n'ai jamais aimé que lui.

Étrange Marie, en poussière depuis si longtemps, étrange histoire d'une femme d'ici. De cet instant passé, il restait les murs du Séminaire désormais convenablement ocre ou crème et les chambres maintenant exorcisées par tant de touristes repus.

Laviolette était passé lentement sous ces murailles ce soir-là. Le crépuscule s'attardait, régnait encore sur les sommets des montagnes à l'est. À Lurs, sur le rempart, on a, au-dessous de soi, l'étendue des Basses-Alpes comme une carte de géographie. Et si c'est la fin du jour alors, la douleur éternelle trouve ici son expression la plus pure. Une nostalgie mystérieuse sourd de ces vallons et de ces sommets, de ce ciel et de ces collines.

Si vous êtes seul, vous vous demandez et pourquoi l'Orient et pourquoi l'Occident ? Une étoile se conçoit, encore seule au milieu de l'azur encore clair. Vous êtes là, poupée de son, perméable à l'éternité, atteint au milieu du corps par le regret, tout bas, de devoir mourir un jour. Et vous ne pouvez pas échapper au sortilège car si vous abandonnez le rempart, vous vous trouvez face à la montagne symbolique, à Lure dont, pauvre et nue, vous respirez de loin l'amertume.

À vingt ans, avec Marie, ce matin où ils s'étaient séparés pour toujours après une seule nuit, Laviolette n'avait rien su voir de tout ça. Il

était un animal politique et par conséquent im-
perméable aux splendides réalités. Il était trop
maigre d'âme encore, trop hirsute de toutes sortes de véhémences, débordant d'interrogations
humanitaires. Le ciel serein pour lui n'avait pas
de présence, l'injustice sociale lui tenait lieu de
firmament. Tout ce qu'il avait pu retenir de ce
moment c'était, entre ses doigts portés à son visage, le parfum de Marie qui s'en allait sur la vie
comme au fil de l'eau.

Alors, ce soir d'Alfred Deller où son pas sur la
terre était devenu beaucoup plus lourd, beaucoup
trop lourd, il avait voulu revoir, puisqu'il en était
au souvenir, la promenade des Évêques qui avait
tant compté pour Marie quand elle avait quinze
ans.

À force de désillusions et d'échecs de toute
sorte, Laviolette était devenu un puissant imagi-
natif et il s'était arrêté à tous les oratoires du célèbre chemin de croix pour observer en détail le
fantôme de la vieille marquise de Pescaïre s'age-
nouillant devant chaque station, autrefois. Il ne
restait plus d'elle que cette timide senteur de sarriette qui est notre humble odeur de sainteté.
L'écrasante humilité des gens de bien qui nous
ont précédés règne encore dans la pierraille,
en cet arôme qui hésite entre la suavité et
l'amertume.

Il persiste au coin des âtres froids qu'on ne ra-
nimera jamais plus, dans les bergeries où le troupeau l'a rapporté parmi ses défécations, et les dé-

fécations ont séché, sont tombées en poussière, alors l'arôme de la petite plante a resurgi souveraine, elle s'est entoilée parmi les voûtes des étables et ceux qui viennent là pour admirer la perfection des voussoirs se demandent quel est cet étrange parfum.

Il y a de la sarriette, très maigre, au pied de chaque oratoire de Lurs. Elle croît entre le calcaire du sol et le socle des stations. On ne sait pas de quoi elle peut bien se nourrir.

En quittant cette esplanade, le Laviolette de soixante ans, en panama et costume de coutil gris, était vacant comme une jeune fille. Tout pouvait lui arriver encore. Il venait de laver ses souvenirs contre de vieilles histoires. La cloche grêle de l'horloge de Lurs sonna neuf heures.

Laviolette se hâta. Il allait être en retard, arriver comme les goujats, avec du volume déplacé et des coups de pied aux bancs.

L'église de Lurs est dans la rue, au ras du sol, on la découvre à l'improviste, on ne sait pas ce qu'elle fut. Les puissants princes d'Église qui vinrent ici se purifier au bon air ont franchi autrefois ce seuil et ont contribué à en incurver les marches car il faut descendre quelques degrés pour atteindre le narthex.

La porte était grande ouverte, le sanctuaire illuminé. Une préposée que Laviolette vit à peine distribuait les tickets d'entrée. Deller était déjà là. D'abord, Laviolette ne distingua que lui. Il était tout simple et tout frêle dans un spencer orange.

Toute l'Angleterre musicienne était empreinte en lui. On sentait qu'elle l'avait engendré. Il était comme un gazon de chez elle auquel il faut trois cents ans pour être parfait. Un grand barde armé d'un luth lui tenait lieu d'ange gardien.

L'église n'était pas pleine. Il devait y avoir trente personnes en tout, soigneusement séparées par clans les unes des autres, avec cet air toisant de vous dire : « Tiens ! Vous savez qui est Alfred Deller, vous ? » Quelques notables aussi étaient venus s'ennuyer ici, mal à l'aise, empruntés, privés de parole et d'importance, qui n'arrêtaient pas de penser politique pendant que Purcell imposait son monde à travers la voix de Deller.

Une présence insolite faisait peser son regard bonhomme sur toute l'assistance. C'était un saint de plâtre sulpicien peint d'une robe rouge. On eût dit qu'il allait descendre de son socle pour vous saisir par l'épaule et deviser familièrement avec vous.

Les travées étaient donc clairsemées et celle devant Laviolette n'était occupée que par une seule auditrice. Il n'osa pas franchir la dernière rangée car tout de suite la voix et le luth commencèrent leur dialogue.

Laviolette se trouvait dans l'ombre de la personne assise solitaire dans la rangée devant lui. Elle le gênait un peu pour voir Deller mais qu'avait-il besoin de le voir ? Écouter, avoir la chance d'entendre cette voix unique qui n'aurait pas de descendance lui suffisait, le comblait. Il n'eut même pas envie de se déplacer pendant les nombreuses haltes du récital. Le luth est un instrument ombrageux que le moindre déplacement de l'atmosphère suffit à désarçonner. Certains prétendent que les luthistes passent la moitié de leur temps à accorder leur instrument et l'autre moitié à jouer faux.

Deller supportait ces longues haltes avec une amène patience. On sentait qu'une très ancienne complicité unissait les deux hommes.

Laviolette baignait si complètement dans la musique que ces silences, et les discrètes toux de quelques auditeurs parmi les intervalles, ne détournaient pas son attention. Toutefois, depuis un moment, un trouble importun faisait de l'ombre à sa communion avec la voix de Deller. L'obstacle qui se dressait entre lui et le visage de la haute-contre, il ne l'avait pas, jusqu'ici, enregistré dans sa pensée, à peine l'avait-il pris en compte comme le buste d'une auditrice quelconque quoique absolument immobile.

Ce fut le sourire du saint de bois, dans sa ligne de mire, qui fixa l'attention de Laviolette. Ce sourire figé dans la naïve représentation d'un artiste anonyme d'autrefois ne le regardait pas lui, Laviolette, mais bien plutôt un peu plus bas, le visage de la dame isolée dont le buste s'interposait entre le chanteur au pied de l'autel et Laviolette qui écoutait.

Alors (mais cet alors fut très progressif, très lent, très hésitant encore et comme demandant d'être aussitôt chassé), alors Laviolette vit les épaules nues d'une femme en mauve. Elle avait une chevelure blanche très abondante mais strictement abrégée sur le cou. Elle ne bougeait ni ne soupirait mais un parfum de bergamote flottait autour d'elle. Bientôt, la voix de Deller et les épaules de la dame s'insérèrent l'une dans l'autre — en cet *alors* très prolongé — pour n'être plus que d'un seul tenant au souvenir de Laviolette, et jamais plus jusqu'à sa mort il ne les dissocierait.

— Ça n'est pas vrai, lui dit Lemda bien plus tard, jamais de ma vie je n'ai utilisé la bergamote. Vous l'aurez inventé.

— C'est bien possible, répondit Laviolette humblement.

— Et je n'ai jamais non plus porté de mauve. Du mauve ! Avec mon teint ! Y songez-vous ? En somme, je n'existe que dans votre imagination !

— N'est-ce pas le plus beau lieu du monde pour y exister ? Ainsi vous y êtes immortelle.

Tout tremblant sur le chemin de croix de Lurs, Laviolette retrouvait intacts dans sa mémoire d'aujourd'hui et le parfum de bergamote et la robe mauve dont l'encolure se libérait des épaules comme si elle allait les quitter.

Il y avait eu un tonnerre d'applaudissements venant de cette assistance clairsemée. Même les élus avaient oublié leur fonction pour crier bravo. Deller bienveillant chantait encore, des chansons populaires du Devonshire ou des Grampians, tout un répertoire ravissant qu'il ne sortait que pour les amis. L'église de Lurs, entre ces gens qui s'ignoraient, devint un lieu sacré où l'on pouvait s'aimer.

On se regarda tout désorientés de ne pas se connaître lorsque enfin on se sépara, tout empruntés de devoir repartir vers la vie. Laviolette debout ne bougeait pas. Il attendait aux aguets que la dame devant lui, elle aussi immobile, se décidât à partir. Il l'entendait soupirer. Il la vit pivoter lentement sur elle-même. Son regard enfin apparut et elle sourit à cet inconnu qui n'avait pas d'âge.

Alors, il eut envie de lui dire : « Madame, vous avez le visage que vos épaules laissaient espérer. »

Il ne le dit pas. Il était tout flageolant d'attente. Le coup qui lui était assené était encore en train de l'atteindre. Il reconnaissait ce vide en lui qu'il n'avait plus osé éprouver depuis qu'il n'était plus ni jeune ni maigre. Alourdi dans son élan par le poids adipeux de sa chair, il devait reconnaître qu'il était toujours le même rêveur incapable de traduire en actes ses plus chers désirs, incapable de passer outre, incapable de ne pas *se voir* agir, de ne pas en éprouver de honte, tant son sens de l'esthétique était incompatible avec les proportions de son être physique.

Ses jambes se dérobaient sous lui. Il n'avait plus de boussole interne. Il sortait sur les pas de la dame, mais à distance afin de ne pas respirer ce parfum de bergamote qui aurait pu le bercer d'illusion.

La nuit de la ruelle était doucement éclairée. La petite foule de l'église s'était si promptement dispersée qu'il ne restait plus d'elle au lointain que quelques éclats de voix et de rire qui s'évaporaient déjà dans l'obscurité.

La dame indécise pivotait un peu sur elle-même, hésitait, regardait vers le haut bout de la rue ou bien se tournait vers le portail des Feignants.

Ç'avait été un jour de fête. D'une façade à l'autre de l'étroite venelle, quelques lanternes vénitiennes garnies d'une ampoule électrique se balançaient néanmoins et laissaient à penser au temps où elles réchauffaient les nuits de peur.

Maintenant qu'elle était isolée, bien droite sur ses jambes mais les talons de ses chaussures mal assurés sur ces pavés inégaux, l'inconnue offrait en pleine lumière le mystère de sa solitude. Pourquoi était-elle seule ? Pourquoi personne ne l'accompagnait-il dans cette communion qu'avait été la voix de Deller ?

Laviolette était resté planté là, avalant malaisément sa salive, la glotte hoquetante dont il réprimait les soubresauts. *Il se voyait*, littéralement, des pieds à la tête, mesurant comme devant une photographie son peu de séduction, l'épaisseur qu'il fallait creuser pour accéder à son âme, le temps qui lui manquait pour étaler ses quelques bons côtés. Mais, par-dessus tout, il craignait que la dame ne tournât bride, que quelque cavalier n'aimant pas la musique accoure soudain vers elle avec impatience.

— Tu es là ? Eh bien, ça a été long ce concert !

Et la saisissant par le bras et l'emportant vers les plaisirs d'une fin de nuit.

Laviolette bouchait de sa corpulence le porche étroit de l'église. Derrière lui, la mince préposée, qui serrait contre elle la boîte de la recette, l'interpella timidement :

— Pardon, monsieur. Il faut que je ferme.

Laviolette s'écarta et se retourna pour s'excuser.

Quand il la repéra de nouveau, la dame s'était décidée pour l'escalade de Lurs. Elle était là-bas devant, à dix mètres dans la montée, elle allait disparaître au coin du virage biscornu, entre deux murs asymétriques. Lurs était en train de l'absorber. Encore une minute et ce pourrait être l'une ou l'autre androne[1] qui l'aurait abscondue.

Sans réfléchir, Laviolette à la hâte s'engagea dans la même direction. Il retrouva son inconnue dès après le virage. Elle marchait lentement, sans but, paraissait-il. Comment interpréter cette vacance ? Comment ne pas la troubler, comment être aérien quand on se sent tout matière ? Comment comprendre si cette solitude était fortement souhaitée ou si elle avait besoin d'exprimer quelque chose à quelqu'un ? Comment effacer ce

---

1. Ruelle permettant le passage d'un seul homme.

qu'on paraissait être pour laisser voir enfin votre entéléchie véritable ?

Il laissait entre elle et lui la convenable distance qui sépare deux promeneurs empreints dans l'atmosphère d'une nuit qui leur sied et dont ils savent maintenant qu'elle leur sera inoubliable. À Lurs, cette fiction pouvait être maintenue longtemps. À chaque coin de maison l'on pouvait rêver et ces quelques lanternes vénitiennes qui apparaissaient au hasard des vitres noires des ruines effaçaient le siècle, effaçaient l'âge, permettaient l'éternité. Il soufflait une brise nocturne montée de la Durance et qui s'était peignée doucement contre les pins maritimes du plateau de Ganagobie, là-bas en face, pour rendre ici leur odeur de résine propagée à travers les venelles.

Quelques rires discrets fusèrent au lointain, des pas de promeneurs comme eux, marchant sans faire de bruit, au coin d'une calade abrupte qui révélait un angle de ciel étoilé. La dame, là-bas devant, s'arrêta, tituba un peu, se retint contre une muraille grise. De l'escalier obscur un petit groupe de quatre personnes se dévoila devant les lanternes balancées par la brise. Il y avait Deller parmi elles, avec son spencer orange. Laviolette à cet instant arrivait à la hauteur de la dame et du groupe et s'effaçait pour livrer le passage. Il vit le bon visage de Deller à côté de celui de l'inconnue dans la pénombre. Deller souriait, disait *sorry* et bonsoir.

Le groupe défila discrètement accompagné d'à

peine un murmure. Alors il se produisit cette chose extraordinaire : la dame appuyée contre le mur s'empara du bras de Laviolette qui était à portée et le serra brusquement. Elle le serra de telle sorte qu'il comprit qu'il ne devait pas bouger avant qu'elle ait exprimé ce qui la troublait ainsi, au point de s'accrocher au bras du premier venu.

— Vous avez entendu ? dit-elle dans un souffle. Il nous a dit bonsoir ! Alfred Deller nous a dit bonsoir !

Laviolette répondit tout de suite :

— Oui, j'ai entendu. J'en suis aussi pantois que vous !

— Et moi idiote qui n'ai pas été capable de prononcer un seul mot !

— Votre silence interdit lui sera allé droit au cœur.

Il faillit ajouter : « Vous avez aussi la voix que votre décolleté laissait prévoir. »

La dame lui lâcha le bras.

— Excusez-moi ! dit-elle. Il fallait que je m'exprime. J'étais bouleversée !

Indécis, flottants, ne sachant où ils allaient ainsi de conserve, une marche abrupte après l'autre, dans cette ruelle en escalier qui s'assombrissait de lierre suspendu et où nulle muraille n'avait été assez propice pour y accrocher quelque lanterne, ils avançaient, l'un devant l'autre, l'un à côté de l'autre.

Il était impossible, à partir de là, de ne plus

être ensemble, de passer son chemin. Il eût été aussi insolite de marcher sans parler.

— Connaissez-vous, dit Laviolette, la promenade des Évêques ?

— Non. Qu'est-ce que c'est ?

— Venez ! La nuit y est sûrement belle.

Il n'avait pas à lui demander si elle voulait ou non. Elle avait eu tout le temps de se ressaisir, de reprendre ses esprits, de penser : « Mais qu'est-ce que je fais moi, là, dans la nuit, avec ce monsieur d'un certain âge ? » Elle avait eu tout le temps de lui dire : « Excusez-moi. Il est tard, il fait frais et l'on m'attend ! »

Il espérait avec le plus grand calme (quel soulagement de se retrouver seul avec ses regrets !) que ces paroles elle allait les prononcer bientôt, le délivrant de cette panique de jeune homme qui l'étreignait tandis qu'il ne cessait pas de se regarder agir et de rire de lui.

Mais ce rire s'étranglait dans sa conscience, dans son libre arbitre, dans son sens critique. « Ne sois pas léger ! lui conseillait son ange gardien. Ne sois pas sceptique ! Courbe-toi ! Agenouille-toi ! Regarde ! Contemple-la ! »

Avant la promenade des Évêques, il y a, à Lurs, un jeu de boules illuminé chaque nuit pour des amateurs éventuels. Ce fut là que, pour la première fois, Laviolette vit vraiment le visage de Lemda.

Elle se tourna vivement vers lui, alors qu'ils marchaient côte à côte. Il lui racontait l'histoire

de Marie. S'il le fallait, s'il parvenait à l'apprivoiser jusque-là, il lui raconterait celle de Séraphin
Monge. Quand elle fit ainsi volte-face pour le
considérer, il fut tout surpris de ne pas l'avoir vue
encore, d'avoir vécu jusque-là sur une image
d'elle imprécise et en partie inventée. Était-ce
pour ne pas qu'il fût, par la suite, désillusionné
qu'elle se tournait ainsi vers lui sans crier gare ?
Était-ce pour échapper au sortilège ? *Un monsieur d'un certain âge.* De quel âge était-il celui-
là ? On ne savait pas. Il devait avoir atteint celui
qu'il avait alors depuis longtemps et il semblait
qu'il dût le conserver ainsi très longtemps encore.

Elle lui laissa tranquillement faire le tour de sa
quarantaine bien assise, de sa beauté ambiguë,
timide, discrète, comme son maquillage qui
n'osait ni souligner ni estomper. Il semblait à la
voir que personne ne l'eût jamais aimée.

Le visage de Lemda pendant quatorze ans et
maintenant encore qu'il l'avait perdue, ce visage
allait lui demeurer aussi indescriptible que cette
première nuit dans les ruelles de Lurs.

Il lui conta l'histoire de Marie tout au long,
qu'ils égrenèrent lentement, du chemin de croix
blanc dans la nuit sans lune. Il avait oublié de lui
nommer les constellations. Il avait oublié et elle
ne regardait pas le ciel. Ils marchaient du même
pas harmonieux alors qu'il n'avait jamais su s'accorder au pas de quiconque.

La vallée brasillait de villages heureux qui
se donnaient, de l'un à l'autre, des œillades de

lumière. Celui qui ne connaît pas Lurs en ces heures où il n'y a plus personne ne sait pas quel pouvoir de rencontre recèlent ces rues en montagnes russes, cette promenade de prélats fantômes inclinée du côté de la pente, et qui s'obstine à vous déverser hors d'elle. Des chapelles rogatoires petites à côté de cyprès démesurés vous invitent à écouter leur prière, audible seulement de ceux qui sont sourds à la rumeur du siècle.

Elle était longue l'histoire de Marie, et Laviolette était devant l'inconnue comme Schéhérazade devant l'émir des Croyants. La seule expression qui lui avait paru lisible jusque-là sur les traits et dans les yeux pers de la dame, c'était le nuage d'un ennui résigné. Il semblait qu'elle fût habituée à l'ennui. Or, pendant qu'il lui racontait cette histoire pourtant si triste, il lui sembla qu'elle ralentissait le pas et qu'elle penchait l'oreille vers le murmure de confidence qu'il lui chuchotait. Il la dévisageait de profil, irrité de ne savoir quels mots il pourrait mettre sous l'image qu'il retenait d'elle en ce moment.

Ils revenaient, au long des stations du calvaire, vers Lurs nimbé d'une lumière en confidence qui estompait les jardins tapis dans l'ombre. Sur son arête de calcaire et de safre, le village camouflé sous la nuit était retourné aux siècles qui l'avaient façonné. Celui qu'il était en train de vivre s'était modestement effacé sous le silence.

L'inconnue posa pour la seconde fois sa main sur le bras de Laviolette.

— Arrêtons-nous, dit-elle. J'ai l'impression d'avoir changé de monde. De quel temps me parlez-vous ?

Elle se plaça devant lui afin de le dévisager à son tour.

— Vous me parlez de Marie comme de quelqu'un que vous auriez connu. Avez-vous connu Marie ?

— Une seule nuit, dit-il, et si vous ne me l'aviez pas demandé, jamais personne n'en aurait rien su.

La dame se détourna et se remit en marche à côté de Laviolette.

— Et... cette nuit-là, dit-elle, était-elle semblable à celle que nous vivons ?

— Oh non ! C'était une nuit totale, sans clarté, une nuit d'horreur. Une nuit pleine d'explosions et d'incendies. C'était une nuit de guerre, dit-il. Sinon, vous pensez bien, jamais Marie ne se serait donnée à moi.

— Mais pourquoi ?

— Parce que, dit Laviolette, elle n'avait jamais aimé qu'un autre.

— Ils étaient séparés ?

— Il était mort.

Après ces quelques paroles, ils ne prononcèrent plus un mot de longtemps. Le temps qu'il fallut pour regagner, par un sentier malaisé, le jeu de boules illuminé.

— J'ai des chaussures peu appropriées, dit la dame. Je ne vois plus le sentier. Ces lumières, là-

bas, m'éblouissent sans m'éclairer. Aidez-moi !
commanda-t-elle.

Il saisit à tâtons la main qu'elle avançait. Cette
main était sans chaleur, c'était celle de quelqu'un
qui simplement réclame un appui. Mais le sortilège qui les maintenait profondément ensemble
par cette solitude faisait qu'ils percevaient leur
respiration et que celle-ci exprimait la panique.

— Quand tu as posé la main sur moi... lui dit-
elle plus tard.

Non. Ce fut lorsqu'ils quittèrent ce mauvais
chemin, ce fut quand ils se retrouvèrent au bord
du rempart. Les lanternes vénitiennes révélaient
le contrefort et laissaient dans la pénombre le
quinconce de tilleuls touffus qui faisait placette.
Le buste de la dame et ses épaules en corolle is-
sant du froncé de la robe étaient effleurés par la
lumière et tout le reste d'elle se retranchait dans
l'ombre. C'était un piège érotique remarquable
que ce cou harmonieux dont on désirait faire rouler la chair sous ses lèvres en avançant des doigts
suppliants vers la taille où refermer les mains.

Depuis combien de minutes la dame immobile
était ainsi debout devant Laviolette quand il osa ?

Ce jour-là, quatorze ans après, parce que Lurs
de nouveau était mêlé à sa vie, Laviolette se retrouvait à la place où il avait eu Lemda contre lui
pour la première fois, halluciné par l'audace sans
nom qui l'avait poussé, lui sexagénaire, vers cette
belle femme de quarante ans, bouleversé comme

un adolescent, certain qu'elle allait le repousser vivement. (« Vous êtes fou ! »)

Mais la nuit avancée qui avait éteint toute vie autour d'eux sécrétait une permission sans limite ; tapie aux lisières d'une fête déserte où le vent secouait des lanternes vénitiennes qui dansaient encore allégrement, cette nuit dessinait, dans la pénombre, la silhouette de l'inconnue et la révélait disponible. La nuit en son apogée absolvait ainsi le vieil amoureux.

Ses mains s'étaient avancées vers la taille de cette ombre pour la frôler sans espoir. Alors (comment faire revivre pour toujours cet instant qui pardonnait à la vie ?) tout l'être de l'inconnue avait pivoté sur lui-même vivement, sans retenue, et s'était retrouvé contre l'homme étroitement consentant, répondant oui tout de suite et sans coquetterie comme si elle savait que ce geste à peine ébauché ne serait pas répété, s'interrompait sans retour si par malheur la surprise, l'effarement instinctif, la bonne éducation, la faisaient se dérober et qu'elle se serait alors dérobée pour toujours.

Elle avait accepté ses lèvres, elle avait accepté sa bouche, elle avait accepté sa langue, on eût dit qu'elle l'avait toujours connu et toujours su par cœur.

Il n'y avait plus d'heure, il n'y avait plus de temps. La nuit très avancée devenait couleur parme vers l'est. Ils se contemplaient. Ils n'en revenaient pas d'avoir été la veille encore inconnus l'un à l'autre. Leurs lèvres se quittaient puis se reprenaient avides. Mais ils avaient tout de suite compris d'un commun accord qu'ils devaient aller très lentement l'un vers l'autre.

Elle chuchota :

— Si nous faisions l'amour tout de suite, je le regretterais et vous aussi. Le désordre inesthétique n'est pas notre fort, n'est-ce pas ?

Il fut ébloui par cette intuition qui lui permettait de savoir que Laviolette était en train de se regarder vivre et qu'il était sans indulgence pour soi-même. C'était vrai. Il venait précisément de projeter son image d'homme mûr débraillé dans l'herbe sèche, à la merci du ridicule, de même ne pouvait-il concevoir toute froissée la belle robe de l'inconnue.

Il est un âge dans la vie où l'amour est une perfection, une tonalité apprivoisée aux beaux gestes, un tempo limpide et qui savoure le temps qui passe, un apprentissage de l'autre qui n'en finira jamais.

Ainsi debout l'un contre l'autre, dans le mystère mauve du matin, la simple esthétique du baiser pouvait seule les rassembler sans que le scandale éclatât parmi la nature.

« Oui, avait-il envie de s'écrier, on se revoit demain, dans huit jours, tout l'été ou jamais si vous voulez ! Le cadeau que je viens de recevoir de vous est suffisant dès cet instant ! »

Il ne dit pas cela. Il dit :

— Je vous appellerai Lemda.

Elle l'écarta de lui. Elle le considéra longtemps.

— Nous nous retrouverons au grand jour, dit-elle, sans le secours du mystère, sans l'enchantement de cette nuit. Il nous faut être loin l'un de l'autre pour penser l'un à l'autre. Vous avez envie de moi, moi aussi j'ai envie de vous. Mais pourquoi Lemda ? dit-elle interloquée.

Laviolette épela :

— Elle Est Mon Dernier Amour.

C'est là qu'il entendit pour la première fois ce rire qui allait peu à peu, au cours des années, constituer l'image essentielle que Lemda voulait bien lui montrer d'elle.

Elle ouvrit grande la bouche. Elle égrena ce rire qui n'appartiendrait jamais qu'à elle dans le souvenir de Laviolette. Elle dit quand il fut calmé :

— À peine déclaré et déjà le dernier ?

Le Laviolette de quatorze ans plus tard, dans la lumière de ce jour d'octobre, traça rageusement une croix dans la poussière de l'allée, à l'aide du tranchant de sa semelle.

Ce geste enfantin le restitua à la réalité. Il était seul, Lemda était ailleurs, au loin, aux prises avec d'autres rêves.

Laviolette regarda autour de lui. Comme en tous les octobres après-midi, Lurs n'avait plus que des murs, était vide d'habitants. Seuls, sur les terrasses abruptes du coteau qui montait depuis le plan de l'Ève, les oliviers amoureusement taillés témoignaient qu'il restait ici des gens d'autrefois qui aimaient l'éternité. Car l'olivier regarde s'évaporer les changements sans vieillir ni mourir. Il est obstinément le même, rabougri, tors, arc-bouté contre le sol ingrat pour résister à tous les temps. Les hommes qui le cultivent meurent bientôt car ils sont tous vieux mais d'autres qui durant ce temps ont vieilli s'occupent longtemps encore du peu de soin qu'il réclame. Lorsque enfin ils disparaissent aussi, l'olivier, tel un vieux bien, est toujours recueilli par d'autres amoureux de cet arbre qui s'est assis sur l'éternité et n'en finit pas de faire réfléchir sur elle les hommes.

Cette nuit où ils s'étaient connus, Lemda et lui, c'étaient des oliviers, unique ornement du pays, qui murmuraient à la brise, sous les remparts de Lurs.

« Si elle ne se souvient pas de moi, se dit Laviolette, elle doit se souvenir d'eux. »

Il regardait avec étonnement ce nouveau Lurs éclos en quatorze ans pas plus.

Les maçons s'en seraient voulu de laisser un seul angle qui ne fût pas aigu, une seule arête qui ne fût pas vive, un seul gris ancien qui ne fût pas devenu ocre à force de soin, un seul toit biscornu, malaxé par des siècles de mistral, qui ne fût pas désormais aussi régulier que le carton ondulé qui couvre les villages de crèche, une seule pierre à lichens qui ne fût pas saupoudrée de ciment blanc. Il s'agissait de ne pas rougir de honte si par hasard quelque maçon venu d'ailleurs était passé par là pour se gausser. Aussi Lurs était maintenant tout neuf. On pouvait le montrer. Il ne ferait honte à quiconque.

Laviolette soupira. Ici comme ailleurs, le poids des nouveaux hommes était trop lourd, on ne pouvait plus le soulever et l'on pouvait toujours crier dans le désert *et in Arcadia ego*, jamais civilisation ne paraîtrait plus raisonnable que celle qu'on était en train de vivre.

Tout en méditant en vieil homme, Laviolette avait une fois de plus arpenté cette promenade des Évêques, laquelle, pour quelque temps encore, était indemne de nouveauté.

Il débouchait sur la campagne, parmi les yeuses en buisson, les lentisques térébinthes et les buis qui parsemaient les fondrières du plateau.

On voyait de plus en plus près la montagne de Lure qui planait à l'horizon sur un socle à la lumière incertaine.

Une allée sans portail dont seule l'herbe rase signalait l'amorce était bordée de chaque côté par de beaux tilleuls jaunes sous l'automne. Clouée ou assujettie sur l'un des arbres, une pancarte de guingois portait ces mots impertinents :

« *Moi et elles* »

C'était une vieille pancarte. Elle avait fini par se fendre au milieu, à la faveur d'un nœud du bois, et entre le *Moi* et le *elles,* un abîme s'était soudain creusé dont on avait tenté en vain de rapprocher les bords à grand renfort de fil de fer.

L'allée était assez longue, encadrant des prés incultes où se resemaient les pins sylvestres, et soudain, prévisibles mais incongrus, une piscine vide et un court de tennis rassuraient le visiteur pusillanime et désolaient celui que les tilleuls anciens avaient d'abord bercé d'illusion.

Sur le court vert olive deux dames s'essayaient avec application à des revers techniques. Un gazouillis de rires émanait d'elles, insouciantes, vêtues de jupes plissées rétro qui devaient coûter cher. Leurs jambes robustes étaient fort belles.

— « Elles », grommela Laviolette. La pancarte était explicite.

Il passa son chemin. L'allée s'achevait sur un dallage spacieux qui annonçait la maison. C'était une assez belle demeure pourvue d'un toit à quatre pentes dominé d'une girouette. Quelqu'un, autrefois, devait l'avoir élue pour y rêver en paix. Elle avait dû être très mystérieuse avant 1900, mais les maçons étaient aussi passés par là et maintenant elle était neuve. On avait gommé d'elle toute la patine des siècles qui contenaient ses souvenirs. Il n'y avait plus de secrets, plus de malheurs, plus d'histoires, tout y était agencé pour la lumière et pour la joie.

La porte vitrée à deux battants qui dominait le vallon était grande ouverte par ce tiède après-midi. Laviolette toqua timide contre l'une des petites vitres. On lui cria d'entrer.

Le salon était resté strictement tel que l'ensemblier avait dû le concevoir il y avait peu. Tout était flambant neuf. Une cheminée purement accessoire en était le plus opulent élément. Apparemment on avait conservé l'aspect externe de la maison mais on l'avait vidée de ses entrailles comme on faisait dans l'Antiquité avec les momies.

Sur un carrelage protégé par un vernis transparent quoique indélébile trônait un homme dans un fauteuil de cuir. Il était bien plus jeune que son visiteur bien qu'il eût lui aussi les cheveux blancs. Il avait à portée de main tout un assortiment de petits livres sur une table basse. Il avait un beau visage de faux hindou et de longues mains qu'il joignait devant lui en une attitude méditative.

Laviolette marcha vers lui de biais et chapeau bas. C'était la première fois de sa vie qu'il se trouvait en présence d'un poète et il lui semblait que l'attitude à adopter devant celui-ci appelait la déférence tempérée d'un peu d'humilité. Un poète...

C'était étrange que cette femme inconnue qui inscrivait des noms dans un calepin, étendait elle-même son linge, utilisait un humble rouge à lèvres (bon marché avait tranché l'identité judiciaire), c'était étrange qu'elle ait entretenu des relations avec des gens qui exerçaient des activités aussi éloignées les unes des autres — deux tueurs de cochons, deux artistes.

Il avait eu raison, Chabrand, l'énigme devenait agaçante. Un sculpteur, un poète... Deux tueurs de cochons... Ceux-ci faisaient partie de toute éternité de la vie des Basses-Alpes, ceux-là en revanche y étaient tout nouveaux venus.

En effet, depuis que Giono et son cousin Fiorio avaient reforgé l'histoire de ce pays par l'imaginaire étincelant de leur création parallèle, les artistes accouraient ici se frotter aux Basses-Alpes comme un mahométan à la pierre de la Kaaba. Il y avait autant de peintres, de poètes, d'écrivains, de potiers, de sculpteurs parmi ces solitudes qu'à Paris un dimanche matin sur les marches du Sacré-Cœur. Et comme l'attirance pour l'art est contagieuse, quelques bergères et bergers du cru s'étaient laissés doucement accroire qu'il suffisait de vivre dans cette lumière pour pouvoir la traduire.

Autrefois, chez nous, on rencontrait de pauvres paysans tout courbés qui disputaient leur pain à la terre ingrate sans jamais avoir eu le loisir de jeter un coup d'œil au ciel, aujourd'hui on y croisait nombre de gens inspirés, venus d'ici ou d'ailleurs, glabres ou hirsutes, lesquels apprivoisaient l'absolu avec d'invisibles filets à papillons qu'ils rabattaient en vain sur notre grand vide mystérieux.

Ils étaient blottis partout : à Auzet comme à Lurs, à Digne comme à Puimoisson, à Sisteron comme à Reillanne, il y avait même, à Manosque, une manière de syndicat. Encore un peu et les artistes des Basses-Alpes allaient revendiquer une AOC comme le fromage de Banon.

C'était à cette nouvelle population insolite qu'appartenait ce Melchior F. d'Églantine que Laviolette venait voir parce qu'il figurait sur le calepin de la dame inconnue.

Lui aussi avait une barbe, comme le sculpteur d'Auzet mais chez lui elle se limitait au menton et laissait les joues glabres. Elle était blanche, pointue, évasive et rare.

— Excusez-moi, bredouilla Laviolette, je cherche quelqu'un dont j'ignore le visage.

— Du moins savez-vous son nom ?

— Melchior F. d'Églantine.

— Vous l'avez devant vous.

— J'espère ne pas vous déranger longtemps.

— On ne peut pas me déranger, seul ou avec quelqu'un, silencieux ou disert, le cours de ma méditation ne tarit jamais.

Sur un banc en comblanchien, à gauche de la cheminée, Laviolette avait posé une seule fesse sans y avoir été invité, mais déjà il glissait sur la pierre froide afin d'y installer les deux et, lorsqu'il y serait parvenu, il faudrait le dévisser pour l'arracher de là.

La console au-dessus de lui portait une pile de ces petits volumes épars aussi à côté du poète, sur la table basse.

— Eh bien ? dit le poète calmement. Maintenant que vous m'avez bien regardé, dites-moi pourquoi vous êtes là ?

— Autrefois, j'étais un pauvre fonctionnaire de Police, aujourd'hui je suis à la retraite. Vous êtes donc parfaitement en droit de ne pas me souffrir. Je m'appelle Laviolette, dit-il.

— Bon ! grommela le poète. Voici une belle rencontre entre un d'Églantine et un Laviolette.

Laviolette riota sans joie. Il était maintenant plus assuré car il pouvait en toute quiétude dévisager le personnage de loin et il s'apercevait qu'il n'était pas heureux, quelque effort qu'il fît pour le paraître pleinement. De ce bonheur apparent, il avait les doigts de pied écartés dans les sandales et cette béatitude inscrite sur le visage qui transfigure les êtres forts. Laviolette, qui était un être faible, admirait cette puissance de volonté car il en faut pour paraître heureux quand on ne l'est pas.

Laviolette, auprès de Chabrand, avait quand même glané quelques renseignements d'ordre général sur ce poète. Il était méchant par système et par ennui. Il organisait de joyeuses soirées dansantes où le champagne coulait à flots. Il adorait assortir parmi ses invités des couples dont il était seul à savoir qu'ils étaient incompatibles et qu'ils allaient presque aussitôt tomber en morceaux dans la douleur. Ensuite il les réinvitait cordialement pour se repaître de leur air déconfit.

« Chabrand aura mis sa pensée à la place de celle du poète, songea Laviolette. C'est bien autre chose que l'ennui qui dicte ce comportement. »

— Je n'ose formuler, dit-il, l'idée qui me vient à l'esprit. C'est à propos de ce F. au milieu de votre nom...

— Fabre, répondit le poète posément.

— Fabre d'Églantine ! s'exclama Laviolette.
Vendémiaire, Brumaire, Frimaire, le calendrier
républicain ! C'est vous ?

— C'était notre ancêtre. Heureux de rencontrer quelqu'un à qui ce nom rappelle encore quelque chose !

Bien que sur le qui-vive et aux aguets, il parut
du coup mieux disposé envers son visiteur.

— Chassez-moi si vous voulez, insista Laviolette, je m'en voudrais de troubler la méditation
d'un poète.

— Mais non, restez ! Je sens que vous allez
beaucoup m'amuser !

Soudain, comme des écoliers lâchés en récréa-
tion, les deux dames en jupe courte se répandi-
rent à travers le salon venant d'une arcade sans
porte. Au bruit joyeux de leurs exclamations ga-
zouillantes on eût dit qu'elles étaient beaucoup
plus de deux pour tant exprimer. Leurs raquettes
brandies pour lesquelles elles cherchaient une
place leur faisaient des ailes d'ange.

— Venez venez mes merveilles ! s'exclama le
poète. Venez que je vous présente monsieur
Laviolette !

Elles accouraient déjà avant cette invitation et
lui déposaient, chacune en parallèle, un baiser à
lèvres ouvertes sur chaque joue. Le poète semblait au comble de l'aise. C'était le trio du bonheur tel qu'on l'imagine lorsqu'on n'en jouit pas.

Fabre d'Églantine saisit par la taille chacune des deux joueuses.

— Mon épouse Pauline ! dit-il. Et ma maîtresse Julie !

Il paraissait prendre beaucoup de plaisir en annonçant ce petit scandale.

Les joueuses éclatèrent de rire et s'embrassèrent tendrement.

— Je vous présente, dit le poète en essuyant des larmes de joie, je vous présente monsieur Laviolette ! Laviolette chez d'Églantine !

Ils en étouffaient de rire tous les trois.

— Un policier ! s'esclaffa le poète.

— À la retraite ! corrigea Laviolette.

— Oh ! un policier ! dirent les deux dames ensemble.

Leur rire s'éteignit aussitôt. On eût dit à voir leur air dégoûté qu'elles venaient de marcher sur un étron.

Pour se donner une contenance, Laviolette avait tiré de sa poche le morceau de papier qui était épinglé au revers du mort de Puimoisson. Il l'agitait timidement.

— Si je suis ici, dit-il, c'est parce que...

Parmi les rires et les agaceries, il commençait à raconter à voix basse l'histoire des deux crimes, la trouvaille de ces pages de calepin, l'amnésie du témoin d'Auzet, la cécité totale de la justice en présence de ces deux meurtres inquiétants.

— Enfin, dit le poète, tout ceci est bel et bon ! Mais quel rapport avec moi ?

— Mais... votre nom ! Il est écrit là...

Il le souligna à son interlocuteur.

— La cafetière ! s'écria le poète. Qu'est-ce que c'est que ça, une cafetière ?

Les rires des deux dames redoublèrent.

— Oh, mon chéri ! comme ça vous va bien ! dit l'une.

— Comment ? dit l'autre. Tu ne savais pas que tu ressemblais à une cafetière ?

— Tout nous porte à croire, expliqua Laviolette, que c'est une femme qui a écrit ces noms et ces appréciations. Il faut donc que vous l'ayez rencontrée et que...

— Oh, vous savez ! Tout le monde vous dira que pour qu'une femme devienne vraiment une femme, il faut qu'elle soit passée entre mes bras.

— Ça c'est bien vrai ! dit l'une des dames d'un ton pénétré.

L'autre garda le silence. Laviolette nota que c'était celle-ci que le regard du poète interrogeait.

— La cafetière... La cafetière..., répéta-t-il. Ça évoque un homme petit ayant...

— Une longue queue ! s'esclaffa la première dame avec un rire de gorge.

— Mais je ne suis pas petit !

— C'était Toulouse-Lautrec qu'on appelait ainsi dans les bordels, dit Laviolette. Il mesurait un mètre trente.

Le poète paraissait plus atterré que flatté. Être petit n'était pas son rêve. Avoir une longue queue ne l'en consolait pas. Il s'était dressé.

— Mettez-vous debout ! ordonna-t-il à Laviolette qui obéit. Vous voyez ! Je suis plus grand que vous !

— Vous savez, dit Laviolette, moi je suis particulièrement raplot ! Nous autres, Bas-Alpins, nous sommes plutôt de la race de Néandertal que de celle de Cro-Magnon.

Il essayait de tirer un sourire aux deux dames mais celles-ci depuis qu'elles le savaient policier en retraite le considéraient avec répugnance.

— Bref ! dit Laviolette. Je ne vous dérangerais pas si cette appréciation n'était pas nommément portée sur ce bout de papier, à côté de votre nom. Et, ajouta-t-il en levant le doigt, après coup !

— Comment ça, après coup ?

— Oui. On a d'abord inscrit votre nom avec un crayon et ensuite *la cafetière* à l'aide d'une pointe de tungstène. Donc pas au même moment. Donc la personne qui a couché votre titre dans son calepin vous a ensuite caractérisé lorsqu'elle vous a mieux connu. Donc vous vous êtes rencontrés au moins à deux reprises. Vous me suivez ?

— J'y ai quelque mal, dit le poète. Ainsi que je vous l'ai expliqué, c'est souvent qu'une dame vient me demander de la faire devenir femme. Et par conséquent, comment voulez-vous qu'il me souvienne d'une en particulier !

— Une femme taquine et spirituelle ! Une femme qui ait pu tirer un sens comique de vos avantages. Comment dire ? Qui ait pu ou s'en émouvoir ou en rire ? Une femme enfin, et vous n'en avez sûrement pas rencontré beaucoup, qui ait su qui était Toulouse-Lautrec jusqu'à ce détail ?

Le poète inébranlable secouait la tête pour dire non et non et non. Le découragement gagnait Laviolette. Il avait souvent eu dans sa carrière à découvrir une aiguille dans une botte de foin, mais dans ce cas précis c'était dans une meule de foin qu'il fallait chercher l'aiguille.

Il se leva pour partir. À quoi bon ? Tant avec le barbu d'Auzet qu'avec cette cafetière, il était tombé sur un collectionneur. Ces gens-là ne regardent même pas les visages, n'entendent pas les voix, oublient les corps tout entiers. « Un cul c'est un cul ! » ont coutume d'exprimer ces pragmatiques. Allez donc leur parler de nostalgie, allez donc leur faire évoquer quelque doux souvenir.

— Enfin, dit-il, il y a bien des circonstances où ça dure plus d'une fois ?

— Je ne m'attarde jamais, dit le poète.

— Sauf avec nous ! dirent les deux dames ensemble.

— Mes merveilles ! s'exclama le poète.

Il les rassembla entre ses bras en les tripotant.

Laviolette de son côté s'était saisi sur la console d'un de ces volumes à format réduit qui la jonchaient. Il l'ouvrit négligemment. C'était un de ces petits livres où tout est dans les marges. Les sensations concises s'ancraient en vers libres, au milieu de la page blanche.

— C'est idiot de vous demander ça car vous

devez être dans toutes les bonnes librairies, mais est-ce que vous les vendez ?

Pour la première fois les deux dames arrêtèrent de glousser et le poète prit l'air modeste.

— À l'occasion, dit-il.

— Je vous en prends un ! s'exclama Laviolette. Ce sera l'occasion. Depuis Paul Valéry, je n'ai plus lu de poète !

Il fouilla dans ses poches pour en tirer l'appoint.

— Et mettez-moi, dit-il, une dédicace ! Ça me rappellera ce jour où j'ai vu un trio d'amants vivre en bonne intelligence.

Passer sous silence la chose comme si elle eût été banale n'aurait pas été poli. Depuis qu'il avait le petit livre en main, il s'apercevait qu'une certaine considération s'était fait jour chez son hôte. Son sourire était moins condescendant. Devenir séance tenante un nouveau lecteur valorisait Laviolette.

« La voici donc, se dit celui-ci, cette vérité tant attendue. Le secret de cette profusion de femmes en collection, cette liberté d'esprit, cette piscine, ce tennis et cet ennui. Et si j'étais celui qui va s'exclamer : "Ce n'est pas possible ! Ce n'est pas vous qui avez écrit ça ?" Le bonheur véritable viendrait de ces quelques paroles. Car le bonheur véritable serait que nous eussions du génie et qu'on le sût. Mais nous sommes assez connaisseur de nous-mêmes pour savoir que nous en manquons. »

Le poète, en sus de son harem qu'il tenait enlacé plus bas que la taille, trouvait encore le moyen de tendre la main à Laviolette.

— Eh bien, dit-il, je ne suis plus suspect !

— Oh, dit Laviolette, ce n'est pas ce qui m'inquiète. Ce qui m'inquiète, c'est que nous ignorons si les deux noms, le vôtre compris, qui figurent sur ces feuilles éparses ne vont pas fournir les futures victimes.

— Eh là ! Eh là ! Il me semble avoir entendu parler de tueurs de cochons ?

— Jusqu'ici oui. Mais comme nous ignorons le mobile... Bah ! Nous verrons bien !

Il remit le bout de papier dans son enveloppe et ajouta :

— En tant que poète, la mort n'est pas pour vous effrayer ?

— Pas m'effrayer, pas m'effrayer ! Mais c'est que j'ai encore de nombreuses aventures à vivre moi !

— Eh bien alors : fouillez votre mémoire ! Une femme a traversé votre vie que vous feriez aussi bien de ne pas avoir oubliée, bien que la chose chez vous soit érigée en institution. Une nuit, un mois, peu importe ! Tout ce que nous savons d'elle c'est qu'elle vous a couché sur une liste. Ah ! Attendez ! Il y a deux petits détails : elle utilisait un rouge à lèvres bon marché et elle étendait elle-même son linge.

Il les laissa médusés. Le mot mort une fois prononcé avait beaucoup contribué à tarir le gazouillis des dames et à inciter le poète à se caresser la barbe. C'était une barbe à la chinoise, strictement bornée autour de la fossette du menton, à filaments longs évoquant plutôt des vermicelles que des poils follets et bien faite pour susciter autour du poète les plus ardentes curiosités.

— Dites-moi, mes agnelles ! s'exclama Melchior d'Églantine après le départ de Laviolette qui s'était retiré sur la pointe des pieds. Dites-moi ! Vous allez un peu m'aider, n'est-ce pas ? Il ne s'agit plus de rigoler ! Votre Poutou est en danger. Je suis inscrit sur un calepin où celui qui me précède est déjà mort !

Il s'empara d'une liasse de feuilles in-quarto qui lui servait d'ordinaire à coucher sur-le-champ le fruit de ses méditations.

— Nous allons nous y mettre tout de suite ! Ce serait bien le diable si votre jalousie ne les avait pas toutes retenues !

— Mon Dieu ! gémit l'épouse légitime. Une jalousie chasse l'autre et vous êtes si fécond en goujateries que vos fortunes sont semblables aux nappes de champignons sous les feuilles : on croit que ce sont les derniers et on en découvre toujours de nouveaux.

— Je vous ai toujours conseillé, mon gros poutou, dit la maîtresse, de tenir votre journal intime ! Outre que bien des dames y auraient fait des découvertes fructueuses, ça nous aurait permis de débroussailler le terrain.

— Allez allez ! trêve de persiflage ! Allons-y

par ordre alphabétique. Il s'agit de trouver quelqu'un... Attendez ! Il m'a dit quelque chose à propos de rouge à lèvres et d'épingle à linge. Berk !
Une lavandière, dit-il d'un air dégoûté.

Ils se penchèrent studieusement tous les trois,
les deux dames la croupe proéminente parce
qu'elles avaient chacune un genou sur chaque
bras du fauteuil et le poète, sourcil froncé, qui
mordillait un crayon en fouillant dans sa mémoire.

On eût dit don Giovanni dictant à Leporello le
catalogue.

Laviolette sortit de là mal content. Il n'avait
pas cessé, pendant toute la conversation, de couler un regard biais vers les jambes des deux dames en jupe plissée. Et il se demandait en vain
pourquoi, étant si inconsolable parce que Lemda
l'avait quitté, des jambes de femmes quelconques
étaient encore susceptibles de détourner son attention.

C'était pitoyable cette tartuferie, ça donnait à
sa souffrance un sens comique qui lui déniait
toute profondeur et finalement, en cette incursion
chez le poète, il avait beaucoup plus appris sur sa
propre nature que sur celle d'autrui.

L'atmosphère autour de Lurs au couchant lui
parut tout imprégnée d'amertume.

Forcalquier

Darius marchait dans le noir. C'était un homme seul par la nuit compacte mais qui connaissait si bien les drailles entre Lardiers et le Rocher d'Ongles que le bruit de son pas rapide ne couvrait même pas le tumulte apeuré de son halètement de panique.

C'était un homme qui craignait le pire car deux tueurs de cochons avaient été assassinés en l'espace d'à peine deux ans et, exerçant lui-même cette profession, il avait la faiblesse de croire que quelqu'un d'autre que lui, que quelque autre créature que lui, pouvait marcher sous le couvert des arbres sans rien y voir. Il était à peu près certain qu'un pas derrière lui s'inscrivait dans la cadence du sien.

C'était rare, dans ces parages, la nuit absolue. D'interminables déploiements de nuages dont on ne prenait conscience que parce qu'ils défilaient devant les étoiles effaçaient d'un seul coup les points de repère et vous laissaient les bras projetés en avant, en aveugle. Un vent inaudible coulait aussi en un froissement de drap à l'étendoir, évaporant autour du marcheur le peu d'odeur de colline qui aurait pu le guider.

Seul un homme qu'on avait forcé dès l'enfance à se diriger la nuit sans lumière pouvait trouver ses marques en ce néant.

Quand il avait cinq ou six ans, tel soir, son grand-père, homme d'âge et d'expérience, l'avait pris par la main après avoir consulté l'horizon comme s'il suspectait la lune de vouloir s'opposer à ses desseins.

— Viens, drôle ! On va un peu promener.

Un *drôle* par ici c'est l'héritier de la dynastie. On donnait ce nom de *drôles* aux descendants pour conjurer le sort, comme s'ils étaient quantité négligeable, comme si on ne comptait pas sur eux, comme s'ils n'étaient pas aimés et que la mort pût les reprendre sans qu'on en pleurât pour autant. On les appelait aussi *Désiré* par dérision et il existait un proverbe : « Désiré Bienvenu, tant farian sensso tu ! » C'est-à-dire : « Nous ferions aussi bien si tu n'étais pas là ! »

C'étaient les seules défenses naïves dont, des générations durant, les gens de cette terre se prévalurent contre la mort. Il mourait en ce temps-là autant d'enfants que de vieillards par maladie, par malchance ou par guerre. Aussi convenait-il d'abord de leur forger une âme d'airain, de leur faire miroiter le monde non pas sous des aspects riants mais comme un horrible capharnaüm, de les habituer à vivre sur le qui-vive, et contre leurs semblables et contre la nature, de leur souligner, même, qu'ils ne devaient faire confiance à personne.

C'était ce que ce grand-père prévoyant avait décidé, tel soir, d'enseigner à son petit-fils après l'avoir saisi solidement par la main. Ils avaient fait mille pas peut-être sous le couvert des grands bois, du côté du Déffenas, et brusquement le grand-père s'était débarrassé de la main du petit qui tentait de se raccrocher.

— Espère-moi là drôle ! Je vais pisser !

Il n'y avait plus eu pour meubler le néant que le bruit d'océan qu'une forêt imite toujours et le tendre appel d'un grand-duc tentant d'apprivoiser quelque proie. Puis le grand-père avait sifflé et de loin il avait crié :

— Drôle ! retourne à la bastide ! Moi j'ai à faire !

— Comment ? avait hurlé le petit plein de peur. J'y vois rien !

— Y a la lampe ! avait répondu l'aïeul. La lampe, là-bas, dans la cuisine ! Ah ! Une fois on la voit une fois on la voit pas ! C'est ta mère qui s'arrête devant ! Tu as que d'attendre qu'elle soit passée.

— Et si elle passe pas ?

— Fais de route ! Tant que tu es sur les pierres qui roulent, c'est que ça va pas mal ! C'est que tu es encore sur le chemin. Fais de route, je te dis !

Il fallait absolument, afin de le tremper comme une lame d'épée, que le descendant fût persuadé,

dès l'âge de cinq ans, que son grand-père, comme
tout le monde, était un personnage auquel il ne
fallait pas se fier et que devant l'homme seul dans
la nature, tous les supports sur lesquels on
compte sont fallacieux, illusoires, fictifs.

Toutefois, le grand-père avait pris soin de perdre le drôle sur un chemin entre deux haies d'*argeïras*. Ce sont des ajoncs épineux inutiles à quiconque et dont les piquants poignardent les mains
de tous ceux qui voudraient cueillir leurs pauvres
fleurs jaunes.

Ainsi, tanguant entre les argeïras qui l'aiguil-
lonnaient tantôt à droite tantôt à gauche, le drôle
en larmes avait-il titubé longtemps sur le chemin
invisible.

L'aïeul alerte était revenu à la bastide en faisant sonner allégrement sa canne parmi les ornières.

— Et le drôle ? avait demandé la bru. Qu'est-
ce que vous en avez fait ?

— Il s'est arrêté pour pisser. Oh, il rentrera,
puis !

Il était rentré trois quarts d'heure plus tard. Il
était tombé en route, à plusieurs reprises, la troisième fois en contrebas du tas de fumier, là ou le
purin fait mare. Il avait la peau des genoux grilla-
gée de larmes de sang. Il empestait l'écurie à n'en
plus pouvoir.

La bru avait saisi le hachoir pour partager en
deux la tête de l'aïeul. Elle le poursuivait autour
de la table et seul le coup de genou que le père

avait donné dans le bas-ventre de sa femme avait sauvé le vieux d'une mort certaine.

Ça avait fait un bel esclandre. La belle-mère criant à l'assassin, la mère qui se tenait le ventre insultant son mari, le drôle qui pleurait, le père le pied sur le hachoir, alors que sa femme se baissait pour s'en saisir, et le grand-père sentencieux qui n'en démordait pas. De loin, il faisait la leçon à sa bru.

— Et alors ? lui criait-il en patois. Quand il voudra échapper à ses ennemis, et il va en avoir tout de suite en pagaille ! il lui faudra savoir se diriger en aveugle. Il ne pourra pas éclairer sa route sous les coups de fusil ! Quand on n'a que sa peau pour se protéger, il faut savoir faire ce que les autres ne savent pas !

Mais la mère à genoux sous la table mordait la jambe du père à travers le pantalon pour le forcer à libérer le hachoir. Heureusement le père avait lui aussi appris, de bonne heure, à souffrir. Le hachoir était resté sous sa semelle. Tout le monde était allé se coucher sans souper. Et la mère n'avait jamais oublié. Chaque fois qu'elle déposait l'assiette devant l'aïeul pour le servir, elle la faisait sonner contre le noyer de la table.

« Et pourtant, se disait Darius, c'était le vieux qui avait raison. C'est grâce à lui qu'à dix-huit ans je savais monter une *lèque* dans l'obscurité totale. »

La lèque est l'emblème de notre pauvreté. Par pitié, la République nous a concédé cette chasse déloyale. La lèque c'est de la géométrie dans l'espace : elle se compose de deux pierres plates et trois bâtons astucieusement taillés. C'est dans la taille spéciale des bâtons que réside le génie individuel du fabricant de lèques. Il s'agit de disposer l'une des pierres bien à plat autant que possible et de dresser l'autre grâce aux bâtonnets sous un angle convenable. Il faut aussi, et c'est le plus difficile, s'assurer que l'équilibre ainsi obtenu soit parfaitement précaire, qu'un souffle suffise à le désordonner. Alors on dépose sur la pierre plate de quoi appâter les grives : six fruits de genévrier, trois rouges trois bleus, le tout agrémenté de quelques piquants pour faire plus vrai.

De ces pierres plates, débris de grandes dalles éparses un peu partout, la nature a jonché nos terres et nos chemins. Et il a fallu longtemps à nos aïeux pour qu'ils comprennent le parti que l'on pouvait en tirer, en les associant avec des baguettes d'amélanchier, une autre inutilité de nos pays. C'est un arbuste buissonneux qui couvre de la neige de ses fleurettes blanches toutes les collines qui descendent de Lure vers la Durance, entre Sisteron et la Garde-de-Dieu. Ça dure trois semaines entre le dix avril et le premier mai. Le temps de réjouir nos yeux et de nous faire croire qu'enfin il a neigé sur nos coteaux arides qui ne voient la pluie que soixante-dix jours par an. Puis l'illusion se dissipe et l'amélanchier couleur de pierraille s'achemine vers l'automne, végétatif, couvert de petites feuilles jaunes qui s'alentissent dès l'août sur la caillasse brûlante de l'été. Qu'en faire d'autre que des supports de lèques ? Certains ont bien essayé, comme avec la bruyère, d'en tirer des balayettes. Ça n'a pas pris. Ça balayait trop grossièrement, tandis qu'il n'était pas imaginable de confectionner des supports de lèques avec autre chose que des baguettes d'amélanchier.

« Tu te souviens, se disait Darius pour ne plus penser à sa peur, tu te souviens du Goliath Truphème ? Celui-là il faisait des lèques pour les lièvres. Jamais personne n'a jamais su avec quoi il les appâtait, mais il en prenait dix par hiver ! »

La peur toutefois ne se laissait pas apprivoiser. Darius la sentait haleter sur sa nuque avec son souffle de sanglier.

« Et rappelle-toi aussi ce que te racontait ton pauvre père ! Justement : les sangliers ! Ce Goliath Truphème qu'y a même pas une pierre au cimetière pour le rappeler, c'était un homme d'une force considérable ! Ton pauvre père disait qu'une année de famine, il avait même fait des lèques à sanglier. Tu te rends compte ? Mais ça tu l'as jamais cru. Il aurait fallu une brave force pour tenir debout une dalle à assommer un sanglier ! »

Tel il songeait, ce Darius en fendant les ténèbres à la hâte. Le fusil à affûter cliquetait sur sa cuisse contre le long couteau dans l'étui suspendu à sa ceinture.

C'était un tueur de cochons qui se hâtait vers

quelque sacrifice. Ce n'était pas un métier, pas plus que ne l'est chez les hommes celui de bourreau. C'est une occupation inavouable que n'ose même pas revendiquer celui qui en est atteint. Ce travail se payait cher désormais tant devenaient rares les spécialistes. Il n'en restait que trois pour tout le canton et sept seulement dans l'arrondissement.

— Puis encore ! clama Darius à haute voix. On est en train de nous exterminer !

C'était ça la raison de sa peur : depuis deux ans, entre le col des Garcinets et le plateau de Valensole, deux tueurs de cochons avaient été victimes d'un crime mystérieux. Oh, il y en avait eu d'autres entre-temps ! Mais disparates entre eux, mais vulgaires, mais vite élucidés, mais pitoyables par leurs mobiles autant que par leurs auteurs, des crimes d'argent ou de colère ou d'affolement. Des crimes à coups de couteau ou de revolver, donc par des gens qui n'étaient pas d'ici. Tandis que les tueurs de cochons... Ils avaient des pancartes à leur veston. On les avait étiquetés. Et, en plus, et ça ne rassurait pas Darius, ils avaient été tous deux résistants de la première heure, tout comme lui, Darius. Alors ? Étaient-ce les grands résistants qui étaient visés ou bien les tueurs de cochons ? Et ils avaient été tués par quelqu'un d'ici, ça se voyait à cause des moyens parcimonieux employés : l'un une tache d'huile, l'autre les abeilles d'une ruche.

La police, les journaux, la justice, avaient tout

de suite écarté l'hypothèse d'un règlement de comptes consécutif à cette période trouble et mal digérée : la Libération. Cinquante ans après, il y avait en effet encore des gens qui avaient mis leur vengeance au fond de la poche avec leur mouchoir par-dessus, lequel, depuis, ils trituraient de temps à autre. Aussi importait-il de dire qu'ils n'existaient pas, que c'était une légende, que désormais tout le monde avait oublié et vivait en bonne intelligence. L'attitude du conseil général, de droite à gauche, était unanime sur le sujet et à cet égard exemplaire.

— Il ne faut plus en parler ! disaient ces hommes de bien. On n'en parle plus ! Ceux qui en parlent encore sont des méchants, ennemis de la démocratie ! Au moins on en parle, au mieux on se porte !

Darius dans sa marche à tâtons, qui se sentait l'âme d'une victime, n'en finissait pas de soliloquer :

— Bien sûr deux résistants ça les embarrasserait ! Mais qu'est-ce que tu veux que ça leur foute, deux tueurs de cochons en plus ou en moins ? Ils te regardent de haut ! Ils te méprisent. Ils oublient les beaux soirs d'hiver où le boudin rissole au four avec de petites pommes de terre et un brin de sauge. Ils oublient les jours heureux où le cochon mort réjouit le cœur de l'homme autour de ses charcuteries ! Ils oublient ! Et si nous n'existions pas, je te le demande, qu'est-ce qu'ils auraient de tout ça ?

Voici ce à quoi dans la nuit noire songeait
l'homme qui avait peur. Et soudain il craignit
pour de bon. Le pas hypothétique qu'il croyait le
suivre, il l'entendit devant lui. Il s'arrêta pile. Le
pas qui venait d'en face avait cessé de sonner en
même temps que le sien.

Ils étaient là, deux à ne pas se voir, à avoir peur
l'un de l'autre, à lancer l'un vers l'autre des antennes d'insecte aveugle.

Heureusement, sur la brise qui orientait ce moment de la nuit vers le matin, leur odeur récipro-
que vint à leur secours. Cette odeur, ils la
tenaient tout autant de leur mode de vie que du
terroir minuscule où ils étaient nés. Elle n'était
pas mauvaise, elle n'était pas bonne, elle était
particulière. C'était, pour l'ombre inconnue qui
tenait Darius sur le qui-vive, celle des buis qui
bordent toutes les ornières et tous les sentiers qui
entourent la Croupatassière, cette ferme d'aussi
peu de rapport que celle de Darius. C'était cette
odeur de pipi de chat qui caractérise le buis et qui
rendait si difficile à ceux qui y vivaient de trouver
mari ou femme, le moment venu.

— C'est toi, Darius ?

— C'est toi, Blandice ?

— Y fait une brave nuit ! Tu vas encore en
tuer un ?

Car c'était à l'odeur du sang qu'on reconnaissait Darius, cette odeur de sang chaud qui
s'échappe de la gorge ouverte du cochon.

— Et toi ? Tu vas encore monter des lèques ?

— Eh... Qu'est-ce que tu veux faire ?

— Il va neiger. Si le garde t'empègue...

Blandice se mit à rire tout bas.

— Qu'est-ce que tu crois ? C'est pour ça que j'y vais de nuit.

Il avait raison. Sur nos terres où le sol est toujours visible à travers l'herbe tant elle est rare et peu verte, une lèque se défend d'elle-même contre ses ennemis. Mimétique du terrain qui la porte, elle est terne et sans couleur, elle se confond avec la pierraille de craie. Il faut s'en approcher de très près pour distinguer les taches vives des trois baies rouges, des trois baies bleues et du petit bouquet de Noël joyeux qui somme le chef-d'œuvre par quelques brindilles de genévrier piquantes comme des chardons.

Mais l'homme qui les pose, lourdaud comme un jeune sanglier, celui-là est visible de loin, il bouge, il s'agite, on le reconnaît à sa casquette, à son cache-nez (que sa femme a tenu à tricoter rouge), à sa démarche, à sa corpulence. C'est pourquoi Blandice comme Darius était capable de monter une lèque dans l'obscurité totale. C'était affaire d'hérédité. Et quand l'un ou l'autre des hommes de ce pays était durement agenouillé sur ces cailloux pointus, la langue serrée entre les dents, à force d'attention passionnée pour préméditer ce piège du diable, environné d'une nuit d'encre, il n'était pas rare qu'un nocturne, en ce vol silencieux qui les rend surnaturels, vînt se poser sur l'épaule courbée vers le sol pour ululer doucement sa misère fraternelle à ce compagnon d'infortune.

— Adiou sias Darius ! Nous ne nous sommes pas vus !

— Adiou sias Blandice, et tâche moyen de pas rencontrer le garde !

Tels ils s'éloignaient l'un de l'autre, d'un bon pas, ragaillardis par cette rencontre qui rendait banale cette nuit insolite. Et plus tard, lorsqu'on interrogea Blandice et qu'on lui demanda :

— Est-ce qu'il avait l'air normal, votre Darius ?

Il répondit en riant jaune :

— Vous avez déjà vu quelqu'un vous, par ici, par une nuit sans lune ? S'il était pâle ou rouge, le Darius, j'en sais rien ! Pour moi c'était un trou noir ! Et moi aussi pour lui, je devais être un trou noir.

— Oui mais enfin la voix ! Elle avait bien une intonation particulière, la voix ?

— Intonation particulière ? Vous me la baillez belle ! Au début il avait peur et moi aussi. C'est effarant vous savez, de se croire seul à utiliser la nuit et puis soudain d'y rencontrer quelqu'un !

— Oui mais après ? Vous vous êtes rassurés quand vous vous êtes reconnus ?

Le Blandice avait réfléchi un peu sur cette question puis il avait répondu :

— Maintenant que vous me le dites, il m'a semblé... Il m'a semblé, hé ? que la voix de

Darius était un peu haletante... La voix d'un homme... Comment dire...

— Traqué ?

— Oui, c'est ça. La voix d'un homme traqué !

C'était en réalité la voix d'un homme bourrelé de remords. Jamais Darius ne tuait un cochon sans appréhension ni regret. Il en avait expédié plus de deux cents dans sa pute de vie mais chaque fois son cœur battait la chamade. Il ne fallait surtout pas le montrer. Les *bastidans*, gens de la campagne, n'auraient pas aimé ça.

C'était déjà la croix et la bannière pour persuader l'épouse car ce n'était plus aujourd'hui la belle et bonne bastidane d'autrefois saintement résignée aux turpitudes de l'existence, maintenant elle se posait des questions, maintenant, à force d'en entendre parler, la conscience que la nature forme un tout irréfragable l'atteignait peu à peu, et que l'on fait partie d'un arbre et que si l'on touche une seule feuille de cet arbre, c'est toute la ramure qui en est secouée pour longtemps, et que l'on n'a pas le droit de se substituer à Dieu, fût-ce pour abréger la vie d'un simple porc.

Il fallait donc, d'abord, persuader la femme que le cochon était assez gras, que la saison avançait, qu'on n'aurait bientôt plus de petit salé et que le jambon on y voyait l'os.

— Tu crois ? disait la femme.

Elle gardait le sèche-mains qu'elle avait saisi dans l'angoisse. Car ce n'est pas rien que de rencontrer chaque matin, au chant martial des coqs qui saluent le nouveau jour, un cochon pour qui l'on est le dieu qui donne à manger, qui vous entend venir depuis la porte de la cuisine chargée du seau de pommes de terre enrobées dans la repasse et qui vous accueille l'œil de côté, l'air malin avec des grognements d'amitié.

Alors, quand l'homme vient vous dire : « Je crois que ce serait le moment... », on a beau se gourmander, se persuader que ce n'est pas raisonnable, le cœur ne suit pas, on met sa main sur celle de l'homme et on dit :

— Mon Dieu ! Surtout qu'il ne voie pas arriver le Darius !

Car c'était ça la malédiction du tueur de cochons : il faut le cacher à l'animal comme le prêtre armé de son crucifix dérobe la vue de l'échafaud au condamné.

Des tueurs farauds avaient cru pouvoir commodément arriver en voiture mais dès le claquement de la portière le porc se mettait à crier et il fallait supporter de l'entendre de plus en plus faiblement, jusqu'à ce que la dernière goutte de son sang se soit répandue dans la bassine. C'était éprouvant pour les nerfs et la sensibilité. Aussi quand les fermiers venaient prévenir Darius que la bête demandait à être saignée, ils ajoutaient tout de suite :

— Et la Mélie te fait dire que, tant que faire se peut, tu tâches moyen d'arriver à pied, parce que tu comprends, les femmes...

Oui oui, il comprenait Darius. Et si possible

contre le vent encore que malheureusement, le
vent, il tournait parfois. Et alors c'était la catas-
trophe. Le cochon se mettait à hurler et bien que
son cri fût uniforme, il contenait toutes les impré-
cations de l'esclave contre la traîtrise du maître,
sa mauvaise foi, son hypocrisie ; l'incompréhension de l'innocent bien au chaud dans la sollicitude de l'homme et qui soudain se réveille ayant
compris la terrible mécanique qui dirige les agis-
sements erratiques du maître et criant après le
destin et criant après la nature et criant après
Dieu.

Et il faut alors prendre tout ça en pleine figure,
se voir renvoyer tout ça qui était précisément ce
qu'on ne voulait pas connaître de soi, et encore
après avoir si mal dormi depuis hier au soir qu'on
était allé quérir Darius le tueur : « Et commande-
lui bien d'arriver à pied que Dieu garde il le sente
pas venir ! » Car on croyait pouvoir faire son
coup en douce, avec juste la petite douleur de la
fin quand le tueur tourne le couteau dans l'orifice
de l'artère pour bien l'échancrer et que la bête
perd son sang en abondance, avec seulement
quelques cris douillets affaiblis par la saignée profonde, et qu'on peut s'imaginer qu'au moins il n'a
pas souffert.

Voici à quoi pensait ce Darius courbé en deux
sous la nuit profonde par tant et tant de cris de
porcs égorgés qui le poursuivaient comme la malédiction de Caïn, comme le gémissement de la
douce Iphigénie sacrifiée aux doigts de rose de

l'aurore pour que soufflent soudain les vents été-
siens dans les voiles molles de la flotte grecque.

Voici ce que se disait ce pauvre tueur de cochons, lequel chaque fois qu'elle le savait saisi par
cet ordre d'aller égorger le porc chez un tel, son
épouse dans le lit faisait un écart machinal pour
éviter de le toucher.

Mais quand on a une ferme — misère ! — qui
produit juste de quoi ne pas mourir de faim, quoi
faire que de se louer chez les autres comme abat-
teur de porcs ? Le métier se payait cher désormais tant devenaient rares ceux qui l'exerçaient.
On citait tel tueur abandonné par sa famille qui
voulait se laver les mains du rouge de tant de
pauvres suidés sacrifiés sur l'autel de la bonne
chère.

Et sans aller chercher si loin, Darius avait lui-
même une femme et deux enfants auxquels on ne
pouvait même plus faire avaler une bouchée de
florentine ou de boudin sans que cela leur soule-
vât le cœur. Et comme c'étaient de bons petits et
une brave femme, ils avaient longtemps caché au
père cet écœurement, ils avaient même longtemps
poussé des cris de joie en voyant arriver ces dé-
pouilles opimes triomphalement déposées sur la
table : un quart de foie de porc avec sa crépine et
un huit de boudin encore fumant, mais ensuite,
en dépit du parfum sublime du foie encrêpiné
qu'on avait truffé de grains de genièvre, ils allaient vomir sur le fumier ces surplus trop lourds
de remords. Darius s'en était aperçu parce qu'un

jour son aîné n'avait pas eu le temps d'enjamber le banc si bien que, le cœur soulevé, il avait biffé la cuisine d'un trait de vomi.

— Tu as besoin de faire ce métier ? lui disait sa femme parfois.

— Hé ! L'argent !

— Qué l'argent ? Tu le dépenses en cigarettes et à aller boire un coup, l'argent !

— Oh, pas tout ! Et quand il faut acheter du fourrage l'hiver pour nourrir l'ave[1] ? C'est avec quoi, tu crois que je le paye ?

Car la terre de la Rouillère, la ferme de Darius, ne payait que de mine, toute pimpante sur son tertre, flanquée de ses quatre tilleuls qui captaient le vent en imitant un bruit de fontaine.

Hélas l'eau était fugitive, capricieuse, on passait son temps à en rêver de l'eau. Parfois on l'entendait gazouiller dans l'herbe exsangue, dans les chiendents immortels qui finissaient quand même par devenir jaunes à force de sécheresse. On avait des mirages d'eau auditifs.

— Réveille-toi, il pleut !

Le conjoint plein d'espoir émergeait du sommeil émerveillé. Il mettait de longues secondes à retenir son souffle, à capter ce qu'il y avait de réel dans cette pluie tant souhaitée. Il retombait sur l'oreiller exténué.

— Dors ! C'est les loirs !

C'étaient les loirs actifs qui couinaient sur les

---

1. Le troupeau.

lauzes[1] ou bien c'étaient les feuillages des tilleuls
qui chuchotaient leur longue histoire en caressant
la toiture.

Quand des passants s'arrêtaient à la ferme ils
ne pouvaient taire leur admiration.

— Ah, disaient-ils, quel admirable paysage
vous avez là-devant ! Ah, quelle chance vous
avez !

Comme on ne pouvait pas les tuer pour ces
bonnes paroles, il ne restait plus qu'à serrer les
poings au fond des poches.

— Quand même, disait la femme. Quand je
pense à ta médaille ! Et à quoi ça sert alors
d'avoir été un héros ?

— À rien, ma pauvre Delphine ! Ça s'oublie !

Car Darius avait été l'un de ces résistants spon-
tanés qui avaient fait le sacrifice du matin.

Il s'arrêta net de marcher. Le pas hypothétique
qui paraissait le suivre s'arrêta aussi. Il n'y eut
que le silence, à peine traversé par la chute d'une
seule feuille morte qui voletait de branche en
branche parmi les ramures d'un chêne. Quand le
silence est d'un tel poids, le moindre soupir de la
nature s'écoute comme un grondement menaçant.

— Et alors ? se dit Darius. Tu viendras pas me
soutenir que tu peux avoir plus peur que le jour
où tu étais jusqu'au cou dans la fosse des latrines
du Fémina-Casino, avec le couvercle rabattu sur

---

1. Dalles plates et minces qui servent dans les pays pauvres
à couvrir les toits des maisons.

toi et deux soudards armés de mitraillettes qui te
dansaient au-dessus de la tête. Tu faisais dans ta
culotte pourtant déjà embrennée par la fiente des
autres, où tu baignais. Souviens-toi un peu !

Cette pensée le ragaillardit et il repartit tout
guilleret d'avoir ainsi vaincu sa peur. Mais hélas
une peur d'autrefois n'immunise jamais contre
une peur d'aujourd'hui. Le pas qui s'inscrivait si
exactement dans le sien appartenait à quelqu'un
qui le guettait à l'instant, qui avait de bonnes raisons de paraître aussi implacable.

« Marche ! se dit Darius. Après tout tu as un
couteau et tu sais t'en servir ! »

Il étreignit le fourreau à pleines mains. Cela le
rassura.

Alors, soudain, il se trouva inondé de clarté.
Soudain le feuillage d'or des érables et des chênes
scintilla devant lui alors qu'un vent nouveau ondulait sur l'air de la nuit.

Il venait de franchir sans s'en rendre compte la
ligne de crête qui surplombe Limans, un village
encore qu'il avait fallu éviter pour ne pas faire
hurler au passage les porcs de toutes les soues qui
n'auraient pas manqué de crier à l'assassin. Il ne
lui restait plus qu'à dévaler vers les Ybourgues où
il allait.

De là-haut, on voyait tout le pays troué de
lumières de fête : Oraison, Lurs, Forcalquier.
Mais ce qui révélait brusquement le nouveau visage du monde c'était la lune. Là-bas, au fond de
la vallée de l'Asse, la lune se levait en vain car

personne ne la regardait, même pas Darius qui pouvait grâce à elle lire son ombre à côté de lui. Elle émergeait, plus bas que le promontoire où s'avançait l'homme, au fin fond de l'échancrure où l'Asse scintillait, grossie par des pluies d'orage. Elle était installée bien au centre des montagnes, tranquille et montant dans le noir en un calme surnaturel.

C'est alors que Darius s'aperçut qu'il n'entendait plus le pas obstiné qui le suivait jusqu'à maintenant. Il fit halte. Retenant son souffle il tâta le silence à l'aide des antennes invisibles qu'il tenait de ses ancêtres et dont, par précaution, le génie de la race avait dispensé le corps de l'homme tout en lui en accordant la faculté.

Oui, le bruit avait bien disparu ainsi que ce halètement qu'il n'avait sans doute qu'imaginé mais dont Darius était certain qu'il avait accompagné ce pas qui l'avait obligé, au prix de quelques détours, à s'en éloigner autant que possible.

« Ça sera un qui aura eu affaire vers Haurifeuille, se dit-il. Il a dû obliquer à droite, au croisement de Saint-Hippolyte. Je me serais bêtement alarmé et en attendant j'ai allongé ma route ! »

Lui qui marchait jusque-là l'échine courbe sous la houlette du remords de conscience, il se redressa d'un pied, assurant sa prestance, car on a beau n'être qu'un pauvre hère on a quand même quelques souvenirs, quelques bonnes fortunes qui vous ont naguère assuré quelque confiance en vous. Et il venait de se souvenir que la maîtresse

des Ybourgues avait un secret et une fermière qui
a un secret, elle peut vouloir en changer, en tout
cas on ne sait jamais.

Maigre, cinquante ans, la peau tirée sur les os
comme sur les arceaux d'un tambour, Darius se
savait affable avec les dames, oubliant volontiers
que, pour la plupart, sa qualité de tueur de cochons les tenait au garde-à-vous, à distance, par-
tagées seulement entre le mépris et la répulsion.
Mais il prenait facilement feu pour une idée
agréable qui lui traversait l'imagination.

Il fit halte pour tirer de son portefeuille un petit miroir rond gagné dans une tombola et un peigne acheté sur la foire À la lumière morte de la
pleine lune, il entreprit de discipliner la raie de
ses cheveux raides complètement dérangés par sa
course nocturne parmi les buissons. Le visage que
lui rendit ce miroir par le truchement de la lune,
il ne l'avait jamais vu.

C'étaient, amollis, les contours à peine ébau-
chés d'un étrange lui-même qui tenait à la fois de
la caricature et de l'allégorie ; un être qui n'aurait
eu de substance que par la trace fugace qu'il op-
posait à la lumière et qui pouvait à tout moment
être douteux comme un rêve.

« C'est curieux, se dit-il, comme il suffit d'une
mauvaise lumière pour avoir l'air d'un fantôme... »

Il déplaça la glace un court instant parce que
ce visage l'incommodait, l'intimidait. Il avait envie de détourner les yeux devant lui-même, mais

il avait eu le temps de distinguer un éclair blanc
fugitif à côté de son reflet blafard. C'était dans la
profondeur du miroir un éclat insolite qui brillait
sous les rayons de la lune, qui scintillait à mesure
que l'astre changeait de place dans la nuit. Darius
tout d'abord se dit : « Ce sera quelque cul de bouteille qui accroche les reflets. Avance ! Il va être
quatre heures ! Ils doivent déjà avoir préparé
l'eau bouillante ! »

Il rangea le miroir et le peigne. Il pivota sur lui-
même vers la descente. Maintenant, il pouvait
voir la chose de face, dans un écrin d'ombre et
qui brillait de plus belle.

— Un ver luisant ! s'exclama Darius à voix
basse. Qu'est-ce que tu racontes ! Tu es pas un
peu momo ? Un ver luisant en novembre !

Et d'ailleurs un lampyre c'est vert et la chose
brillait jaune. Dans l'épaisse jugeote de Darius
une certitude se faisait jour à laquelle il n'osait
croire encore.

— On dirait... Mais non, je rêve !

Il était là, en une immobilité minérale, les pieds
prenant racine, la respiration réprimée au milieu
d'un soupir, aux aguets d'un silence plus inquiétant encore que tout à l'heure le bruit de pas.

Il regardait fixement se moirer diversement aux
caprices du clair de lune cette chose au fond de
l'ombre qui n'était ni un cul de bouteille ni un
ver luisant et qui paraissait étrangement lui faire
signe.

— On dirait..., répéta Darius.

Il n'osait prononcer le mot.

— On dirait un louis d'or ! acheva-t-il dans un souffle.

Il en avait vu trois dans sa vie, ensemble, entre les doigts de son grand-père, un jour lointain où celui-ci avait fait la *pache*[1] avec un maquignon pour un mulet de Seyne. C'était sous la lampe à pétrole. L'aïeul avait la main bien ouverte et le maquignon (un qui faisait une masse énorme dans la pénombre de la cuisine) les soupesait un à un, avec un air de soupçon. Il les élevait face à la lumière où leur couleur était exactement semblable à la flamme toute droite dans le manchon.

— Un louis ! râla Darius.

Il n'était déjà plus capable de se demander ce qu'un louis aurait bien pu faire tout seul dans ces parages, sur l'herbe rase, à scintiller sous la lune, car montrer un louis à un Bas-Alpin famélique, condamné à aller tuer le cochon chez les autres pour joindre les deux bouts, c'est pire félonie que de faire tourner un miroir devant une alouette.

Darius avait fait trois pas en avant en direction de l'aubaine mais devant lui se dressait un fouillis rébarbatif de ronces lascives comme des lianes de redorte[2] qui se défendaient par des piquants acérés. En novembre parmi les feuilles mortes, l'ensemble du hallier était parfaitement clair et la pièce d'or brillait sur le sol propre comme au fond d'un ruisseau transparent.

1. Faire la pache : faire affaire.
2. Tige creuse de la clématite sauvage.

Seulement cette résille en dentelle était une arabesque de tiges courbes qui s'étaient marcottées les unes à côté des autres et qui formaient des arceaux et des voûtes sous le clair de lune.

« Pire que des barbelés ! » se dit Darius.

Il s'était accroupi pour réfléchir. Il regardait fixement la pièce au fond du fouillis. C'était bien un louis d'or. Il était presque à portée de la main, à pas plus de deux ou trois mètres. Darius essaya de contourner le roncier mais il s'inscrivait dans la courbe du chemin muletier qui était devenu une piste forestière et il s'adossait contre le mur de soutènement qui consolidait depuis longtemps cette voie antique. Il était imprenable sauf de face.

Cette circonstance aurait fait réfléchir quelqu'un qui n'aurait pas été roidi par la perspective de tenir, pour la première fois de sa vie, un louis dans sa main. Darius en salivait abondamment.

— Un louis, pute de mort !

Il s'agenouilla pour juger de la situation au plus juste. À la hauteur où il se trouvait, le roncier lui parut d'accès plus facile. Il se prosterna. Alors, il constata qu'en rampant sous les arceaux épineux il avait chance d'arriver jusqu'à la pièce, mais le fourreau de son couteau qui lui battait la cuisse le gênait dans cet exercice. Il détacha le baudrier de sa ceinture pour le déposer sur un quartier de roc. Ainsi allégé, il s'engagea à plat ventre sous le roncier.

Ce n'était pas facile. La nuit, quoique éclairée

par la lune, dissimulait encore dans le clair-obscur des traquenards redoutables. Une épine crocha l'oreille de Darius solidement, à l'envers, plantée comme un hameçon. Il voulut n'en pas tenir compte, ignorer la douleur, mais on eût dit que cette simple épine tirait derrière soi le roncier tout entier. Celui-ci emprisonnait les épaules de l'homme pour le lacérer. Les cailloux qui roulaient sous ses genoux étaient tous pointus, ils lui labouraient les ménisques. Une lanière de ronce crénelée de crocs et bandée en arrière se libéra brusquement pour lui griffer l'échine.

— L'enfant de pute ! proféra Darius.

Il était maintenant engagé à fond dans ce boyau de souffrance qui avait tout à fait l'allure d'une nasse. Darius eut l'impression — oh, une seconde ! — que ce tunnel végétal n'était pas naturel. Il eut l'impression qu'on l'avait artistement aménagé, mais c'était l'une de ces impressions contre lesquelles on met l'individu en garde dès l'enfance, l'une de ces intuitions puériles auxquelles il ne faut pas s'arrêter, un de ces face-à-face avec le destin où il convient d'être courageux et déterminé si l'on ne veut pas décevoir ceux qui vous ont éduqué.

Ce n'était pas la première fois que Darius passait outre à ses appréhensions, et il n'avait jamais été aussi fort sollicité que par l'appât d'une pièce d'or.

Il régnait autour de ce louis un silence surnaturel. Il était abandonné au centre d'une solitude sans nom. Aucun obstacle n'existait, semblait-il, entre Darius et cette aubaine, sauf ce tunnel de ronces qui le maintenait à plat ventre pour l'obliger à ramper dans la seule direction possible.

Il lui fallait maintenant faire effort pour apercevoir la pièce car la clarté lunaire dessinait en biais un angle très nettement tranché comme si le louis eût été au fond d'une niche. Pour l'atteindre, il suffisait, semblait-il, d'avancer les doigts. Mais non ! Darius qui détestait ramper s'était jusqu'ici tenu sur le côté, dans la position du nageur, mais ainsi orienté l'objet était hors de portée. Pour s'en saisir il dut se retourner complètement, au prix de mille petites souffrances que lui infligeaient les aiguillons des églantiers qui maintenant remplaçaient les ronces.

Il n'aimait pas se trouver face contre terre mais toucher la pièce d'or était à ce prix, d'autant que c'est petit un louis et que maintenant, l'axe des rayons de lune s'étant déplacé, on ne le voyait plus. Il fallait y aller à tâtons, *chasper* comme disait son grand-père, à droite, à gauche, avancer encore la tête, se faire griffer le dos par de nouvelles branches épineuses.

— Ça y est ! s'exclama-t-il.

Il referma les doigts sur la monnaie, il les referma sauvagement, brutalement, comme si cette proie eût été un oiseau capable de s'envoler et non une pauvre médaille froide et inanimée. Ce fut pourtant la dernière jouissance que Darius éprouva dans sa vie : le contact savonneux du premier louis d'or qu'il réussissait à apprivoiser. Il renifla une odeur de pierre fraîchement déterrée.

« La pierre d'un tombeau », se dit-il.

Le ciel lui tomba sur la tête.

— Quand même, viens pas dire, il faut être le dernier des couillons pour aller se foutre la tête sous une lèque !

— Et qui pourrait imaginer ça ? Qui pouvait imaginer quelqu'un d'assez costaud pour fabriquer une lèque pour un homme ?

— Oh, c'est plus compliqué que ça ! Par le fait, le chemin faisait un virage et on a relevé des traces de pas et de pneus au-dessus de la courbe. Celui qui avait imaginé ce traquenard a poussé la lauze avec sa voiture. Elle s'est espoutie sur ce pauvre Darius.

— Oui mais comment il a fait après, l'assassin, pour mettre cet écriteau au revers de Darius ? Il a fallu qu'il la soulève, la lauze ?

— Il avait laissé une corde autour. La police a reconstitué les faits. Il n'a eu qu'à passer un croc à la corde en faisant une marche arrière avec la voiture. Après il a accroché l'étiquette et après il n'avait plus qu'à partir.

— Tu en sais des choses.

— Je l'ai lu dans le journal.

— Ce que j'aurais bien voulu savoir et ça c'était pas dans le journal, c'est ce qu'il y avait d'écrit sur ce bout de papier ?

— Ça moi je le sais parce que c'est le Mérentier des Marges qui a trouvé le pauvre Darius
tout espouti, et ce Mérentier je le vois tous les
jours à la boulangerie. On a le même âge, on se
tient aux branches tous les deux.

— Et alors ?

— Et alors il m'a dit « La police m'a recommandé de rien dire mais toi tu es un conscrit et
tu sais que moi, ne pas parler ça m'étouffe. Déjà
je me suis tenu à quatre devant la femme mais
maintenant j'en peux plus, alors voilà ! Sur le papier il y avait : *Darius Théosphore (c'est peu de
chose)* et dessous, au beau milieu de la page mais
estompé au crayon fuchsine, il y avait ces deux
mots : *le Diauscure.* »

— Oh pute de mort ! Mais qu'est-ce que ça
veut dire ça : *le diauscure* ?

— Ma foi ! J'en sais pas plus. Je te dis ce qu'il
m'a dit le Mérentier.

— Le diauscure... Le diauscure... Différentement il a fallu un qui ait eu une bonne raison de
lui en vouloir au Darius !

— Tu le connaissais bien toi, ce Darius ?

— Je le connaissais sans le connaître mais moi
il m'avait toujours fait l'effet d'un pauvre homme.

— Ouh mais dis ! Il était décoré de la médaille
de la Résistance. Té regarde : c'est son fils qui la
porte sur un coussin.

— Parlons pas ! Il a eu une conduite exemplaire pendant la guerre. Il a été un des premiers
à fonder un groupe de maquisards. Il faut dire

que son père était mort en trente-neuf pendant la drôle de guerre.

— Ah, c'est de famille l'héroïsme !

— Et différentement Choi, qui est-ce celui-là là-bas, ce gros raplot avec les pieds plats et les yeux qui lui sortent de la tête et un pardessus trop long ? Tu l'as déjà vu toi, celui-là ?

— Ma foi, ce sera quelque parent du Darius.

— Oïe qué parent ! Si c'était un parent, il se serait mis derrière le cercueil !

Choi cligna de l'œil.

— Alors ce sera un de la Secrète ! Il a l'air assez hypocrite pour ça !

Un de la Secrète ! C'était de cette qualité que Laviolette déplorait qu'on ne l'eût jamais affublé. Il avait passé pour tout dans sa vie : un pauvre voyageur de commerce en manchons de lampes à pétrole ; un marchand de biens un peu sale ; un marieur sans scrupule ; un maquignon en viandes douteuses quoique encore sur pied ; un notaire failli, un curé défroqué mais jamais encore on ne l'avait traité d'*un de la Secrète*. Il était malheureusement trop loin dans le cortège pour capter cette flatteuse appréciation.

C'était un de ces enterrements dont Forcalquier a la coutume : radieux ! Surtout à l'automne. Il y avait bien l'inconvénient de devoir attendre sur le parvis, qui était à l'ombre humide, le corps qu'on était en train de dédouaner. Pensez ! Un tueur de cochons et en plus décédé en

état de péché mortel, car c'était par cupidité —
pour une pièce d'or ! — que Darius était mort.

En tout cas, sauf la veuve et les trois bouchè-
res, les femmes n'étaient pas venues. Quand elles
avaient su la nouvelle, elles s'étaient plaqué la
main sur la bouche en étouffant un « mon
Dieu ! » horrifié. C'était bien suffisant pour un
tueur de porcs. Mais l'absence de femmes ne rendait pas moins joyeux cet enterrement d'automne.
Un long murmure contrit quoique saupoudré
d'intime satisfaction courait avec décence sur ces
théores bien vivants qui accompagnaient le défunt Darius vers sa dernière demeure.

— Ce pauvre mesquin n'est pas parti seul.

C'était la suprême consolation, celle qu'on espérait bien obtenir le jour où l'on serait soi-même
étendu. C'était un leurre bien entendu, dans un
moment, l'imposant cortège s'éparpillerait aux
portes du cimetière dans la traîne de ce vent de
novembre constellé de feuilles mortes qui promet
tant de délices aux vivants assemblés, et il n'en
resterait qu'un parmi la terre et le silence, un que
les cyprès berceraient en vain de leur rumeur
puisqu'il ne pourrait plus les entendre.

C'était depuis deux ans le troisième grand résistant qu'on enterrait en pays bas-alpin et curieusement c'était aussi le troisième tueur de cochons.
À croire que cette profession avait fourni le plus
gros contingent de maquisards de tout le département alors qu'il y avait eu des milliers de jeunes

gens pour prendre le maquis et seulement une douzaine parmi eux de tueurs de cochons.

À chaque fois Laviolette venait apporter sa solidarité navrée aux obsèques de ses compagnons d'autrefois mais il venait en anonyme et la boutonnière vierge de ses décorations. Il n'avait jamais expliqué pourquoi il ne les arborait pas. Faire état de ses raisons eût été ostentatoire et parmi tant d'autres défauts dont il s'accusait volontiers, l'ostentation était pour Laviolette celui qu'il se pardonnait le moins.

Il regardait autour de lui avec intérêt les têtes dignes, quoique marquées par les fêtes, de ses conscrits. Le porte-drapeau notamment, on l'avait probablement désigné parce qu'il avait l'air le plus vénérable. En réalité, c'était le pastis qui l'avait marqué de ces rides longilignes qui passaient pour les stigmates d'un comportement valeureux et lui conféraient ce profil de bas-relief.

Laviolette le plaignait un peu d'ailleurs, car un porte-drapeau aux prises avec le vent de novembre pendant le kilomètre qui séparait l'église du cimetière, c'était toujours un navire dans la tempête. Il titubait sans être ivre, tanguait d'un compagnon à l'autre qui le soutenaient épaule contre épaule pour l'empêcher d'être aspiré hors du cortège avec son étendard.

C'était le moment où la porte franchie et la tombe étant proche, les conversations expiraient, se perdaient au milieu d'une phrase. La vue de la fosse ouverte brusquement dévoilée par le char funèbre qui venait de s'écarter imposait le silence à chacun.

C'était le moment d'humilité où le desservant et son acolyte s'approchent de la sépulture à regret, en hésitant, comme s'il était pénible au prêtre d'affermir l'assemblée dans la conviction qu'il ne s'agissait ici que d'une transition et que l'âme triomphante de ce Darius allait s'élever, unique parmi les âmes, hors de ces deux mètres de terre, riche de toute l'originalité qui avait permis à cet homme d'être un individu exceptionnel parmi tant d'autres, identifiable entre tous, par ses vices comme par ses vertus.

Tel un frisson, cette perspective incroyable électrisait l'assistance. Il n'était personne qui n'eût la vision très précise de l'âme de Darius, équipé de son couteau de boucher, le poing bien serré sur le louis qui avait causé sa perte et néanmoins épousant l'inconsistance de l'éther, après la bénédiction du prêtre.

Chacun courbait l'échine pour son compte, chacun ayant un couteau ou un louis dans sa main qu'il lui serait bien difficile de lâcher au seuil de l'éternité. Les cyprès soulignaient en un murmure les affres de ce rassemblement d'âmes consternées par la peur, et ceux qui étaient assez près des troncs pouvaient les entendre craquer doucement.

Laviolette, autant que possible, s'était dissocié de la foule, manœuvrant pour s'établir un peu à l'écart, n'hésitant pas pour cela à fouler une dalle funéraire dont il s'était d'abord assuré que nul ne l'avait fleurie, ce qui signifiait que depuis longtemps ceux qui gisaient là n'avaient plus ni famille ni amis.

Ainsi la foule en éventail autour de la sépulture ouverte apparaissait-elle à l'observateur sous la lumière déclinante du jour, avec toutes ses craintes, ses regrets et ses secrets espoirs. Le vent de novembre poussait vers le nord des bouquets de nuages sans pied qui parfois obscurcissaient le ciel. Alors, plus durement, le visage de chacun s'immobilisait comme dans un tableau flamand, avide et désorienté. Nul ne se préoccupait plus du voisin ni du temps qu'il faisait. Descendre en soi-même comme descendait sur ses cordes le cercueil du *de cujus* était l'unique souci de ces gens braves et bons.

« Et pourtant, se dit Laviolette, il est là parmi eux et méditant sur sa propre fin comme tous les autres et n'ayant pourtant pas hésité à tuer. »

Personne n'a jamais analysé la raison pour laquelle un meurtrier assiste toujours aux obsèques de sa victime. C'est un fait avéré qui ne souffre pas d'explication. On se contente d'en faire le constat.

Laviolette promenait son regard sur l'assistance à la recherche de l'assassin, espérant, toujours en vain, qu'une étincelle clignoterait dans son cerveau quand parmi cent cinquante personnes il rencontrerait ce seul visage où il pourrait lire les stigmates du crime.

C'était certainement, au terme de l'évolution et parmi tant d'autres riantes perspectives, ce qui était promis à l'humanité que de savoir trier du premier regard le bon grain de l'ivraie, sinon les hommes n'en auraient pas l'intuition ni l'espoir tant chevillés au corps. Laviolette de tout temps avait compté sur ce miracle toujours à venir.

— Et pourtant, je sais qu'il est là, marmonnait-il, ayant le même visage que ces cent cinquante visages contrits.

Après en avoir débusqué un grand nombre, Laviolette en était toujours à tenter de trouver un dénominateur commun chez les meurtriers qu'il avait rencontrés. En vain. Tous ceux qu'il avait arrêtés ou aidés à se faire justice n'avaient entre eux aucun point commun ni de physionomie ni de caractère. Il n'existait pas d'évhémérisme permettant de distinguer ceux qui ne seraient pas divinisés après leur mort pour cause de forfaiture.

Était-ce ce renfrogné au front chagrin ? Était-ce ce réjoui violet comme une aubergine ? Cet escogriffe frileusement serré dans un veston trop étroit et dont on augure de prime abord qu'il joue à toutes sortes de jeux où il perd obstinément ? Était-ce ce chauve maladif qui ne retire même pas son béret en présence du Saint-Sacrement brandi devant la tombe parce qu'il craint d'offusquer le prochain par la vue de sa pelade vert et jaune ? Était-ce cet individu parfaitement ordinaire en dépit de son complet pour couverture de catalogue et qui était descendu tout à l'heure d'une voiture rouge lustrée de frais ? Ou bien était-ce ce vieillard à rosette rouge sur fond sombre impeccablement sanglé dans une vareuse qui faisait uniforme et qui dissimulait sans doute un corset ?

En vérité, comme d'habitude, ça pouvait être n'importe qui.

« Qu'est-ce que je suis venu fiche ici à me tourner le couteau dans la plaie ? C'est autour de Forcalquier que Lemda avait ses attaches. Je risque encore de la rencontrer. Et si je tombe sur elle au coin d'une rue, au bras d'un autre homme triomphant, à quoi est-ce que je me raccrocherai pour continuer à vivre ? »

Et pourtant il avait hâte de se retrouver à ce café du Bourguet où tant de fois ils s'étaient arrêtés ensemble, inconnus, dans la foule du lundi matin et goûtant leur joie à faire partie de ce peuple.

Deux hauts gendarmes à képi dépassaient du commun des mortels et Laviolette, qui se savait voyant en dépit de son insignifiance, s'efforçait de se rapetisser encore pour éviter de donner prise à quelque rencontre avec les représentants de l'ordre. Il savait qu'ils ne pourraient s'empêcher de solliciter son avis sur le mystère présent, or Laviolette n'en avait aucun et ne voulait pas en avoir. Il léchait comme un vieux chien sa propre douleur, et celle d'autrui, croyait-il, lui importait peu. Aussi se dissimulait-il tant bien que mal à l'abri des ifs disposés en labyrinthe qui font l'orgueil de ce cimetière unique au monde.

C'était la grande débandade prévue, dans le froissement navré des feuilles mortes sous les solides chaussures. Le prêtre grippé qui avait garrotté sa gorge d'un long cache-nez, sitôt son ouaille expédiée, précédait tout le monde dans sa fuite tant il avait hâte de se remettre au lit. Fichue idée aussi que de se faire assassiner en novembre, en pleine épidémie de grippe. En général, novembre chez nous c'est la grande accalmie des décès : la route meurtrière tue moins que l'été, les chasseurs maladroits ont eu le temps de s'aguerrir, les maladies mortelles, avec l'aide du froid qui s'affermit de nuit, ralentissent, freinent et se réservent de tuer au début des beaux jours. Aussi cet assassinat au milieu de cette bonace avait-il fait l'effet d'un esclandre.

La rumeur de scandale qui soulignait l'incongruité de la chose accompagnait la théorie dispersée et les théores fuyant sous le vent paraissaient disputer un marathon tant ils se distançaient les uns les autres sur le chemin du retour.

— Monsieur ! Monsieur !

C'était plutôt une injonction qu'un appel. Laviolette se hâtait tête basse pour ne pas avoir à reconnaître Lemda si par hasard dans le crépuscule il la croisait, comme ça arrivait si souvent, à Forcalquier comme à Digne, lorsqu'ils étaient amis. Il se retourna pour savoir qui hélait ainsi.

C'était l'homme corseté à la rosette rouge sur
fond noir et c'était à lui, Laviolette, qu'il en avait.

— N'êtes-vous pas le commissaire Laviolette ?

— Si fait, monsieur. Mais à la retraite !

— Oui mais enfin, vos facultés sont intactes ?

— J'ai des absences, monsieur !

— Je suis colonel en retraite. Je suis le beau-
frère du malheureux qu'on vient de porter en
terre !

— Condoléances, monsieur !

— Je ne suis pas d'ici ! annonça le militaire. Je
ne puis m'exprimer en public mais puisque je rencontre quelqu'un qui en est je vais vous vider
mon sac !

— Je ne suis pas d'ici non plus, précisa Laviolette. Maintenant je suis de Piégut.

— Quand je dis d'ici, je veux dire du département. Alors je voulais bien mettre les points sur
les i ! Mon beau-frère était une âme élevée. Un
héros qui avait fait le sacrifice du matin ! Et sitôt
la patrie libérée il est retourné à sa charrue
comme Cincinnatus ! Je ne lui connaissais pas un
ennemi et il était aimé de tous !

« Sauf des cochons ! pensa Laviolette. Mais les
cochons ne construisent pas de lèques... »

— Mais en somme, monsieur, dit-il, qui voulez-
vous convaincre ? On l'a bien tué pour quelque
motif ?

— Vous voyez que j'ai raison de craindre ?
Même vous, vous vous rangez derrière la logique
implacable ! Parce que, poursuivit le colonel, je

connais le monde ! Quand on se fait assassiner, tout un chacun cherche d'abord les indices qui permettraient de croire qu'on a bien fait de le faire et que, par quelque côté, c'est la victime qui est coupable de son propre meurtre.

« Il a raison, se dit Laviolette, il connaît bien le monde ! »

— Et pourtant, dit le colonel, je vous fais confiance !

Il pointa le doigt vers Laviolette.

— Vous seul pouvez résoudre cette énigme !

— Et moi, monsieur, je suis bien résolu à ne rien résoudre du tout !

Il passait son chemin. Il allait planter là le colonel outrecuidant qui se croyait encore, sans doute, devant quelque recrue récalcitrante.

— Même quand je vous aurai dit que le louis était faux ?

Laviolette s'arrêta si net que l'homme à la rosette le dépassa de deux mètres avant de s'apercevoir qu'il parlait dans le vide.

— C'est quand on m'a appelé pour reconnaître le corps. Ma pauvre sœur, c'était au-dessus de ses forces ! Les gendarmes m'ont dit : « Il avait cette pièce d'or serrée dans sa main. Croyez-vous qu'elle était à lui ? » Ils l'ont fait rouler vers moi et quand elle est retombée contre le bois j'ai compris qu'elle était fausse.

— Et les gendarmes, ils ne l'ont pas compris ?

— Vous savez commissaire, les gendarmes ils

sont comme mon pauvre beau-frère : des louis, ils n'en ont jamais vu !

« Un paysan ! se dit Laviolette. En me révélant que le louis d'or était faux, ce militaire de carrière vient d'éliminer les trois quarts de l'humanité. Seul un paysan peut posséder de faux louis. J'ai fréquenté des faussaires durant ma carrière. Ils proposaient leurs fausses pièces principalement aux ruraux, certains qu'ils étaient qu'elles seraient immédiatement serrées en lieu sûr jusqu'à la nuit des temps, c'est-à-dire jusqu'à ce que les héritiers les comptent sous la lampe, après les avoir péniblement découvertes maçonnées dans un mur, au fond d'une vieille chaussure, entre les bottes d'un pailler, dans une tombe au cimetière, sous la lie d'un vieux tonneau vermoulu à la cave et alors, en ces temps problématiques, les faussaires eux-mêmes seraient sous la terre, ce qui leur conférait l'impunité ici-bas. »

Laviolette tira cérémonieusement un grand coup de chapeau au militaire de carrière. Il avait hâte de retrouver sa voiture et de retourner se blottir à Piégut dans la paix de la pauvreté.

Autrefois, du temps que Lemda était son amour, il aurait pris le temps d'aller saluer au cimetière la tombe de son ami Lulu. Il serait entré, même, au café de Rosemonde où devait régner ce soir l'atmosphère des grandes surexcitations, mais il n'avait plus de goût ni pour les élégies ni pour les fêtes.

Il était hanté par la crainte de rencontrer

Lemda et de rester stupide devant elle, et de ne savoir quoi dire ni d'être assez prompt pour lui demeurer invisible, ne pas l'embarrasser, ne pas l'obliger elle-même à adopter une contenance. Tout en descendant le boulevard des Martyrs où il était garé, il était comme un lièvre aux aguets, peureux, le cœur battant. « Tu as eu le meilleur de moi-même et pour le reste c'est mon jardin secret. » Cette phrase qu'elle n'avait prononcée qu'une seule fois était inoubliable à Laviolette. Elle le faisait rentrer sous terre, elle l'accablait d'humilité, elle le forçait à l'attitude qu'il détestait le plus, celle qu'il n'aurait jamais cru un jour devoir subir : la pitié pour soi-même.

Soudain, au coin de la rue des Lices, il crut entendre le pas alerte de Lemda descendant des remparts et qui peut-être allait surgir de la pénombre. Il se rua vers la voiture, claqua la portière, enfonça son chapeau et demeura coi tout tremblant. Le pas se rapprochait. Une silhouette se détacha sous le réverbère dans la nuit qui s'affirmait. Ce n'était pas Lemda. Il en éprouva autant de déception que de soulagement.

Ce fut ce soir-là qu'on eut des nouvelles du sculpteur d'œuvres brutes qui mijotait dans les transes, à Auzet.

Le téléphone sonna au domicile du juge qui était en train de faire manger à la cuiller son fils cadet (le noir), lequel s'était cassé le bras droit en faisant du snowboard. L'aîné (le blanc) ne valait guère mieux. Il était au lit avec quarante de fièvre, par panache : en effet, il avait fait l'amour, en dépit des objurgations de sa partenaire, avec une lycéenne qui venait d'avoir les oreillons.

Le juge décrocha le téléphone et l'éloigna aussitôt de son oreille car c'étaient non pas des paroles mais des clameurs qui sortaient de l'appareil.

— Allô ! Ici le sculpteur d'Auzet ! Venez vite ! Montez tout de suite !

Il criait dans le téléphone.

— Ça y est, je me rappelle, je me suis rappelé ! La femme aux épingles à linge ! Venez vite ! Il faut que je vous explique ! Ce sera long ! Mais ça vous servira à rien ! Elle est morte depuis deux ans !

— Je ne peux pas me déplacer. Je vous envoie les gendarmes de Seyne.

— Non ! Pas les gendarmes ! Ça fait quatre fois qu'ils me foutent les menottes ! Je dirai rien aux gendarmes !

— Je vous envoie Laviolette. Ça vous va ? Vous l'avez déjà vu !

— Un gros ? Avec l'air sournois ?

— C'est un homme intelligent.

— Oui. Selon l'idée que vous vous faites de l'intelligence !

— Bon, écoutez ! Ou c'est Laviolette ou c'est les gendarmes de Seyne avec les menottes !

— Bon mais faites vite. Le raisonnement que

j'ai fait, un autre a pu le faire. Et alors s'il arrive avant vous...

— Barricadez-vous. De toute façon je vous envoie quelqu'un !

Laviolette venait de retrouver à Piégut sa vieille et lourde peine assise à son chevet. Le téléphone sonna.

— Allez à Auzet tout de suite ! Le sculpteur se rappelle !

— Et alors ? Vous avez les gendarmes de Seyne !

— Il ne veut pas en entendre parler.

— Excusez-moi, mais me présenter à ce suspect sans aucune raison valable, je risque la correctionnelle si les gendarmes me trouvent là.

— Allez-y ! Nous allons peut-être découvrir la solution. Et si les gendarmes vous interpellent, dites-leur de m'appeler. Je leur parlerai d'Honnoraty !

Laviolette soupira. Il avait pourtant bien envie ce soir de dorloter son chagrin avec son frère en souffrance, le dénommé Charles Swann qui n'avait jamais existé. Il jeta un regard de regret sur ce volume où les phrases tant soulignées depuis tant d'années témoignaient que longtemps avant son drame avec Lemda, Laviolette en avait eu la prescience. Il y avait pourtant plus de trente ans entre l'âge du Swann en ce temps-là et le Laviolette d'aujourd'hui. Laviolette avait soixante-quinze ans, et au moment où Swann était jaloux d'Odette de Crécy, celui-ci devait être à peine quadragénaire, mais un homme de cet âge à cette époque devait déjà douter de lui.

Il y a plus de cinquante kilomètres de Piégut à Auzet par le col des Garcinets, Seyne et le col du Fanget. Cinquante kilomètres pour conducteur de rallye. Laviolette y musarda en malaxant les réflexions que son propre drame lui inspirait et celles qui avaient trait à l'affaire.

Le louis trouvé serré entre les doigts de la troisième victime était faux. La page du calepin fixée à son revers à l'aide d'une épingle à linge portait seulement deux mentions :

Darius (Théosphore) c'est peu de chose
et au milieu de la page ce mot :
Diauscure ?

Que voulait dire ce point d'interrogation ? Très certainement que la personne qui avait écrit ce mot n'en connaissait pas l'orthographe, qu'elle ne devait jamais l'avoir vu écrit mais seulement entendu prononcer. Ce n'était pas tout. Le mot *diauscure* était cerné par quantité de signes qui ressemblaient à des apostrophes ou à la partie supérieure d'un point d'exclamation, mais ces signes étaient creux.

— À quoi ça peut bien faire penser ces signes creux ? se dit Laviolette à haute voix.

Il s'arrêta sur la berme dans la montée du col du Fanget, tant il était intrigué. Il tira de la pochette officielle l'original du feuillet que Chabrand lui avait confié. Il alluma le plafonnier pour observer encore une fois cette énervante énigme.

Les signes creux ressemblaient à une averse sché-
matisée tombant en diagonale. Autour du mot
diauscure, ils formaient comme une couronne.
Alors, pour la première fois, Laviolette aperçut
en bas de la page une date qu'on avait inscrite
d'une écriture moins assurée que celle des autres
mots, que celle des autres inscriptions trouvées
sur les victimes précédentes :

24 décembre

Il n'était pas fait mention de l'année, on n'avait
pas appuyé sur le crayon. C'étaient deux mots qui
se voyaient à peine. Longtemps Laviolette considéra ce billet qui contenait la clé de l'énigme.
Longtemps il s'usa les yeux sur cette écriture de
femme. Le témoignage du sculpteur d'Auzet lui
paraissait de peu d'importance comparé au rébus
que lui proposait cette feuille arrachée d'un calepin.

Il avait tort. Un bruit importun que d'abord il
négligea d'identifier commença à sourdre dans la
montée du col, très loin au-dessous du virage où
Laviolette avait garé sa voiture. La nuit qui était
profonde fut travaillée par des éclats de lumière
insolites, tantôt rouges tantôt bleus. Un vacarme
lointain s'amplifiait, semblait escalader les lacets
du col, s'affirmait, devenait souverain et les
lumières déchiraient maintenant les ténèbres
juste dans le virage au-dessus duquel Laviolette
observait la route.

— Les pompiers ! s'exclama-t-il.

La trompe à deux tons semait la panique parmi

la sauvagine. Tout sortait du sous-bois autour de Laviolette, détalait en un sauve-qui-peut général : un lièvre tout d'abord, un grand-duc qui vint faire le fantôme devant les phares du commissaire. En hâte, une laie suivie de quatre marcassins fonça à travers les taillis.

Deux camions rouges et une estafette passèrent en trombe devant Laviolette. Celui-ci démarra derrière les véhicules qui portaient le signe du feu. Il y avait des hommes en cuir noir à l'arrière des véhicules, qui se tenaient sur les entretoises.

Les gyrophares donnaient à la nuit du col du Fanget un caractère de panique et de fin du monde. C'était une nuit sans lune où les arbres de la forêt domaniale étaient soudain révélés tronc par tronc par l'indécente lumière des phares blancs. Les véhicules fonçaient à tombeau ouvert, de toute la masse de leurs vingt tonnes aggravée par cinq tonnes d'eau ballottante dans leur réservoir, et les gyrophares et les trompes à deux tons interdisaient à la panique de se calmer. Il n'y avait de lueurs d'incendie nulle part. La nuit réservait son énigme. Le ciel était noir, les forêts formaient au-dessous de lui une carapace hermétique. Il n'y avait pas de vent.

Ce fut en arrivant au surplomb d'Auzet qu'ils découvrirent le sinistre. C'était un feu très sage, que ne dérangeait aucun souffle, qui montait droit au ciel jusqu'à quarante mètres de haut, sans un bruit, dans un ordre parfait.

Dès qu'il vit que des irisations d'arc-en-ciel

chatoyaient parmi les flammes qu'elles histo-
riaient de couleurs vertes et bleues, Laviolette
comprit de quoi il s'agissait.

— On dirait un feu de la Saint-Jean ! s'exclama
un pompier.

Trois ou quatre habitants accouraient à la rencontre des hommes du feu en levant les bras au
ciel.

— On a commencé avec des seaux. Qu'est-ce
que vous voulez faire avec des seaux ?

Le café Isoard en contrebas était plein de
monde. Les flammes se reflétaient sur ses vitres.

— Le pauvre mesquin est dedans ! entendait-
on dire. On a sauvé le chien ! Mais il est tout
roussi !

L'épagneul breton faisait fête à tout le monde.
Il avait le poil couleur noir de fumée. Le poste
d'eau était trop loin pour être branché. Il fallait
se servir des pompes. On était déjà en train d'attaquer la base des flammes quand deux réservoirs
de dix tonnes d'eau arrivèrent de Digne en renfort, suivis d'une estafette de gendarmerie. Laviolette se fit tout petit dans un coin d'ombre que
ménageaient les deux camions géants.

Il y avait dans l'air une sinistre odeur d'entre-
côte sur le gril qui confirmait s'il en était besoin
que feu Misé Lachugot n'était plus de ce monde.

Une femme qui s'était trop avancée se bouchait
le nez en pleurant. Il y a des moments où l'on ne
peut pas dissimuler. À la voir tant se rapprocher
du foyer comme si elle allait se jeter dedans, on

sut que la Rose Chabaud n'avait pas été insensible à la barbe du sculpteur.

— Je ne mangerai plus jamais de grillades de ma vie ! clamait-elle au milieu de ses larmes.

— Qu'est-ce que vous voulez faire, vous, avec un fagot de vingt tonnes ? Cette maison, ce jardin, c'était un énorme fagot de bois sec ! Pas besoin d'essence ! Il suffisait d'une allumette ! La maison, les remises, le grenier, le jardin, tout est bourré de cades, de genévriers, de pins sylvestres. Il y avait des tonnes de matériaux prêts à l'emploi artistique ! Qu'est-ce que vous voulez faire ? Cent fois on lui avait dit qu'il cramerait avec sa maison !

À cinq heures tout était terminé. On noyait les décombres. À la place de la masure et du jardin des monstres, il ne restait que la tonnelle en fer qui ne donnait plus sur rien et l'enclos en grillage qui n'avait pas fondu et protégeait le néant contre les indiscrets. L'épagneul breton n'en croyait pas ses yeux. Arc-bouté sur ses pattes arrière, il jappait contre ce vide qu'il avait connu si plein.

Misé Lachugot aurait pu se sauver mais la gigantesque araignée de racines tout engluée de vernis lui était tombée dessus, l'emprisonnant comme une cage avec ses grandes pattes de bois bien sec qui pétaient les flammes. Enfermé dans ce corset ardent, le malheureux avait pris feu par son pantalon et son tricot imbibés d'huile de lin et d'essence de térébenthine, sa barbe elle-même, qu'il frottait de ses mains moites d'essence quand il avait l'inspiration, sa barbe elle-même était devenue combustible et chacun serrait les fesses à l'idée du bruit qu'elle avait dû faire quand elle avait commencé à s'embraser.

Le préposé de l'Équipement, qui faisait fonction d'adjudant chez les pompiers de Seyne, était en train philosophiquement d'agiter avec sa semelle un peu de cendre scintillante au pied de la tonnelle de fer qui supportait naguère l'araignée consumée.

— Ce pauvre mesquin, dit-il, y aura pas besoin de l'incinérer !

Les gendarmes diligentèrent l'enquête sans désemparer, interrogeant les habitants. Ils dormaient tous. Même le café Isoard avait fermé ses portes de crainte que deux ou trois naufragés de la vie ne vinssent jeter l'ancre au comptoir et s'y arrimer jusqu'à deux heures du matin pour un champoreau à dix francs.

Vers minuit, on avait bien entendu une voiture antédiluvienne faire teuf teuf dans la montée de l'église. On dormait, on veillait, en tout cas, qui était dans la voiture, ça ne nous intéressait pas. On ne se serait pas levé pieds nus sur le carrelage froid pour un empire. Ça pouvait être qui ça voulait, on s'en foutait ! C'est vers une heure après, qu'on a entendu l'épagneul hurler à la mort. Y en a un qui est sorti pour l'insulter et lui tirer une pierre. Les flammes faisaient déjà dix mètres de haut. C'était un feu qui prenait bien. Qu'est-ce qu'il faut faire ? On a appelé les pompiers !

Laviolette se courba pour ramasser un écriteau qui avait survécu au désastre. Il portait un nom et un prix.

Quant à l'œuvre qui contenait tous les espoirs de l'artiste, sa fumée achevait de se dissoudre très haut dans l'azur avec celle de son créateur.

Sisteron

Toutes les années, à l'époque des Nuits de la Citadelle qu'il ne manquait jamais de suivre, Laviolette allait porter un bouquet de roses rouges sur la tombe de Gilberte Valaury, au cimetière de Chardavon[1].

Ce devoir qu'il s'était imposé autrefois, jamais il n'y avait failli. Oh, il savait bien ! De son vivant, la fleur préférée de Gilberte, c'était le myosotis. Mais Laviolette, qui ne l'avait pas connue, s'était forgé de cette jeune fille une image plus dense que la réalité ne l'avait sans doute été. Dans son esprit, au-delà de la mort, elle n'avait pas cessé de se développer et finalement, si elle eût atteint quarante ans de son âge, ç'auraient été des roses rouges qu'elle aurait préféré. Il la voyait non plus fragile et plongée dans l'horreur mais pétrie d'une beauté que la vie eût modelée, maîtresse de ses désirs, consciente de son étrangeté particulière, et surtout enfin sereine, ayant do-

1. Voir *Le secret des Androns*.

miné le drame de son existence au lieu d'en avoir
été victime.

Cernant cet homme seul dans l'été à son apogée, le cirque de la montagne de Gache et les ruines de Théopole, le défilé de Pierre-Écrite et le
rocher de Dromont enveloppaient sa chétive personne isolée dans le grand pré de chardons qui
montait vers le cimetière minuscule. Leur hautaine pauvreté formait couronne autour de cette
insolite présence car nul jamais ne venait jusqu'ici. Un ruisseau minuscule qui avait un nom,
le Riou de Jabron, interposait le fossé de son lit
à sec entre la route qu'il côtoyait et le cimetière
à peine visible tant il était à ras de terre.

Jamais en vingt-cinq ans, à part les sonnailles
invisibles d'un troupeau camouflé dans la pierraille, jamais en ces lieux de toute beauté, Laviolette n'avait rencontré âme qui vive, et dans le
gris uniforme des rochers et de l'herbe sèche, les
roses rouges du bouquet étaient bien la seule
tache de couleur qui allait éclairer tout à l'heure
cette sépulture d'une fille de vingt ans, morte à la
fin de la guerre et que Laviolette n'avait jamais
vue de sa vie.

Le cimetière de Chardavon comme celui de
Barles, pour avoir été créé par les hommes en un
lieu stérile afin de n'en pas grever les terres ara-
bles, était certainement le plus petit cimetière du
monde. Une demi-douzaine seulement de sépultures se pressaient entre les murs d'une chapelle
romane arasée à un mètre du sol sans que per-

sonne ait jamais pu expliquer à Laviolette pourquoi on l'avait ainsi décapitée. On distinguait encore le contour de l'abside et le minuscule parvis
devant le narthex. Quelqu'un, quelque jour, avait
pris la peine de creuser au pied de la muraille un
trou au fond duquel on voyait briller un carreau
de mosaïque. Ce trou, Laviolette l'avait vu autrefois, mais depuis le vent et l'érosion l'avaient
comblé.

Année après année, intempéries ou passages de
sangliers, la stèle qui annonçait :

Gilberte Valaury
19 9.1922-23 6.1944

Laviolette l'avait trouvée abattue, sur la dalle
couleur vert-de-gris où proliféraient les lichens
jaunes. Sur cette stèle elle-même, le nom et la
date étaient de plus en plus malaisés à lire à cause
de ces lichens qui comblaient peu à peu de leur
croissance le creux des lettres.

« Quand je serai mort, se disait Laviolette, plus
personne ne relèvera la stèle. Et d'ailleurs moi-
même, jusqu'à quand pourrai-je encore la soulever ? Et alors plus personne ne se souviendra de
Gilberte Valaury assassinée à vingt-deux ans. »

Il contemplait toujours avec tendresse ce gros
bouquet de roses rouges qui faisait sourire la
tombe. Il resta longtemps chapeau bas à rêver
dans le parfum du bois de résineux qui soufflait
tout près son haleine odorante sur tant d'austérité
mystérieuse.

Il y avait cette tombe sans nom et sans pierre

sur laquelle il s'était assis jadis pour se reposer
après avoir soulevé la stèle. Il avait appris depuis
que c'était un homme d'ailleurs que ce lieu avait
tellement subjugué qu'il avait voulu y reposer,
loin de sa famille, loin de son pays natal, simplement pour partager la mort de ces quelques-uns
qui n'avaient jamais fait aucun bruit dans le
monde.

Il n'y avait hélas plus de place ni plus personne
pour assurer la gestion du lieu, sinon avec quelle
joie Laviolette aurait envisagé d'être inhumé ici.

Il leva les yeux et imagina Lemda, laquelle, une
seule fois, était apparue debout devant le petit
portillon de guingois qui défendait la nécropole
contre les prédateurs. Elle le regardait fleurir
cette tombe avec de coûteuses roses rouges alors
qu'il oubliait régulièrement de lui offrir des fleurs
à elle qui était vivante.

Jamais Laviolette n'avait parlé à âme qui vive
de ce pèlerinage au cimetière de Chardavon,
même pas à Lemda.

Mais il lui avait parlé de Sisteron et de ses
Nuits inoubliables. Alors, certain été, elle avait
manifesté le désir de les connaître et ils étaient
venus tous les deux à la fraîche pour y souper et
assister à une représentation de la Citadelle.

— Mais auparavant, chère, je dois vous quitter
une heure ou deux d'ici le dîner. Promenez-vous
dans la ville et donnons-nous rendez-vous à la
terrasse du Tivoli vers sept heures et demie.

— Qu'avez-vous donc de si secret que vous ne puissiez m'y faire participer ?

— Oh, rien que de très triste, je puis vous l'assurer, et dont je tiens à préserver votre sensibilité.

Ils s'étaient quittés sur le parking à la sortie de la ville, après le tunnel, qui domine le spectacle inoubliable de ce verrou en rocher qui plonge sous la Durance, ayant enfanté la Citadelle et ressurgissant de l'autre côté en volutes de roche pliées qu'on appelle le rocher de la Baume.

Laviolette allait démarrer quand Lemda l'avait appelé au secours.

— J'ai laissé mon sac dans le coffre !

Il le lui avait ouvert depuis sa place à l'aide du poussoir automatique. C'est alors qu'en récupérant son sac à main, Lemda avait découvert cet énorme bouquet de roses rouges qui emplissait la moitié du coffre. Cette découverte la laissa sidérée tandis qu'il lui semblait que par la vitre arrière d'où elle voyait son amant installé au volant, la nuque même de celui-ci était devenue indifférente.

Elle alla titubante s'accrocher à la balustrade de l'Esplanade. De là, toutes les routes du pays étaient visibles à l'horizon et elle put suivre des yeux la voiture de Laviolette qui obliquait vers le pont de la Baume, qui le traversait, qui tournait à gauche vers Saint-Dominique et s'engageait dans la montée sur la route de Saint-Geniez.

Alors une envie immédiate de savoir s'empara de Lemda. Il y avait un taxi qui chômait au bout de l'Esplanade. Elle s'y jeta. Elle dit plus tard à Laviolette qu'elle n'avait rien retenu de ce pays extraordinaire parce que pendant toute la montée vers Chardavon, elle n'avait pas cessé de se ronger les ongles.

C'était cinq ans auparavant, c'était hier. Elle lui raconta qu'elle avait vu sa voiture arrêtée sur la berme, qu'elle l'avait repéré lui au loin, tout encombré de son énorme bouquet, traverser le grand champ de chardons, ridicule et balourd, avec son panama et son costume clair, endimanché comme un jeune marié courant en hâte vers sa conquête.

— Enfin ! lui avait-elle dit. C'est ainsi que je vous ai vu !

Après avoir renvoyé le taxi, elle avait trébuché sur ses hauts talons dans le lit à sec du Riou de Jabron.

— Je ne voulais pas que nous ayons un témoin ! dit-elle.

Et c'est ainsi qu'elle apparut, une seule fois, au portillon du cimetière, l'ayant poussé et assistant à ce spectacle étonnant : Laviolette arc-bouté sur une stèle de pierre et la soulevant pour la mettre debout. Alors, il s'était retourné pour saisir le bouquet déposé sur une autre tombe, alors il avait vu Lemda devant lui et il avait rougi jusqu'à l'âme, à l'idée du secret ridicule qu'elle venait de découvrir.

— Vous avez de la chance, avait-elle dit, que je n'en aie pas cru mes yeux et que j'aie voulu en avoir le cœur net sinon vous ne m'auriez revue de votre vie !

Elle se jeta contre lui en éclatant en sanglots.

— J'ai eu si peur, lui disait-elle. Si peur que ce soit pour une vivante ! Mon Dieu, quel bonheur que ce soit pour une morte !

Elle en était toute tremblante et Laviolette, qui lui faisait un berceau de ses bras, entendait sourdre sous l'opulence des seins les battements de cœur désordonnés que son amante ne parvenait pas à réprimer.

Il lui buvait ses pleurs au bout des cils. Mon Dieu que c'est bon les pleurs d'une amante sur vos lèvres, le seul moment de la vie peut-être où l'on se sente utile à quelque chose.

— Mais qui est cette femme ? Qui est cette femme ?

Elle échappait aux bras de son amant, elle se penchait avidement sur la stèle, elle écartait les roses rouges qui l'empêchaient de lire.

— Gilberte Valaury ! Vous l'avez aimée ?

Il secoua la tête.

— Je ne l'ai jamais vue de ma vie.

Il lui saisit doucement le bras et il l'assit à côté de lui sur le parapet qui encerclait ce cimetière roman, et il lui raconta l'histoire de Gilberte Valaury. Il chuchotait comme si ses éclats de voix avaient pu déranger ceux qui se consumaient ici depuis si longtemps que la terre enfin s'était empreinte d'eux.

Et pendant qu'il parlait, Lemda se blottissait

contre lui dans cette crainte sacrée de la vie que
les drames racontés font naître au creux de l'estomac et qui nous font un urgent besoin de n'être
plus seuls, de partager avec un autre errant cette
grande incompréhension de tout, qui est notre
apanage exclusif.

— Venez ! avait-elle dit.

Elle l'avait pris par la main. Elle l'avait entraîné à la hâte vers le bois de pins, vers une
fondrière, esquisse d'un torrent, qui les dissimulait, fût-ce même à la seule vue de la solitude.

— Prends-moi ! lui avait-elle dit. Fais-moi
l'amour pendant que je t'aime tant.

C'était bon de se souvenir qu'un jour Lemda
l'avait aimé de cet amour profond, qu'un jour elle
avait eu cette peur épouvantable de le perdre
qu'il vivait aujourd'hui à sa place, à cause d'elle.

Quand il se redressa plus péniblement encore
que cinq ans auparavant, avec un petit élance-
ment dans les reins qu'il n'avait encore jamais
ressenti, il eut la faiblesse de tourner la tête vers
le portillon dans l'espérance chimérique d'y voir
Lemda debout, avec ce regard étincelant qu'elle
avait eu ce jour-là.

Mais non, maintenant il était bien seul, encerclé par cet écrasant cirque minéral où les maisons
et les chapelles elles-mêmes se terraient au ras du
sol comme si elles étaient susceptibles, elles aussi,
d'être éphémères à l'égal de l'homme.

Le ciel du soir, comme souvent dans ces parages, était parsemé de voiles flottants qui ne parve-

naient pas à se condenser en nuages et qui s'évaporaient en déchirements couleur parme avant de s'évanouir.

Laviolette sortit du cimetière. Il jeta un long regard vers le bois de pins, suivant des yeux ce couple de fantômes, lui et Lemda, si vivant encore voici cinq ans.

L'émotion, le besoin avide de cet être qui vivait ailleurs dans le monde mais plus avec lui, lui coupait bras et jambes. Il s'affala plutôt qu'il ne s'assit contre le mur de la chapelle, à côté du portillon.

Un signe de vie passa à l'horizon. C'était une bétaillère chargée d'agneaux qui suivait la route de l'autre côté du ruisseau, vers Sisteron.

Sous son panama que la brise chaude menaçait d'emporter, le vieil homme avait gagné le droit à la contemplation et au regret.

À force de scintiller comme si sa matière bouillait au soleil couchant, le rocher aveuglait le promeneur et quelque part, très haut dans le ciel, la lumière de la pierre et celle de l'azur se fondaient comme en un creuset. Leur matière n'existait plus.

Laviolette les yeux mi-clos savourait cet instant d'éternité qui émoussait un peu l'acuité de ses souvenirs. Il se fouilla machinalement à la recherche de son matériel à fumer. Quelque chose crissa sous ses doigts. C'était l'analyse graphologique concoctée par les laboratoires de la police grâce à la page de garde du volume de vers que

Laviolette avait rapporté de sa visite à Fabre d'Églantine.

Il déplia le papier que Chabrand lui avait fait tenir voici trois jours. Entre-temps le poète était devenu intouchable. Tout un réseau invisible s'était mis en branle entre lui et le juge d'instruction pour empêcher celui-ci de l'entendre. Une dernière fois, le péremptoire Honnoraty s'était signalé au téléphone.

— Et foutez la paix à mon ami Melchior ! Il n'est pour rien dans cette embrouille. C'est un homme clair et puis quoi, vous ne voudriez pas traîner sous les feux douteux de l'actualité un descendant de Fabre d'Églantine ? C'est toute la poésie de la Révolution française que vous attaqueriez ! Et d'ailleurs Melchior est en train de pondre un recueil de poèmes qu'il compte me dédier !

— Dommage ! soupira Laviolette à voix basse. C'est quand même curieux ce qu'on peut arriver à tirer d'un homme sans le connaître, rien qu'avec un gribouillage !

Il était en train de lire la conclusion que le graphologue du labo, grâce à la dédicace, avait décortiquée en cinq sec du caractère de ce poète :

C'est un être qui ne laisse pas indifférent mais imprévisible et versatile, il peut décevoir sur le long terme. Sa compagnie est agréable mais il vaut mieux ne pas attendre davantage de lui. Bien qu'il parle volontiers il est insaisissable et ne se livre jamais. Mais se connaît-il lui-même vraiment ?

Peu sensoriel, il séduit par son discours plus que par sa sensualité. C'est un handicapé de l'affectif. Perpétuellement insatisfait, il est en recherche permanente, en quête d'une sérénité bien difficile à trouver. C'est un visionnaire tenaillé par un désir d'absolu et de perfection.

— Ça, grommela Laviolette en repliant le papier, ça se voyait aux marges de ses poèmes.

Ainsi donc, le poète rebuté, le sculpteur cramé dans l'incendie de sa masure, il ne restait plus aucun témoin capable de relier l'assassin des tueurs de cochons et la dame mystérieuse qui clouait au pilori les défauts de ses amants.

C'était, songeait-il, la dernière énigme de sa vie et il avait été incapable de la résoudre. Il n'y voyait goutte, pas plus clair aujourd'hui que deux ans auparavant lors du premier crime au col des Garcinets.

Il restait une seule indication ténue pour mener à la vérité : c'était sur cette page trouvée au revers de Darius, quand on l'avait retiré de dessous cette grosse dalle où il s'était fait bêtement piéger, cette page où après le nom de Darius assorti de cette navrante notation : *peu de chose*, il y avait ce mot : *Diauscure*, couronné de toutes ces apostrophes et de cette date ajoutée au crayon : *24 décembre*. Laviolette ressassait dans sa tête ce mot énigmatique : « Diauscure ! Diauscure ! Je suis sûr que l'assassin lui-même ne sait pas ce que c'est. Je suis sûr que la femme qui a tracé ce mot ne l'a jamais vu écrit. Elle l'a entendu prononcer, c'est tout. Sinon elle n'aurait pas commis cette faute d'orthographe. Les Dioscures : enfants de Dieu ! Qu'est-ce que ça vient foutre là, entre ces trois tueurs de cochons assassinés ? »

Il était irrité au point que l'émotion pour avoir évoqué Lemda et l'avoir sentie si proche de lui, s'émoussait dans son cœur.

« Elle a eu raison de te quitter ! Tu n'es plus qu'une vieille bête ! Autrefois au seul mot de *Dioscure* ton imagination se serait enflammée et t'aurait conduit droit à la vérité. Il y a un assassin qui est sûr de lui parce qu'il sait bien que la police n'est pas d'ici ni les gendarmes ni les juges. Ils ne peuvent pas pénétrer les méandres d'un cerveau bas-alpin. Toi seul le pouvais et tu n'en es plus capable ! »

Le jour était fini et Laviolette était vacant, inutile, prêt à aller le cœur toujours plein de Lemda à la recherche minutieuse de ces souvenirs chéris dont chacun le déchirait un peu plus. Le ciel serait aussi vide en bas qu'ici. Il avait beau être splendide, il avait beau appeler à la joie de vivre, Laviolette n'en faisait plus partie, il était exclu des grandes liesses.

« Qui peut comprendre ce que je suis ? se disait-il. Qui peut comprendre que ma rusticité s'accompagne de tant d'aspiration vers l'art et que mes ricanements et mon scepticisme ne sont que des armes contre, je ne dirais pas ma sensibilité, mais ma sensiblerie ? Il y a tant de choses que j'ai appris à comprendre, tant de rigidités de mon caractère que j'ai dû assouplir, tant de mépris devant l'incompréhension d'autrui que j'ai dû corriger. Entre l'homme que j'étais il y a seulement vingt ans et celui que je suis aujourd'hui, que de carapaces ont fondu, que d'armures m'ont laissé nu et cru ! »

Il était ingrat envers le cadeau vespéral que lui faisait le pays. Il y a des soirs inoubliables et d'autant plus rares sur la vallée de Sisteron, sur ce sablier étroit qui sépare par son étranglement le Nord et le Sud, et ce soir-là, où les lumières de la ville commençaient à scintiller, en était un.

Il ne décida rien, flottant, disponible, il remonta en voiture. Jamais il ne manquait, après s'être installé, d'esquisser un geste de caresse vers le siège de cuir à côté de lui où seule Lemda s'était jamais assise, où seule elle s'était penchée vers lui. Il flairait sa place, même vierge de son parfum.

Au fond de l'ombre, toute en confidence, Sisteron attendait sa soirée. Qui sait ? La musique de cette nuit peut-être ferait du bien à cet homme triste. Il y avait du Vivaldi, tout à l'heure, à Saint-Dominique et le grand Claudio Simone y dirigerait *I Solisti Veneti*.

Entre la Baume et la Citadelle, la nuit est toujours étroite sur Sisteron, de sorte que les constellations qui s'y encadrent sont tronquées, leurs étoiles coupées de leur ensemble sont insolites, plus proches qu'ailleurs, semble-t-il, et elles pleuvent sur le flot de la Durance qui les accueille à

sa surface telles des feuilles mortes, pour apparaî-
tre tremblantes au fil du miroir de l'eau immobile.

On ne pouvait imaginer ici que des gens heureux qui attendaient en dînant l'heure de se rendre au spectacle, et se trouver exclu de ce bonheur vous rendait aussi indigent qu'un clochard.

Laviolette traversa en voiture le pont de la
Baume. Là-haut, en un flot ralenti et à peine audible, le flux du nord au sud des usagers de la
route courait vers un bonheur escompté que certains seulement atteindraient.

Laviolette voulait éviter de rencontrer cette
foule joyeuse qui avait tout prévu, tout minutieusement préparé, qui avait pris une assurance contre le destin, aussi se gara-t-il dans un renfoncement de la chaussée où commençait, au pied des
remparts, la zone piétonne.

Là-dessous, Sisteron venait baigner ses dernières murailles dans ce lac tout nouveau où elle
pouvait enfin se contempler après avoir été pendant des millénaires aveugle sur sa beauté.

En un élan hétérogène, les maisons hautes et
les ruelles à l'ombre montaient en terrasses vers
la Citadelle où claquaient mollement au vent du
nord les gonfanons qui annonçaient une éternelle
fête.

Laviolette eut envie de revoir cette nuit le
théâtre de ses exploits d'autrefois[1]. L'instant était

_____

1. Voir *Le secret des Andrones.*

propice et les péripéties étaient bien antérieures au règne de Lemda. Il se croyait donc préservé de tout souvenir récent par d'autres plus anciens.

Il commença à gravir le Glissoir par le portail de la Nière. C'était là, sous la voûte où il s'engageait, qu'il avait entendu, joué sur un aigre violon, cette chaconne de Tartini qui se trouvait au centre du mystère.

Le Glissoir sonore retentissait sous les pas de Laviolette et soudain il se trouva nez à nez avec ce panneau que nul n'avait effacé et qui ne représentait plus rien car celui qui était l'âme de ce lieu était mort depuis longtemps :

« *S. Charlot, menuiserie en tout genre — réparations de vieilles choses — travail à façon.* » Comme la devanture fermée de cet atelier était à l'abri des intempéries, l'inscription n'avait subi que les assauts du temps. Les lettres étaient craquelées et les planches qui composaient la porte commençaient à se disjoindre sous l'effet du dessèchement.

La vue de cette porte donna envie à Laviolette de se replonger plus profondément dans le passé. Les fontaines de Sisteron, en sourdine comme autrefois, chuchotaient dans le renfoncement des androns. Elles n'étaient plus que décoratives, fleuries de capillaires et de géraniums aériens. Elles jouaient avec le silence une partie depuis longtemps apprise et le roulement des voitures sur les ponts qui traversent la nationale ne troublait même pas cet ordre établi.

Laviolette gravissait lentement la Longue Androne. Depuis très longtemps il ne l'avait plus parcourue, avec ses marches inégales et ses paliers inclinés. Il fut tout surpris de constater qu'à l'escalader il ne soufflait pas plus qu'autrefois.

« Comment le malheur peut-il ne pas peser davantage sur le cœur ? » se dit-il.

Il se tâtait. Il touchait ses cuisses dures, son sternum proéminent, les biceps de ses bras.

« Tu es fait pour souffrir longtemps encore », lui soufflait sa voix intérieure.

Toute proche, la tour de l'Horloge sonnant neuf heures le fit tressaillir. C'était l'heure de Saint-Dominique, de *I Solisti Veneti*, de Claudio Simone. Laviolette avait son billet en poche. Il lui suffisait de tourner bride et sans hâte de gagner le cloître, s'asseoir bourgeoisement, s'abîmer dans Vivaldi.

Mais l'androne obscure où les réverbères venaient de s'allumer l'attirait, il ne savait pourquoi, plus que Vivaldi. Une espèce d'invite émanait sournoisement du clair-obscur et du silence où chuchotaient les fontaines. Il fit un pas, dix pas, il gravit une vingtaine de marches. Il se trouva à un carrefour d'andrones et, au bout de celle de droite, il vit à la lumière d'un lampadaire la glycine qui était seule à Sisteron pour rappeler le passé.

Laviolette sans hésiter obliqua dans cette ruelle. Les effluves de la glycine l'enrobaient, le passé, sur ce parfum, affluait au cerveau à travers les narines. Il hâta le pas comme s'il eût eu encore cinquante ans, comme s'il eût été encore sceptique, sarcastique, comme si seule l'enveloppe de la femme l'eût encore passionné. L'image terrible de la cousine de Ribiers tentant de lui partager la tête à coups de hache le traversa et le fit sourire. Il n'avait donc jamais cessé d'être naïf ? Il l'était, il y a un quart de siècle comme aujourd'hui. La naïveté tient à la bête, c'est le défaut le plus visible du monde, celui que chacun contemple en clair, avec l'indulgence la plus infamante, chez le malheureux qui en est atteint.

Une amertume nouvelle plissa les commissures des lèvres chez Laviolette. Mais alors il leva les yeux. Il avait parcouru toute la hauteur de l'androne qui le jetait sur cette vision du passé : la glycine de Rogeraine. Elle venait de se dévoiler tout d'un coup au coin de la ruelle dans toute sa longueur, dans toute sa largeur.

Laviolette se trouva nez à nez avec cette cataracte bleue qui l'attendait depuis toujours. La saison déjà tirait à sa fin des floraisons estivales mais la glycine était si énorme, elle était si profondément enfoncée sous la fontaine qui la nourrissait qu'elle fleurissait jusqu'en septembre.

La glycine magnifique n'avait pas pris une ride. Elle était plus opulente encore que vingt-cinq ans auparavant. Elle s'était approprié, elle avait garrotté tout ce qui dépassait de la maison, depuis la toiture florentine jusqu'à cette terrasse où le docteur Gagnon et Rogeraine étaient morts d'amour et de haine, face à face, se contemplant jusqu'au bout, avec entre eux cette bouteille de Château-Latour qu'ils avaient bue jusqu'à la lie.

Laviolette ébloui contemplait cette inflorescence gigantesque, les enchevêtrements des branches retournant sur elles-mêmes, solidement s'étranglant, tentant de s'étouffer l'une l'autre dans leurs enlacements. Quelques abeilles qui s'étaient attardées autour des grappes bleues achevaient de périr sous l'effet du serein qui leur plombait les ailes.

Laviolette mesura la hauteur de la maison, la hauteur de la glycine. Jadis, il n'avait pas hésité à s'agripper au tronc, puis aux branches, à escalader les douze mètres qui séparaient le pied de la glycine de la terrasse dont il avait franchi la balustrade pour se trouver en présence de ces deux cadavres rigides qui avaient emporté leur secret dans la tombe.

Il eut envie de récidiver, pour voir, et s'il lui prenait un malaise en route et qu'il lâchât prise eh bien tant mieux, ça ferait un couillon de moins. Mais s'il réussissait ? Que dirait-il à ceux qui là-haut prenaient paisiblement le frais et qui verraient surgir cet énergumène déguisé en vieillard avec son panama et son costume de nankin démodé ? Il renonça.

À grand regret, il dit adieu à cette vision de la glycine qu'il laissa derrière lui au coin de la maison. Il continua à gravir l'androne, accompagné en sourdine par une musique qui venait de naître et qu'il connaissait bien. Sisteron en ce juillet-là n'était qu'une symphonie, tous ses habitants étaient sous le charme, et ce que Laviolette commençait d'entendre c'était la *Passion selon saint Matthieu* qui descendait depuis cette terrasse que camouflait une glycine.

Il était maintenant devant cette porte énigmatique qui desservait le long corridor où autrefois Rogeraine Gobert avait scellé son destin. Cette superbe entrée au vantail sculpté de rosaces du Queyras était identique à ce qu'elle était un quart de siècle auparavant quand, en toute humilité, Laviolette venait rendre visite chapeau bas à ces dames de Sisteron qui le considéraient de haut.

Rogeraine, autrefois, n'était pas une fervente des antiquités. La porte vénérable de sa maison avait été le cadet de ses soucis et, à l'époque, elle était noire et terne, elle pleurait l'abandon par tout son aspect négligé, par toutes ses sculptures bizarres que la crasse estompait, par la boue du panneau souillé à chaque orage qui l'éclaboussait. Tout avait changé aujourd'hui. Un amoureux des beautés solides s'était occupé de ce vantail, l'avait éclairci, l'avait fait resplendir, et maintenant il luisait sous les lanternes à poterne de l'androne avec son panneau central qui représentait Judith et Holopherne.

Laviolette le contempla quelques minutes et s'apprêtait à repartir. Il avait eu la tentation de pénétrer à nouveau dans cette maison, curieux de voir le propriétaire qui avait si bien restauré cette porte. Il avait même tourné le loquet puis s'était ravisé. Il avait trop peur que l'intérieur ait été entièrement remanié et qu'on en ait chassé le mystère.

C'est en se retirant après ce geste avorté qu'il s'avisa qu'on avait voulu donner un nom à cette maison jadis anonyme. Sur le portant du porche, dans l'épaisseur du mur, à côté d'un bouton de sonnette, on avait scellé un carreau blanc de céramique abondamment orné de fleurs de glycine. Le centre du carreau était occupé par une inscription incrustée dans la matière et que Laviolette tout d'abord ne put pas déchiffrer car la lumière du fanal fantaisie qui se balançait dans l'androne était coupée par l'ombre du mur. Mais Laviolette était obstiné et curieux. Il tira ses lunettes de l'étui et rapprocha son visage du mur.

Alors, dans la profusion des fleurs de glycine entrelacées, il lut ces trois mots :

Castor et Pollux

Il semblait que l'incrustation du mot *Pollux* était légèrement ternie comme si vainement on avait tenté de l'effacer.

Laviolette sourit et secoua la tête. Il y a des gens qui ont la folie des grandeurs. Pourquoi pas *Héloïse et Abélard* ?

Il descendit la marche qui soulignait le vantail. Lentement, il reprit son errance dans la venelle désormais plate et empierrée. La *Passion selon saint Matthieu* emplissait en sourdine ce coin de

Sisteron. La musique émanait de la maison à la glycine. Laviolette resta planté sous le fanal qu'une brise légère faisait grincer sur son axe. Il sortit machinalement son matériel à rouler les cigarettes et il tint fermement en mains cet encombrant briquet à amadou qu'il utilisait pour faire parler le monde. Il lui fallut encore trois minutes pour que la vérité éclate dans sa tête. Alors le calme de Sisteron fut secoué par un juron répété quatre fois que Laviolette proféra :

— Vains dieux de vains dieux de vains dieux de vains dieux ! Les Dioscures ! cria-t-il.

Il fit volte-face. Il courut presque jusqu'à la maison à la glycine. Maintenant c'était à voix basse qu'il répétait en litanie :

— Les Dioscures, vains dieux de vains dieux ! Castor et Pollux ! Les fils du dieu !

Il aurait dû sonner mais il ne réfléchit pas, il se jeta sur le loquet de cette porte qu'il connaissait si bien. Elle céda docilement. Non, le vestibule n'avait pas changé. À terre le carrelage de losanges noirs et blancs était toujours pareil. Là-bas au fond, sous la lueur parcimonieuse d'une ampoule couverte de poussière, un escalier à balustres montait dans l'ombre en tournant sur lui-même. Il était entièrement en stuc, d'un plâtre funèbre comme celui d'un tombeau. Trois portes à deux battants, comme autrefois, commandaient ce corridor. Laviolette, par instinct, ne s'arrêta pas devant les deux premières et devant la troisième, alors qu'il allait frapper, il retint son geste. C'était là-derrière que sourdait la *Passion selon saint Matthieu*. Il attendit immobile et sans impatience que ce soit fini. Il n'y en avait pas pour long-temps. Tout était accompli : les chœurs commen-taient, à l'intérieur de cette cathédrale de sons, le constat de cette forfaiture dont ils avaient été les témoins obligés. Chacun quittait le Golgotha en des lamentations saintement résignées. Cheminait dans la poussière ce peuple qui avait assisté, qui racontait, qui n'en finissait pas de raconter.

Laviolette frappa timidement à l'huis. Il ôta son panama. On lui cria d'entrer. Il se glissa par le battant qu'il entrouvrit.

Un homme seul était debout devant un cheva-let chargé d'une grande toile. Il tenait une palette à la main. Il fumait. L'atmosphère sentait l'huile de lin et la térébenthine.

— Pardonnez-moi, dit Laviolette, je ne sais pas votre nom. Je n'ai pas besoin de le savoir. Si vous permettez, je vous appellerai Castor !

— Mais je pourrais être Pollux !

— Non. Le nom de Pollux est terni dans le car-touche, pas celui de Castor. Vous devez vous oc-cuper souvent de cette porte, elle est très bien en-tretenue.

— C'est pour m'en faire compliment que vous venez me déranger à neuf heures du soir ?

— Pardonnez-moi, j'ai entendu la musique et je voulais vous demander quelle était l'interpréta-tion ?

— Le Kamererkorps de Leipzig et l'orchestre

du Gewandhaus sous la direction de Georg Christoph Biller, mais vous mentez. Vous mentez mal et exprès ! Ce n'est pas ça que vous voulez.

— C'est ça aussi..., soupira Laviolette.

La salle était encombrée de toiles sur chevalet ou accrochées au mur. On baignait dans de la peinture mièvre comme si le peintre n'osait pas remplir l'intérieur de ses toiles ou s'il n'osait pas non plus les charger de couleur. Tout était vaguement ocre ou vaguement rose. Il était ligoté par ses contradictions, n'osant ni être franchement figuratif ni s'affirmer informel. Ce vide était comblé en partie par une abondance de sofas et de divans qui attendaient, semblait-il, les bien-aimés absents, mais tout était absent. C'est du moins ce qu'augura Laviolette qui n'y comprenait goutte mais qui avait des intuitions fulgurantes.

— Je m'appelle Laviolette, dit-il. Je suis policier à la retraite et vous pouvez m'éconduire si bon vous semble.

Le peintre se planta devant son visiteur, la palette à la main. C'était un bel homme au front haut. Son visage assuré était impénétrable. La cinquantaine qu'on lui donnait lui avait été fort clémente car, sauf quelques petits plis de plaisir autour des yeux, il n'avait pas une ride.

— Ne vous fiez pas aux apparences, dit-il. J'ai mes malheurs comme tout le monde.

Ils se parlaient en tournant autour des chevalets où Laviolette jetait de furtifs regards. À part un grand sommier crevé qui tenait tout un panneau de la pièce, il n'y avait rien pour s'asseoir sauf un tabouret devant un piano.

« C'est un animal politique », se dit Laviolette.

Quelques livres nouveaux concernant des scandales divers qui venaient de secouer l'actualité formaient une pile sur une sellette.

« C'est un animal fébrile, aux aguets, à l'épiderme sensible, plein d'orgueil et de confiance en soi ! »

« C'est un animal aux pieds plats, se disait Castor. Il pue la cigarette mal éteinte. Il croit comprendre quelque chose et il ne comprend rien à rien. »

« Politique et futile ! » se disait Laviolette.

Car il y avait une fleur en verre filé, funèbre comme un tombeau, qui baignait dans un vase à long col sur la cheminée, un vase qu'on avait rempli d'eau afin d'accentuer le côté absurde de la chose.

« Sans doute ! se disait Laviolette. Mais un être qui écoute Bach pour lui-même et sans témoin, peut-il être futile ? »

Castor venait, devant Laviolette, de faire volteface en déposant sa palette sur le tas de livres. Il révélait une élégance dans la façon de mouvoir son arrière-train étroit qui laissa Laviolette pensif.

Tous deux, le peintre sur les pas du commissaire, se mesuraient devant les œuvres, très grandes et très vides, la plupart sur chevalet, qui formaient un labyrinthe à travers cette pièce rec-

tangulaire à haut plafond à caissons. Laviolette
allait lentement et Castor le suivait pas à pas, sur
le qui-vive, guettant un commentaire quelconque
de son visiteur, qu'il cinglerait alors par l'apostro-
phe célèbre : *Sutor ne supra crepidam !*

Mais Laviolette ne fit aucun commentaire. Soudain — et ce soudain était calculé — il se laissa
choir sans vergogne sur le sommier avachi que
couvrait un haïk marocain. Il connaissait son
poids et savait qu'une fois assis, pour un homme
de force moyenne, il devenait inexpugnable.

De là, il pouvait voir toute l'immense cheminée
qui n'avait pas changé depuis Rogeraine. C'était
un âtre provençal profond et culotté qui avait vu
et verrait bien d'autres péripéties que celles qui
s'étaient chuchotées sous son manteau, les soirs
d'hiver. Une grande plaque noire aux sujets re-
poussés en occupait tout le fond froid dans la pénombre. Ils représentaient deux bébés tête-bêche
qui flottaient, coulés dans la fonte parmi le vide
du néant entre rêve et réalité.

— Les dioscures..., murmura Laviolette.

— Oui. C'est à cause de cette plaque qui était
déjà là quand nous avons acheté que nous avons
nommé ainsi cette maison.

— Je sais, dit Laviolette. Je l'ai connue quand
vous jouiez encore au cerceau.

Il revoyait Rosa Chamboulive, autrefois, les
pieds sur les chenets de l'âtre, qui distillait ses flèches à venin contre l'infirme Rogeraine et contre

cette cousine de Ribiers qu'il avait aimée, lui Laviolette, par erreur.

— Pourquoi ricanez-vous ? dit le peintre.

— Je songe au passé, dit Laviolette. Ce n'est pas toujours aimable de se regarder en face.

Il se baissa pour cueillir machinalement une liasse de coupures de journaux protégées par des pochettes en plastique. Un titre lui sauta au visage. « Le peintre Robert L'Escuyer est épris d'absolu. »

« Encore un ! se dit Laviolette. Tous ceux qui ne parviennent pas à exprimer clairement ce qu'ils veulent dire sont épris d'absolu. Mais si j'en juge, curieusement, par tous les artistes que je rencontre ces temps-ci, *la queue de l'absolu est encore vierge de sel*, comme écrivait Huxley. »

En se relevant, le recueil à la main, il vit Pollux. C'était une photo où un jeune homme blond levait sa tête joyeuse devant le ciel bleu. On ne retenait de son visage que ses dents éclatantes et ses yeux aux longs cils. Le deuil lui convenait car cette photo dans un cadre, sur la tablette de la cheminée à côté de la fleur en verre filé, était entoilée d'une profusion de crêpe noir qu'on devait souvent renouveler comme un bouquet car il était sans poussière et le gros nœud noir qui le fixait au coin du cadre était encore tout frais.

— Pollux ? questionna Laviolette en désignant le portrait du doigt.

Le peintre acquiesça de la tête.

— Il est mort il y a trois ans dans un accident

de voiture. Vous ne me demandez pas, ne serait-
ce que pour me l'entendre dire, ce que nous
étions l'un pour l'autre ?

— Vous étiez amants, dit Laviolette. Il n'y a
pas là, pour vous, de quoi pavoiser ni de quoi
pour moi me draper dans mon quant-à-soi. Vous
savez, ces choses-là, même à Sisteron, ça n'étonne
plus personne.

— Nous étions amants, dit Castor, mais il ne
voulait plus l'être. Je me demande bien pourquoi
je vous raconte ça à vous.

— Parce que, dit Laviolette, je suis à la recherche de l'auteur de quatre crimes et que vous êtes
à la croisée des chemins.

— Mais vous m'avez dit que vous étiez à la retraite !

— Sans doute, soupira Laviolette, mais je
rends service...

Il tira de l'enveloppe où il la détenait la page
de calepin qui contenait ce mot : *diauscure* et il la
présenta à Castor.

— Voici, dit-il, ce que nous avons trouvé sur la
dernière victime.

Castor saisit cette page exiguë, la leva devant
lui. Sans un mot, il considéra Laviolette des pieds
à la tête qui supporta l'examen les yeux dans les
yeux.

— Allons, dit Laviolette. Quatre morts ! Il est
temps, vous ne trouvez pas ?

Alors le peintre marcha lentement vers la cheminée, il souleva la photo mortuaire où souriait

l'Adonis. Sous ce cadre il y avait deux lettres dont
il s'empara.

— Tenez ! dit-il. Lisez !

Laviolette saisit les deux feuilles pliées en quatre qu'il ouvrit.

— Lisez d'abord celle-ci ! commanda le peintre.

Il pointait son index sur une page quadrillée arrachée à un cahier d'écolier. L'écriture ne tenait
pas compte du quadrillage, elle jaillissait à la diable hors d'une émotion incontrôlable. Elle était
griffonnée, gribouillée, inégale. Elle disait :

Mon amant, ce que j'ai éprouvé l'autre soir était
bien au-delà de tout ce que j'ai toujours dû imagi-
ner. Nous sommes faits pour nous saisir pour nous
explorer, viens ! Viens encore ! Je t'accueillerai !

C'était l'écriture du feuillet trouvé sur le corps
de feu Darius, sur celui de l'amateur d'abeilles,
sur celui du cycliste au col des Garcinets.

— Et maintenant lisez l'autre ! Celle-ci, elle
m'était destinée...

Non, tu ne peux pas savoir ! Tu m'as dit tout à
l'heure que tu savais. Tu m'as supplié de passer la
Noël avec toi ! Demain mais pas ce soir. J'ai ren-
dez-vous avec elle dans la paille, au froid, dans lu
ferme. Nous aurons Noël avant l'heure. Je vais te
faire un aveu : quand elle m'a saisi les doigts pour
en envelopper ses seins, j'ai cru que j'allais être dé-
goûté, j'ai cru que j'allais m'enfuir ! Moi, mon
âme, mon intelligence, mon passé ! Tout était con-
tre ! Mais pas mes mains ! Elles ont été saisies de

passion pour ses seins à l'instant même ! Tant pis si tu ne comprends pas !

Laviolette replia les deux feuilles. Il fut tenté de les soupeser tant il lui semblait que la passion dont ces aveux étaient chargés devait avoir un poids.

Le peintre s'était laissé choir lourdement à côté de Laviolette sur le sommier crevé.

— Vous ne pouvez plus savoir, vous à votre âge, ce que c'est que la jalousie ! Cette femme il m'en parlait tout le temps. Il débordait d'enthousiasme. Elle avait vingt ans de plus que lui. « C'est un Rubens ! » me disait-il. Il avait oublié nos étreintes. Il avait oublié notre amour. Il savait qu'il me faisait mal mais il ne pouvait pas s'empêcher de me parler d'elle. « C'est un Rubens ! répétait-il, quand elle est penchée je jubile ! » J'étais balayé !

Il fit un geste, brutal et ample, pour imiter ce coup de balai rageur qui l'avait écarté de son amant.

« C'est ça ! songea Laviolette. Elle m'a balayé comme un torrent ! Comme une aiguille aimantée qui dépasse votre obstacle de chair pour aller se coller contre le métal qui l'attire. »

Le peintre regardait dans le vide devant lui. Laviolette sentait qu'il se débondait comme un tonneau. Entre les censeurs, les rieurs et les dégoûtés, jamais, depuis ce temps, il n'avait dû pouvoir raconter son histoire par le menu.

— Jusque-là j'étais léger, aérien, agréable à vi-

vre, futile même ! Avec Pollux, nos amours
étaient des jeux. Nous y explosions de grands
éclats de rire. Et soudain le silence, le drame. Il
s'arrêtait de manger, il demeurait la cuiller en
suspens, il regardait fixement devant lui ces
formes callipyges qu'il me décrivait si bien :
« C'est une femme simple ! C'est une paysanne !
Mais si tu savais ce qu'elle est inventive ! »

— Ça, interrompit Laviolette, vous exagérez
un peu !

— Non ! Désormais il me considérait comme
un grand frère ! Il pouvait tout me dire d'après
lui. Que je puisse souffrir le laissait de marbre !

« C'est bien ça ! se dit Laviolette. Elle doit se
souvenir de moi comme d'un grand frère... »

Castor devenait de plus en plus volubile.

— À la fin, je la connaissais presque aussi bien
que lui. Il avait pris le parti de ne rien me laisser
ignorer d'elle. Par exemple que son pubis et sa
chevelure étaient de couleur différente, par exemple qu'elle aimait sa vie, qu'elle n'en aurait pas
changé pour un empire. Par exemple qu'elle ex-
ploitait avec son mari une ferme à bestiaux dont
les truffiers étaient la principale ressource. Il me
parlait d'une truie qu'elle avait, qui mourrait de
vieillesse. Il me parlait d'un fils qui était quelque
part dans l'île de Java et qu'elle ne voyait hélas
jamais.

Laviolette leva la main.

— Attendez ! dit-il. Vous n'êtes pas en train de
me parler d'une truie qui mourrait de vieillesse ?

— Oui. Une championne pour lever les truffes. Pollux me disait : « Elle y tient comme à la prunelle de ses yeux, plus qu'à son fils, plus qu'à son mari. Car, disait-il, elle aime son mari. » C'est ça qui a fait germer cette idée dans ma tête. Je les voyais, je l'imaginais, elle, saoule de jouissance, grâce à Pollux, comme je l'avais été moi-même ! Je n'arrêtais pas de me dire « comme à la prunelle de ses yeux ». Alors...

Il s'interrompit pour renifler un sanglot. Cet homme de cinquante ans qui pleurait, qui venait d'écouter Bach, il parut à Laviolette qu'une étrange fraternité se cristallisait entre eux.

— C'était, reprit Castor, une nuit de Noël douce comme une veillée de Pâques. D'ordinaire, cette nuit-là, nous faisions la crèche sur la tablette de la cheminée, nous enguirlandions même un petit arbre de Noël pour les cadeaux que nous nous offrions. Nous nous aimions, dit-il.

— C'est pas la peine de vous excuser, dit Laviolette.

— Je l'avais supplié toute la soirée : « au moins cette nuit ! » Il était là, allongé sur le divan les yeux au plafond. Il secouait la tête. J'étais à genoux à ses pieds, je me tordais les mains de désespoir, si vous saviez...

— Je sais, dit Laviolette.

— Il m'a dit : « Je ne peux pas ! » Il m'a dit : « Tu comprends c'est notre première nuit de Noël ! Elle a exigé qu'on en passe un petit morceau ensemble. Elle doit tout le reste à son époux. C'est une femme irréprochable ! » Il m'a littéralement arraché de lui, membre après membre. Il est parti. J'ai entendu sur la place sa voiture démarrer en trombe. Je savais où il allait. Je suis monté au grenier, j'ai dû chercher longtemps le couteau de mon grand-père. Oui. Mon grand-père était tueur de porcs dans le Hainaut. Il m'amenait avec lui parfois. À cette époque, j'avais dix ans, j'aimais l'odeur du sang. Il m'a montré comment s'y prendre. Je n'ai jamais oublié !

Machinalement Laviolette s'arracha à son siège. Il se mit à déambuler entre ces étranges toiles vacantes qui attendaient qu'on vienne les peupler.

Le peintre encore une fois s'était arrêté de parler. Sa pomme d'Adam très proéminente soulignait par ses soubresauts incontrôlés l'émotion qui l'agitait.

— Je suis passé une heure après lui et une heure avant lui, car c'était la même route, auprès de l'arbre où il s'est enroulé avec sa voiture... Il m'avait décrit par le menu la ferme de sa maîtresse, la disposition des lieux. « Tu comprends, me disait-il, c'est une femme qui vit vingt heures par jour. Elle fait tout ! Elle se lève à quatre heures tous les matins ! Personne ne peut rien lui reprocher ! »

Le peintre chercha fébrilement de quoi fumer. Laviolette qui avait prévu le coup lui tendit une cousue main qu'il venait de rouler. Il battit son briquet amadou.

— Excusez-moi ! C'est tout ce que j'ai comme feu !

Le peintre secoua la tête. Il aspira une énorme bouffée qui fit grésiller la cigarette. Il rejeta la fumée.

— Il est mort d'enthousiasme ! dit-il. C'était ça : l'enthousiasme ! Il répétait « Mon Rubens ! » au moins trois fois par jour. Pour respirer à cette hauteur, il ne lui restait plus qu'à mourir !

Laviolette présenta au peintre la page d'agenda arrachée qui contenait ce mot *le diauscure* et cette date au crayon : *24 décembre*.

— C'est donc ce jour-là que Pollux est mort ?

— Oui.

Laviolette se frappa le front.

— Ce sont des larmes ! s'exclama-t-il.

— Quoi donc ?

— Ces apostrophes qui entourent le mot : *diauscure*. Ces curieux signes qui ressemblent à des exclamations sans point et qui sont évidés au milieu, ce sont des larmes ! Elle ne pouvait pas exprimer son désespoir au grand jour, alors elle a trouvé ça : des larmes écrites ! *Et sunt lacrymae rerum !* Il s'est produit ce vingt-quatre décembre-là tout un ensemble d'événements qui ont scellé le destin de quatre hommes ! Mais vous ? Qu'avez-vous fait ensuite ?

— Je me suis jeté dans ma propre voiture. J'ai jeté sur le siège à côté de moi le couteau affilé

que je tenais de mon grand-père. Je me disais :
« Ah, la prunelle de ses yeux ? Tu vas voir ! » J'ai
foncé, oh sans doute aussi vite que Pollux ! Vers
cette ferme qu'il m'avait si bien décrite, au bout
d'un long chemin forestier. Je me suis trouvé dans
une nuit écrasante, je me souviens ! Jamais nulle
part ailleurs je n'ai vu le ciel de nuit serrer autant
d'étoiles dans son obscurité. Le pailler où ils
avaient déjà fait l'amour formait un cube énorme
qui se détachait sur la pénombre d'une veilleuse
allumée au-dessus du porche de la ferme. Son
odeur proliférait sur l'humidité de la nuit. Je me
suis mis à chercher la présence des amants partout alentour, fouillant la paille à brassées. Je
m'étais muni d'une torche. Et soudain j'ai découvert leur bauge. J'ai appuyé dessus le revers de
ma main. J'ai même cru qu'elle était encore tiède.
Alors je me suis rué vers la maison obscure. Ce
n'était pas cela que je cherchais ! J'allais vers les
communs, l'étable, le hangar aux machines. Un
troupeau ensommeillé sonnaillait et j'entendais
au fond d'une soue un ronflement de bonheur, de
bien-être, de sécurité. Cette soue n'était défendue
que par une clenche de bois qui fermait une porte
rudimentaire. Je n'ai pas réfléchi ! J'ai arraché la
clenche, je me suis trouvé devant une masse de
chair rose qui éclairait l'obscurité. J'ai fait en un
clin d'œil ce que mon grand-père m'avait appris.

— Vous avez tué Roseline ! clama Laviolette[1].

---

1. Voir *Le commissaire dans la truffière*.

— Elle sentait la truffe à plein nez ! remarqua le peintre.

— Vous avez tué Roseline ! clama encore Laviolette sur le même ton.

Il s'était mis debout. Il considérait Castor avec horreur, avec répulsion.

— Vous avez osé tuer Roseline !

— Comment savez-vous qu'elle avait un nom ? Pollux ne l'a prononcé qu'une seule fois devant moi.

— À deux ans, elle était capable de caver cinq kilos de truffes en une seule vesprée ! Capable de découvrir un assassin parmi soixante innocents ! Et vous avez tué Roseline !

— À vous entendre, on dirait presque que je suis moi aussi un assassin ?

— Oui ! Et sans doute plus encore que vous ne l'imaginez ! Vous ne lisez jamais aucun journal ? Vous ne branchez jamais votre télévision ?

— Jamais, par la grâce de Dieu.

Castor considérait les yeux exorbités de son visiteur avec la plus vive surprise.

— C'était une vengeance légitime ! Elle avait enlevé mon amour !

— Si je n'avais pas peur qu'on me prenne pour un fou, je vous passerais les menottes, dit Laviolette calmement.

— Quoi ? Pour avoir égorgé une truie ? C'est du dernier loufoque !

— « La prunelle de ses yeux », dit Laviolette. Personne n'a le droit !

Il était allé vers la porte pendant qu'il parlait. Il l'ouvrit posément. Il revint vers Castor au comble de l'étonnement, il lui arracha des mains les deux lettres accusatrices. Sans un mot il lui tourna le dos.

Il était bouleversé comme par la mort d'un proche. Il s'engagea dans le long corridor, il ouvrit sur la rue le portail ancien. Il sortit. Là-haut dans l'évasement de la ruelle, il vit la place de l'Horloge déserte. Une portière claqua. Alors, sur l'émotion qui venait de l'ébranler s'en greffa une autre tout aussi présente, tout aussi affreuse. Toutes les vérités affluaient vers lui pour l'écraser.

Là-bas, au sortir de la place, se découpant sur le lampadaire qui éclairait la ruelle, cette silhouette qui fonçait dans l'ombre, c'était Lemda qui s'avançait rapidement, qui trébuchait même sur les pavés de la calade. Elle serrait contre elle un léger vêtement, la corolle de sa poitrine épanouie était presque nue dans la chaleur de la nuit. Elle se rapprochait très vite. Il n'y aurait pas la place pour Laviolette et pour elle dans l'étroitesse de l'androne. Laviolette fit volte-face, rouvrit le portail, le laissa retomber. Alors il se produisit cette chose extraordinaire : Lemda s'arrêta devant le portail, un bref coup de sonnette retentit. Laviolette s'enfonça dans la pénombre du corridor, commença à gravir jusqu'au tournant de l'escalier en stuc les marches qui conduisaient à l'étage. La porte d'entrée fut vivement repoussée. Grâce à l'imposte au-dessus du vantail qui reflétait la lumière des lanternes, la silhouette de Lemda fut clairement visible dans la pénombre du couloir. Elle avançait vite, à pas précis, jetée en avant par une passion presque palpable, une hâte fébrile, un besoin pressant d'atteindre son but.

« Balayé, songea Laviolette, comme par l'aiguille aimantée de la boussole oscillant vers le nord ! C'était donc là ce jardin secret ! »

Le pas léger de cette femme somptueuse retentissait sur les carreaux sonores du corridor. Elle atteignit la troisième porte. Son petit poing se leva, heurta impatiemment le vantail qui s'ouvrit. Laviolette n'entendit que deux mots : *Mon amour*, à voix basse murmuré. Il fut témoin de l'impatiente passion qui jetait l'un contre l'autre ces deux êtres, qui les faisait s'étreindre debout, entre deux portes, alors qu'ils avaient tout le temps, tout l'espace.

Ce petit pas léger, cette vélocité, cette fougue, cette force de gravitation, Laviolette les reconnaissait bien pour avoir été siens autrefois. Dans l'élan de Lemda courant vers son amant, il venait de reconnaître cette fureur sacrée, qu'elle avait éprouvée pour lui aussi, des êtres qui marchent sur tout pour savourer le moment présent.

Et Laviolette aimait tellement Lemda que même en la voyant ainsi, aussi profondément amoureuse d'un autre, un sentiment poignait sous sa douleur qui venait du point de vue de Sirius : c'était celui de l'admiration la plus vive.

« Elle a raison, se disait-il. Elle vient trouver ici ce que je n'ai jamais pu lui donner... »

La porte sur les amants venait de se refermer doucement. Il régnait dans le courant d'air du couloir ce léger effluve de bergamote que le premier jour, à Lurs, Laviolette avait su déceler chez Lemda. Il était vacant comme une épave sur la mer. Il ne se souvenait même plus où il devait diriger ses pas pour retrouver sa voiture ni surtout pourquoi il devait absolument la retrouver.

La découverte de la vérité qu'il avait pourtant si passionnément recherchée le laissait l'âme poignardée mais surtout les jambes flageolantes. Ce fut avec peine qu'il regagna la rue.

— Tu me diras la vérité...

Tant de fois, pour le cas échéant, lui avait-il seriné cette supplique et maintenant il l'avait sa vérité ! Il comprenait enfin pourquoi à cette injonction, Lemda n'avait jamais répondu que par le silence. Cette femme détestait mentir, aussi pratiquait-elle couramment la restriction mentale et ce n'était pas parce que la vérité aurait pu lui nuire mais parce que celui qui la recevrait en pleine figure pouvait en mourir, par compassion, qu'elle éludait, qu'elle louvoyait, qu'elle répondait à une question par une autre.

Une fois dans la ruelle, Laviolette se demanda où il pourrait bien aller sinon se coller au plus près de ces deux amants, sinon se repaître de leur bonheur.

Mais des gens qui louaient l'atmosphère tran-

quille de Sisteron et s'extasiaient sur ses andrones, passaient lentement à chaque instant au sortir d'un dîner. Alors il s'effaça dans l'ombre de la
fontaine où la glycine monstrueuse puisait sa
force. Il était face à la terrasse de Rogeraine discrètement éclairée. Il pouvait à travers les trous
de la frondaison contempler tout ce qui s'y passait et notamment une balancelle de jardin mollement agitée au vent coulis où respirait la glycine
dans la fraîcheur de la nuit.

Laviolette n'avait d'yeux que pour cette balancelle et soudain il vit surgir à côté d'elle les deux
amants qui s'installèrent lentement sur elle côte à
côte. Sagement assis l'un à côté de l'autre, ils ne
souriaient pas, ils ne parlaient pas. Ils écoutaient.

Laviolette se préparait à soutenir le choc de
cette conjonction de deux êtres qui ne se savent
pas observés et qui d'ailleurs s'en moquent. Ils allaient faire l'amour sur cette balancelle et il lui
faudrait supporter, puisqu'il était rivé là par le désir de souffrir, d'assister jusqu'au bout à leur oubli du monde.

« Elle a dû, se disait-il, l'arracher au souvenir
de Pollux comme la femme inconnue du carnet
avait détaché Pollux de lui. Il y a des mystères de
la chair qui sont péremptoires, où la nature nous
prouve à chaque instant que nous avons tout faux
et qu'en matière de facétie nous pouvons toujours
essayer de l'égaler. »

Alors, mais Laviolette n'enregistra que lentement le changement, alors la même musique en

sourdine qui l'avait accueilli tout à l'heure s'immisça dans l'atmosphère. Elle retenait tellement l'attention que les promeneurs qui continuaient, par intermittence, à gravir l'androne, baissaient la voix dès qu'ils l'entendaient et qu'ils levaient la tête vers cette terrasse.

Laviolette n'avait d'yeux que pour les amants et ce qu'ils allaient faire. Il ne voyait pas leur visage dans l'ombre car la balancelle était sous l'abri de son baldaquin et la lumière de la terrasse ne révélait que le corps des deux personnages. Ils ne se touchaient pas, ne s'enlaçaient pas, leurs jambes étaient éloignées les unes des autres et Lemda croisait les siennes et ça faisait un drôle d'effet à Laviolette que de voir les jambes de Lemda jusqu'après la dentelle des bas et de se dire que jamais plus...

Et c'est alors qu'il vit, très distinctement, la main de Lemda chercher celle de Castor et l'emprisonner et rester ainsi enfin immobile, les doigts entrelacés à ceux de son amant.

Laviolette retranché dans l'ombre, et personne ne passait plus, assistait à cette communion qui le crucifiait. Il s'était attendu à faire acte de voyeurisme, à rougir de chagrin et de honte devant un spectacle où, peut-être, il se serait complu. Mais la main olympienne de Lemda, ce geste absolvant qu'elle avait eu en la rivant à celle de son amant, le désarçonnait.

Il n'avait plus de repère, même son cher Swann dont il avait si souvent, en lecture, partagé les affres, ne lui servait plus de rien. Il s'identifiait toujours à lui, certes, mais il n'y avait plus de commune mesure entre ce que Swann s'attendait à découvrir et ce que lui, Laviolette, était en train d'apprendre.

Swann n'éprouvait pour unique douleur que l'obsession de savoir Odette jouir entre d'autres bras que les siens. Il s'agissait seulement pour lui d'une jalousie physique. Proust ne savait-il donc pas que le désamour de l'âme est bien plus affreux à supporter que celui des corps ? *Un amour de Swann* n'avait-il été ciselé que pour masquer l'horrible réalité à ceux qui le croyaient véridique et complet ?

Faire l'amour ! Faire l'amour n'était rien. C'était maintenant que Lemda et Castor le faisaient avec Jean-Sébastien Bach entre eux !

Et Laviolette comprit alors que jamais Swann ne put si bien voir le désamour d'Odette que lui-même Laviolette le vivait en ce moment avec Lemda sous ses yeux, bien qu'il n'y eût aucun geste érotique entre elle et son nouvel amant et que le seul élément de leur entente parfaite fût cette main scellée à celle de l'autre dans la communion d'une émotion partagée.

Il sut que le secours qu'il cherchait en ce livre, il ne l'y trouverait plus jamais. Mais quel était ce silence qui l'envahissait alors que pourtant il continuait à entendre la musique ? Il comprit qu'il ne trouverait plus jamais non plus en celle-ci une quelconque consolation.

Il rentra à Piégut toutes vitres baissées afin que du moins le vent de la nuit lui rappelle qu'il était vivant, mais la même surdité qui le retranchait de la musique s'interposait aussi entre lui et la perception de la nuit. Il ne captait plus les odeurs et les ombres qu'à travers l'épaisseur d'une ankylose qui eût soudain affecté son corps tout entier.

« Je m'observerai mourir, songea Laviolette, jusqu'au bout j'essayerai d'en tirer quelque enseignement. Je suis né pour observer non pour éprouver. »

Il se trompait car l'obsession qui devait l'accompagner en leitmotiv jusqu'au terme de cette histoire, c'était le petit pas pressé de Lemda courant vers son nouvel amour.

Banon

Il rentra à Piégut vide et creux. Un silence solennel encerclait le village et retenait son souffle. Nulle consolation n'en sourdait ni ne se laissait espérer.

Il resta planté au milieu de la pièce commune, considérant l'âtre, considérant les portraits d'ancêtres dans l'escalier, considérant tous les éléments confortables, y compris la nuit qu'il voyait à travers les carreaux car il n'avait pas tiré les contrevents, qui avaient concouru jusqu'ici à panser sa douleur. Tous se dérobaient en vitesse, s'empressaient de s'enfuir. Il était seul devant ce souvenir abominable : la main de son amour rivée à celle d'un autre en toute fraternité.

Son premier soin quand il eut mis un peu d'ordre dans sa pensée, fut de s'emparer posément d'*Un amour de Swann* sur la table basse et de le jeter parmi les cendres froides, dans la cheminée éteinte. Les préoccupations de Swann à l'endroit d'Odette lui paraissaient vulgaires, frivoles et n'embrassant pas le sujet.

« Moi, se dit-il, j'aurais préféré les voir ensemble savourant un orgasme choisi que de les savoir en communion devant Bach ! »

Il se dressait une grande glace sombre et piquetée de moisissure au-dessus de la crédence du Queyras en quoi il se toisa longuement pour se trouver hideux.

La vérité était pour lui, la vérité était en lui. Il lui suffisait de s'interroger pour savoir que Lemda n'était pour rien dans son malheur. Elle était la vie, il était la mort prochaine. Le grand miroir moisi lui rendait l'image d'un vieillard.

Il s'aperçut que l'horloge d'Abriès, droite et raide comme une aïeule dans son renfoncement, avait son balancier arrêté, et que les poids sous les pieds reposaient sur le sol. Les choses avaient donc encore besoin de lui pour continuer à vivre.

Il ouvrit l'horloge, en tira la manivelle et se haussa sur la pointe des pieds, pour atteindre les trous du remontoir entre cinq et sept heures. Cette position sur la pointe des pieds lui tira cette réflexion à voix basse :

— Tu es ridiculement petit ! grommela-t-il.

Il sortit sur le perron pour essayer de la nuit. Il contempla pendant trois minutes les constellations de l'été. Comme un plongeur retourne à son élément, la Vierge culbutait déjà vers le zénith. La comparaison de cette grandeur avec sa petitesse ne le conforta d'aucune sérénité.

— *Ce pays nous ennuie*, récita-t-il à voix basse

Il revit l'instituteur de l'Ariège qui lui enseignait patiemment les poètes quand il avait dix ans. C'était un homme qui les faisait bien rire, ses compagnons et lui, quand il prononçait le mot : amour, suivi de trois r qui roulaient à la fin.

— « *Ce pays* », leur expliquait-il, n'est pas ce qu'un vain peuple pense. « Ce pays *nous ennuie* », c'est à la vie tout entière que Baudelaire en a ! Au monde entier ! Pas à une contrée particulière.

Il passa la nuit à rédiger pour le juge Chabrand les attendus qui forgeaient sa conviction. Il relut. Il corrigea. Il frissonna. Le jour se levait à force de chants d'oiseaux qui chuchotaient dans le bois de hêtres entre Piégut et Venterol. Jamais Laviolette n'avait cessé de sa vie de saluer le matin, même au plus triste de la guerre, même à la mort de ses parents, même quand il avait eu l'oreille fendue par ses supérieurs pour cause de liberté d'esprit. C'était le premier matin de sa vie où le jour ne se levait pas en lui. Il n'avait, et c'était là le signe le plus grave, il n'avait même pas envie de se saisir du moulin à café carré, de le coincer entre ses cuisses et de broyer lentement les grains comme il le faisait depuis l'enfance, ayant toujours revendiqué ce privilège : moudre le café, pour ensuite passer sur le tiroir plein à bord son nez de connaisseur. Décidément ce pays l'ennuyait.

Mais comme on n'est pas impunément vieux, la tête de Laviolette méditant se penchait vers la table, piquait du nez. Bientôt il ne restait plus qu'un ronflement commun qui emplissait la salle, il n'y avait plus qu'un homme qui dormait.

Il s'éveilla au grondement d'un tracteur qui passait avec sa remorque chargée de fumier. L'horloge au mur assena à Laviolette un coup qui parut l'atteindre. Il se leva, titubant, la bouche amère. Il avait dormi six heures au coin de la table. Il se tâta le menton. Jamais une seule fois en toute une vie, sauf pendant la guerre, il n'avait omis de se raser. Ce jour-là il passa outre.

Sa peine avait veillé. Il la retrouvait intacte, assise à son chevet. Elle prenait des allures de douleur physique, lui ankylosait les jambes, lui pesait sur les vertèbres.

Les feuillets remplis de son écriture qui expliquaient toute l'affaire au juge Chabrand étaient épars sur la table. Il les rassembla, les plia en deux, les glissa dans une enveloppe kraft où il inscrivit l'adresse du juge.

Après quoi il se mit en route. La voiture était dans l'axe du chemin. Il démarra. Dans la traversée de Piégut quelques personnes qu'il connaissait lui firent un signe de la main auquel il répondit. Il ne se retourna pas une seule fois. Il savait où il allait. Il s'y dirigeait droit comme guidé par sa boussole interne.

À Sisteron il s'arrêta pour timbrer l'enveloppe et la glisser dans la boîte. Sisteron était pavoisée. La fête perdurait. Le carrefour était plein de panneaux portant le programme des Nuits. Il ne put s'empêcher d'y jeter un coup d'œil, alors il s'aperçut que pour lui, qui l'avait tant aimé, le mot *musique* ne signifiait plus rien.

Il reprit la route. À la sortie des Bons-Enfants, il obliqua à droite, vers Cruis et Saint-Étienne. À Cruis il eut un regard pour le chemin de la fontaine, à droite, que son père lui avait désigné un jour de son enfance, en lui disant qu'ici avait commencé l'histoire extraordinaire où son grand-père s'était illustré[1]. Mais les histoires n'avaient plus de mystère. Nul secret ne pouvait plus le captiver.

Sans s'en apercevoir il avait accéléré, alors que d'ordinaire il conduisait toujours à un train de sénateur. Il ralentit cependant au sommet du petit col après Châteauneuf-Val-Saint-Donat. Ici, la route est au flanc même de Lure, perdue, absorbée, au milieu d'une vraie forêt, et Laviolette voulut encore une fois se convaincre qu'une grande partie de sa vie n'existait plus. Il avait toujours besoin, à toutes les heures, de conforter son incrédulité.

Or, au plus sombre de cette forêt de chênes, ils avaient découvert, un jour, avec Lemda, une chapelle désaffectée et ouverte à tout vent. Elle était propice à se dissimuler, elle absorbait les sons, elle était sous la voûte de deux gros chênes qui étendaient leurs branches au-dessus d'elle. Ils avaient toujours envie, elle et lui, de s'aimer en des lieux insolites. Ils disaient en riant qu'ils se

---

1. Voir *Les charbonniers de la mort.*

préparaient des repères pour le temps du souvenir. Ils avaient fait l'amour là, plusieurs fois avec délices, goûtant ce petit sacrilège de s'aimer en un lieu autrefois sacré, debout, seuls, en un inconfortable plaisir dû aux inégalités d'une colonne où l'un ou l'autre s'appuyait debout, un peu martyrisé au contact rugueux de la pierre froide.

Laviolette gagna à pied ce sanctuaire au profond des bois. Il y pénétra. Il resta immobile, le chapeau à la main, tout prêt à se mettre à prier pour que Lemda lui revînt. Mais le silence et l'abandon où la foi disparue avait laissé cette chapelle depuis longtemps étaient trop profonds pour qu'il restât l'ombre d'un doute. Il eut honte de lui. Il revint à la voiture. Il reprit la route. Il savait qu'il avait un but mais son âme errait dans le désarroi.

À partir du Rocher d'Ongles, il se revit adolescent, sur un vélo à la roue voilée, peinant dans la montée du petit col. C'était un matin où chaque maison, chaque chapelle, chaque ferme à l'abri touffu des monts de Lure, rutilait sous la rosée, se parait d'un bonheur éclatant et le jeune Laviolette s'incrustait dans cette solitude heureuse qui déjà l'accueillait pour toujours.

Chaque fois que, au hasard de l'existence, il avait parcouru cette route entre l'embranchement de la D18 vers le Revest-des-Brousses et le chemin du hameau du Largue, il avait retrouvé avec exaltation ce haut lieu de sa jeunesse, le premier où, à quinze ans, il s'était senti chez lui.

C'était étrange qu'un seul matin de ses quinze ans se soit ainsi imprimé unique dans la mosaïque de toute une vie pour se représenter dans la mémoire aux pires comme aux meilleurs moments, jouant le rôle d'une étoile polaire, pour orienter une pensée toujours chancelante.

Et aujourd'hui, c'était la confrontation suprême avec cette illusion qui l'avait tant soutenu : le bonheur d'un pays natal au matin de juillet, l'espoir de toujours y vivre, de ne jamais le laisser échapper.

Or l'illusion ne se dissipait pas, elle s'éteignait. Les rangées de lavande, parallèles à la route, qui semblaient n'avoir pas changé depuis qu'il avait quinze ans, ces lavandes n'avaient plus d'éclat ; le bois truffier après le pont, au bord du Largue, avec ses rangées de chênes bien alignés qui avaient à peine grossi, n'avait plus l'aspect inquiétant qui lui donnait tant d'attrait. Déjà, hier au soir, la glycine de Sisteron n'avait plus de couleur et la *Passion selon saint Matthieu* n'avait plus de son.

Il y avait une source au ras du sol dont il ne se rappelait jamais l'emplacement exact et dont le canon coulait sans bruit dans un sarcophage. D'ordinaire, pour se faire repérer, cette source brillait sous le seul rayon de soleil qui traversait les frondaisons. Aujourd'hui elle était terne malgré le soleil et Laviolette passa son chemin.

Banon et son clocher à l'horloge noire, il les traversa sans voir âme qui vive. Il allait maintenant comme un bon policier d'autrefois faire son devoir en mettant une sourdine à ses sentiments.

Le chemin qui le mènerait à la vérité était assez compliqué à suivre mais depuis vingt ans il n'avait pas changé. C'étaient toujours de hauts buis qui masquaient tout l'environ qui l'escortaient de part et d'autre. Il y avait de nombreux embranchements mais pas une seule fois Laviolette ne se trompa. La voiture était fustigée par les buis quelquefois, tant le tracé était étroit, et soudain les arbres dévoilèrent Lure, la ferme, l'horizon extraordinaire qui lui faisait suite et le Ventoux, là-bas au fond, dont on ne savait jamais s'il était couronné de neige ou d'un clapier blanc.

La ferme trapue et basse était étendue largement. Il semblait qu'elle n'eût que des toits et des tuiles. Un grand porche brun défendait une aire où les rouleaux d'autrefois qui servaient à écraser la moisson jonchaient maintenant les repousses du blé en herbe qui verdissait tous les étés le côté à l'ombre du jas. Tout le rempart contre le vent qui faisait de ce vaste espace un lieu bien clos, s'était écroulé au cours des âges et nul n'avait songé à le reconstruire, de sorte que maintenant, par cette échancrure, on voyait Lure comme à portée de main. C'était un promontoire qui plongeait vers la forêt proche et vers des herbages à perte de vue où des carrés de bois truffiers se dressaient au loin, noirs et compacts.

Sur cette esplanade, comme en tête à tête, trois véhicules étaient immobiles. C'était d'abord un

tracteur convenable, ni vieux ni jeune, rouge
comme tous les tracteurs afin que dans ces solitudes on puisse le retrouver facilement si par malheur il se retournait sur son servant. À l'ombre
du tracteur, une quatre chevaux sans âge paraissait achever de mourir, avec son pare-chocs tenu
par des fils de fer et son avant borgne d'un phare,
mais les traces récentes des pneus dans l'herbe at-
testaient qu'elle servait toujours. Face à ces deux
engins, leur tenant tête semblait-il, il y avait une
Porsche où la poussière accumulée interdisait de
distinguer bien la couleur, mais il semblait qu'elle
fût gris souris.

Laviolette rangea sa voiture à l'ombre du tracteur et descendit en claquant la portière. Il y avait
vingt ans qu'il n'avait plus mis les pieds ici et rien
n'avait changé.

Son premier regard fut pour la soue, à côté du
poulailler où une vingtaine de poules commen-
taient l'intrusion de cet étranger avec véhémence.

C'était une soue bien aérée, où le soleil passait
entre les claies de la barrière et qu'une porte
maintenant béante défendait jadis contre le vent
coulis de Lure. Laviolette se baissa pour pénétrer
dans l'antre. La paille n'en avait plus été changée.
Elle était compacte, souillée, agglomérée en un
amas sinistre. Laviolette se pencha pour examiner
le sol en béton. De grandes traces sèches écla-
boussaient jusqu'aux planches des claies, jusqu'à
la cuve de la mangeoire. Un carnage avait eu lieu
ici.

L'amant de Lemda n'avait donc pas menti. Il était bien venu, voici trois ans, un soir de Noël, pour assassiner Roseline.

Une secrète amitié avait autrefois lié cette énorme truie championne de trufficulture et Laviolette à qui elle avait été d'un grand secours pour découvrir un coupable[1].

Et voici que Roseline de nouveau avait été au centre d'un drame mais cette fois, c'était elle qui en avait été la première victime.

Laviolette revint à l'air libre. Une odeur d'herbe broyée flottait sous les voûtes de la bergerie. Les pas sur le pavage de la cour se répercutaient sous le plafond en ogive. Le troupeau était absent, on l'entendait sonnailler au loin, à travers bois.

Laviolette aux aguets considéra cet ensemble paisible. Le toit immense en pente raide de la maison, la gouttière en zinc sur toute la longueur des tuiles imbriquées qui canalisait les rares pluies vers le cœur du bâtiment : la citerne au ras du sol. Un fil d'étendage traversait la cour. Il n'y avait plus de linge mais quelques épingles en bois délavées y étaient encore fichées çà et là.

Laviolette en préleva deux ou trois qu'il enfouit dans sa poche. La soue à la porte béante, le poulailler où tout le parquet se pressait contre le grillage dans l'émoi que cet étranger lui causait, la cour avec ses trois engins baroques qui sem-

1. Voir *Le commissaire dans la truffière.*

blaient se parler : un tracteur, une Porsche poussiéreuse, une quatre chevaux hors d'âge, tout cela témoignait que la vie s'était arrêtée ici à une minute précise et qu'on lui avait ensuite interdit de bouger.

La salle était à l'étage, sous l'auvent de la terrasse couverte soutenue par un pilier carré. Il y avait fort longtemps que Laviolette n'avait pas gravi cet escalier de pierre bordé d'un mur de pierre, longtemps qu'il n'avait pas foulé cette terrasse spacieuse où les chaînes d'aulx suspendues aux solives tournaient nonchalamment au vent de Lure.

Comme dans toutes les fermes où l'on fabrique des fromages, un cadre de grillage fin qui se rabattait automatiquement défendait l'entrée contre les mouches. Derrière, la porte était grande ouverte. Laviolette se trouva de plain-pied dans l'âme de cette ferme. C'était une vaste cuisine propre comme un sou neuf, propre comme si la fermière, la veille encore, avait fait le ménage à fond. Il y avait peu de temps que les vastes dalles qui tenaient lieu de parquet avaient été rafraîchies à coups de serpillière.

Mais, occupant toute la tablette d'un buffet 1920, une grande photo était mise en valeur sur un chevalet. C'était le portrait en pied d'une femme tout sourire, toute joie de vivre, à côté de la Porsche qui s'empoussiérait dans la cour, mais qui étincelait alors de tous ses chromes. Comme autour du portrait de Pollux, on avait couronné ce cadre d'une abondance de tulle noir, avec des nœuds en volutes. On sentait qu'on s'était appliqué à ce travail malhabile, qu'on s'y était repris à plusieurs fois. Au-dessus du buffet brillait un miroir carré à rinceaux où des cartes postales étaient fichées dans les coins. Elles représentaient des plages aux palmiers de rêve, des marchés asiatiques aux vives couleurs. Laviolette en retourna une, il vit le cachet de la poste : Surabaya. Ce n'était pas ce qu'il cherchait.

Un âtre condamné abritait sous son manteau un fourneau noir agrémenté de cuivres eux aussi briqués à mort mais on voyait bien qu'il était éteint pour toujours car un réchaud électrique posé sur la tablette de l'évier supportait encore une cafetière bleue. Sur le dessus de cheminée traînait l'inévitable théorie de pots en porcelaine blanche — farine, sucre, café, riz, sel, poivre. Le tout essuyé de frais et dans un ordre parfait. Ce n'était pas ce qu'il cherchait.

Il se retourna. Au milieu de la pièce, la vaste table de ferme était uniquement occupée au centre par le squelette d'un bouquet dans une cruche. C'était un bouquet mort depuis longtemps qui ne tombait pas en poussière parce que nul n'y touchait jamais, et malgré cela un dahlia rouge gardait encore le souvenir de sa couleur d'autrefois. Là aussi on avait volontairement arrêté la vie à une minute précise. Le morbier sombre lui-même, debout dans l'enfoncement d'un escalier, son cadran indiquait trois heures quarante-cinq.

Était-ce de nuit ? Était-ce de relevée ? Ce n'est pas non plus ce que Laviolette cherchait à savoir.

Une longue pratique bas-alpine lui avait permis de déceler l'endroit préféré où les paysans enferment leurs secrets. C'est au plus près de la portée de main, c'est le long tiroir transversal qui est emprisonné sous la table commune, celle où l'on communie pendant les repas.

Laviolette manœuvra ce tiroir qui lui offrit tout de suite son contenu innocent. C'étaient plusieurs Opinel, un tranchet de cordonnier, de la ficelle à barder les poulets, une toupie d'enfant enrobée de son fil, une fronde élastique, mais au milieu de ce fatras, négligemment posé, un carnet de moleskine révélait sa couverture noire. Il était mince, insignifiant, usagé. Laviolette l'ouvrit. C'était un répertoire plein de noms et d'appréciations entre parenthèses. C'était le carnet où la femme inconnue cataloguait ses amants.

Laviolette sortit de sa poche les trois feuillets authentiques que Chabrand lui avait confiés. C'étaient des pages de ce carnet, des pages numérotées en rouge, des pages qui s'imbriquaient si parfaitement dans ce calepin qu'une fois refermé il n'y paraissait plus et qu'il semblait que nul feuillet n'en avait jamais été détaché. Laviolette plaça ce carnet au beau milieu de la table, entier, avec ses feuillets détachés bien à leur place dans la numérotation.

Appuyé au dossier d'une chaise paillée, il se mit à attendre. Comme chaque fois qu'il s'arrêtait d'agir depuis hier au soir, dans sa tête retentissait le pas léger de Lemda parcourant le long corridor de la maison à glycine, là-bas à Sisteron. C'était à chaque fois comme autant de clous qui s'enfonçaient dans ses os. Il voyait la terrasse, avec ses luxuriantes guirlandes de glycine en fête et par le pertuis de cette splendeur mauve la main de Lemda scellée sur celle de son amant.

Laviolette se mit à guetter intensément le bruit obligé qui le tirerait de son obsession.

Le troupeau passant au loin de la maison depuis un moment sonnaillait moins sûrement. La voix gutturale du berger lançant les chiens atteignait sourdement les échos de la cour, puis il se mit à couler par les drailles la prière vespérale qui ramène au bercail la théorie des bêtes. Elle était au loin, elle se rapprochait, parfois au hasard des vallons, elle s'éteignait coupée par les pentes abruptes et puis elle surgissait de nouveau, plus forte, aiguillonnée par le vacarme des chiens qui aboyaient aux talons des traînards. Une dernière escalade amena le troupeau à l'entrée de la cour Tout de suite on entendit ce piétinement qui imite la pluie compacte et qui ne laisse pourtant de son passage que l'alentissement d'une poussière stérile.

Laviolette regarda vers la fenêtre. Les bêtes déferlaient par l'entrée cochère de la cour aux trois côtés. C'était un troupeau étique. Autrefois, il se déversait pendant un quart d'heure, il emplissait l'espace avant d'être canalisé vers la vaste étable en sous-sol. Aujourd'hui, il défilait bête par bête, piteusement, et il avait vite fait de s'engouffrer au fond de la bergerie presque vide.

Il resta dans le vaste espace trois chiens qui se croisaient encore par habitude comme s'ils gouvernaient un grand troupeau et derrière eux, désœuvré aussi, un berger casquette en tête, gilet en bataille et qui roulait avec des gestes tristes une maigre cigarette.

Laviolette se détourna de la fenêtre. Il hésita une seconde avant d'extirper de sa poche les deux lettres confisquées hier au soir chez Pollux.

Il les étala en les lissant au beau milieu de la table, à côté de l'agenda. Après quoi il alla vers le miroir au-dessus du bahut qui lui renvoya sa navrante image.

« Il n'y a pas que ce pays, songea-t-il, qui nous ennuie, il y a aussi notre tête. »

Machinalement, il reprit en main les cartes postales, fichées au coin du miroir : « Surabaya, Brunei. » C'était en bas dessous, tête-bêche avec nous. C'était complètement absurde, ces images exotiques ici à Banon, dans la sécheresse stricte de ce pays sans merci.

Le berger n'en finissait pas d'arriver. On l'entendait fermer la clenche de l'étable, distribuer aux chiens la pâtée du soir, essuyer au montoir ses brodequins parfaitement secs. Il heurta lourdement chaque marche trop haute en montant. C'était un homme fatigué.

Il ouvrit le grillage accroché au chambranle. Il entra. Laviolette ne se retourna pas.

— Et alors, Alyre, dit-il, vous avez fini par la lui payer cette Porsche à la Francine ?

— Ah c'est vous ? Ah oui ! Oh le fils m'a aidé. Ah vous regardez les cartes postales du fils ? Ah il est là-bas ! Il tire un câble pour Alcatel entre Surabaya et Brunei. Un câble à fibre optique, ajouta-t-il avec orgueil.

Laviolette fit lentement demi-tour et considéra le berger, son contemporain, son double, son frère en douleur éternelle. C'était un homme petit aux larges épaules. Il avait toujours, comme autrefois, un sourire malin, l'œil mi-fermé, qui lui éclairait les commissures des lèvres. Il était en grand deuil, arborant un brassard noir même autour de sa chemise de flanelle et un nœud papillon fixé à sa casquette usagée.

— Vous n'avez pas changé, dit Alyre[1].

— Vous non plus, dit Laviolette.

Ils se dévisagèrent. Cela faisait bien vingt ans qu'ils ne s'étaient vus. Mais leur structure bas-alpine qui les avait figés dans le temps leur avait forgé des traits inoubliables et qui étaient à peu près identiques. Ils détournèrent les yeux d'un commun accord car le regard d'autrui les désobligeait autant que leur propre reflet dans un miroir.

Alyre gesticulant parlait d'abondance.

— Il a épousé une Cinghalaise, qu'est-ce que

1. Voir *Le commissaire dans la truffière*.

vous voulez faire ? Il parle quatre ou cinq langues de là-bas. Il ne comprend plus notre patois. Qu'est-ce que vous voulez faire ? J'ai des petits-enfants. Ils sont venus pour le décès de leur grand-mère. On s'est parlé par gestes ! Qu'est-ce que vous voulez faire ? Quand je serai mort, il vendra à des Hollandais, qu'est-ce que vous voulez faire ?

— Oh rien ! dit Laviolette. C'est le siècle, qu'est-ce que vous voulez faire !

Ils se turent en même temps. Le souffle de Lure pénétra en désordre dans la pièce. Alyre considéra la table et le carnet de moleskine à côté des deux lettres étalées.

— Ah vous l'avez trouvé ? dit-il.

Laviolette branla du chef en silence. Il tira une chaise à lui et s'installa lourdement les coudes sur la table.

— Attendez ! dit Alyre. Il faut d'abord que je boive ! Vous n'avez pas soif ?

Laviolette fit signe que non. Alyre ouvrit une armoire frigorifique à côté de l'évier, il en tira une bouteille de limonade et un verre à pastille.

— Je mets toujours un verre au frigo, expliqua-t-il. C'est le seul moyen de boire bien frais.

Il but. À larges lampées, une fois deux fois, comme un homme qui a été aux prises tout l'après-midi avec le délire de la soif. Ses dents claquaient contre le verre embué comme s'il mâchait le liquide.

— Vous avez vu comme c'est propre ? dit-il

enfin. Oh, j'entretiens tout comme je peux. Je me lève à quatre heures tous les matins comme elle. Alors vous avez fini par venir ?

— J'ai fini, dit Laviolette.

Alyre avait posé sa casquette sur la table brillante. On ne voyait d'elle, plate et anodine, que cet énorme nœud noir de veuf qui la faisait unique au monde car personne ne portait plus son deuil qu'en dedans, ce qui dispensait l'opinion d'en faire état. La décence envers le prochain y avait beaucoup gagné. Il eût été malséant de l'attrister et de lui souligner que lui aussi, un jour, il serait en deuil.

— Vous êtes allé jusqu'à la soue de Roseline ? Vous avez compris qu'elle était morte ?

— Je le savais déjà. Je vous en fais toutes mes condoléances.

— Nous l'avons enterrée au pied de notre meilleur chêne truffier. Personne n'a compris. On nous disait : « Que vous êtes couillon ! Vous perdez au moins deux cents kilos de viande. Des jambons comme ça, ça n'existe plus depuis trente ans ! Qu'est-ce que ça peut vous faire ? Elle n'est pas morte de vieillesse, encore moins de maladie ! Elle est morte saignée, juste comme il fallait. Alors... vous pensez ! » Le monde nous croyait comme il est, qu'est-ce que vous voulez faire ?

Alyre s'était assis lui aussi à la table, timidement, comme s'il n'était pas chez lui. Il triturait entre ses doigts le verre à pastille où la limonade à grosses bulles perdait son gaz. Il but encore une fois.

— Alors, dit-il, ce carnet vous l'avez tout de suite trouvé ? Je pense que vous voulez que je vous raconte ?

— Ça vous fera du bien, dit Laviolette.

— Oh, dit Alyre, du bien, rien ne peut plus m'en faire.

Laviolette tira de sa poche les trois épingles à linge dans leur enveloppe de cellophane. Il les étala près du carnet avec celles, toutes nues, qu'il venait de récolter à l'étendoir de la cour. Cela fit un bruit d'osselets.

— Ah oui, dit Alyre, je crois qu'il est temps que je parle.

— Je crois aussi, dit Laviolette.

Alyre écarta le verre à pastille, lui aussi il posa ses coudes sur la table. Sans regarder Laviolette, il se mit à observer au loin comme un fantôme qu'il aurait débusqué, quelque chose de lui seul connu, une immatérielle présence qui venait de surgir du coffre de l'horloge entre deux secondes égrenées, qui fuyait maintenant sur la batterie de cuisine, qui tournait le coin du manteau de la cheminée, qui abandonnait un peu de sa poussière sur chacune des boîtes d'épices : « sucre, farine, sel, poivre », qui embuait le manchon de la lampe à pétrole des soirs d'orage pour aller se perdre enfin, sur un dernier regard de regret, là-bas, par la bonde de l'évier en acier chromé. Et Alyre dit :

— C'était un soir de Noël. Francine venait de

rentrer d'une réunion pour l'électrification des écarts dans les communes. Je m'étais machinalement étonné qu'une réunion comme ça ait lieu le soir de Noël. Je savais que j'aurais mieux fait de me taire et que j'allais la mettre dans l'embarras. Elle me respectait. Jamais, pour un empire, elle ne m'aurait dit la vérité. Elle avait toujours la bouche pleine de prétextes qu'elle déversait à la va-vite. Vous qui l'avez connue, vous vous rappelez comme elle était vive ?

À entendre décrire Francine, Laviolette venait précisément de constater combien elle partageait avec Lemda cette vivacité, cette vélocité, cette présence d'esprit dans tout ce qui touchait à leur secret.

— Et alors, poursuivit Alyre, ce soir-là, c'était monsieur Sicard, adjoint de Forcalquier, qui devait dans la nuit mener ses enfants à leur grand-mère à Barcelonnette, et il y restait huit jours et, d'ici là, il y avait des choses à signer... Enfin... Vous savez ce que c'est. Elle me dit tout ça, je compatis. Elle était belle comme un sou neuf. Elle resplendissait de bonheur, avec toutes ses bellures qui rutilaient sur son cou, à ses poignets, à ses oreilles. Ah monsieur ! Si vous saviez comme je la vois encore !

« Je la vois encore, je la verrai toujours. Il a raison, Alyre : resplendissante de bonheur et cet élan, cette vivacité vers la source de son plaisir. »

— Et tout par un coup, elle me dit : « Alyre ! Tu sais pas ? Fais-toi un peu propre. L'enfant est loin, tout à l'heure c'est la messe de minuit, il nous faut un peu prier pour lui ! Ça sera plus convenable. » Et alors, mon pauvre monsieur, c'est cette nuit-là, juste, qu'ils nous ont tué Roseline, pauvre de nôtres ! Elle avait vingt-cinq ans ! Elle était presque aveugle. On la soignait comme notre fille. L'hiver on la sortait au soleil, j'allais me promener avec elle jusqu'au bois du Déffends ! Et des fois, quand elle se sentait, je la menais aux rabasses. Elle avait encore le cœur d'en caver une ou deux et après elle me regardait, comme un père, comme un ami ! Qu'est-ce qu'elle a pu penser quand elle a vu s'approcher le couteau ? Ah, du travail bien fait monsieur ! Du travail de spécialiste ! Juste un trou précis, juste un coup de lame, on aurait dit que la peau s'était refermée ! Elle s'est traînée dans sa soue pendant peut-être une heure. Elle devait nous chercher, nous appeler ! Et nous, nous étions à la messe de minuit !

Il trancha l'air d'un geste rageur.

— Jamais plus, monsieur, jamais plus je ne suis retourné à la messe de minuit ! Nous la gardions comme une relique ! Vous vous rappelez, monsieur, vous qui l'avez connue, comme elle était intelligente ? L'enfant nous en parlait dans toutes ses lettres : « Et Roseline ? Vous la soignez bien au moins ? » Alors on rentre. Alors Francine me dit : « Espère un peu ! C'est Noël pour tout le monde. Je vais faire une crêpe à Roseline. Elle adore ça ! » Et la voilà partie la Francine avec sa crêpe encore dans la poêle et qui appelle Roseline en allant vers la soue. Alors monsieur j'ai entendu le plus terrible cri que j'aie entendu de ma vie. Je me jette en avant. Je trouve Francine agenouillée dans le sang rutilant sur les mains sur ses bellures partout et Roseline les pattes en l'air, Roseline morte !

Il s'arrêta. Trois ans après, ce terrible mariage de Francine alors vivante et de Roseline morte lui tirait les larmes des yeux.

— Comment on peut faire ça, monsieur ? Comment c'est possible des êtres pareils ? Et pourquoi, monsieur, pourquoi ? On est restés serrés tous les deux au fond de notre lit, serrés pour de bon. Elle ne pensait plus à ses amours, je pensais pas à mes truffes. On était en deuil les pieds froids, on pleurait. La Nativité on ne s'en est même pas aperçus ! Et gémissant de temps à autre : « Qu'on est bête, mon Dieu : ce n'est qu'une truie pourtant ! » Et vague de pleurer !

« Et au matin, les gendarmes pour couronner le tout ! Ils attendaient dans l'Estafette qu'on se réveille. C'est tout juste s'ils ont touché leur képi avant de parler, pourtant on se voyait trois fois par semaine. Et alors, ils nous dirent : « Vous n'avez rien entendu hier au soir, dans le virage du Glandin, un qui s'est espouti contre un chêne-vert ? Il n'avait plus un os qui tenait à l'autre. Il devait aller à une brave vitesse ! Son corps était coincé entre la banquette arrière et le moteur qui était rentré dans la voiture, si vous voyez ce que je veux dire.

— Mort d'enthousiasme, marmonna Laviolette.

— Qu'est-ce que vous dites ?

— Oh rien, je soupirais. Continuez !

— Et alors ils nous disent : vous n'avez rien entendu ? C'est à deux pas d'ici dans le vallon, à peut-être pas six cents mètres !

— Non, je leur dis, nous on est allés à la messe de minuit. Nous on a pris par le Déffends, c'est pas plus mauvais et c'est plus court. Et comment il s'appelle çui-là ?

Ils ont pris l'air mystérieux.

— Ah, on peut pas le dire tant qu'on n'a pas prévenu la famille.

Et là-dessus, ils touchent leur képi et ils font mine de s'en aller. Puis ils reviennent. Entre deux doigts y en avait un qui tenait une chose qui avait pas l'air vrai. Je finis par reconnaître une culotte de femme. C'était une culotte bleu nuit toute en fleurs de dentelle. On aurait dit une glycine. Alors ils nous disent :

« On a l'impression que c'est de ça qu'il est mort, il la tenait dans une main en la serrant contre sa bouche. Ou bien il se mouchait dedans ou bien il l'embrassait.

— Mort d'enthousiasme..., répéta Laviolette.

— Et alors, poursuivit Alyre, je me tourne vers Francine pour avoir son avis. Ma belle, elle était amoulonnée par terre ! Évanouie. À trois avec les gendarmes on l'a portée dedans, on l'a allongée là, là où je suis assis !

Il se leva précipitamment. Avec des gestes précis, considérant le banc, il peignit Francine inerte, allongée, sans un frémissement, telle que, affolé, il l'avait vue sans âme pour la première fois.

— C'est l'émotion ! Je crie aux gendarmes. « Cette nuit on nous a tué notre truie ! — Ah qu'ils disent, elle avait quel âge ? — Vingt-cinq ans. — Oh alors... qu'ils disent... » Ils avaient une belle peur, à cause de la paperasse, que je porte plainte. Moi je cherchais le vinaigre, je le promenais sous le nez de Francine, je lui en passais sur les tempes. Pendant ce temps les gendarmes étaient partis et Francine revenait à elle. Et alors, monsieur, comment vous dire ? Elle avait l'œil éteint. Elle était morne sur toute sa personne. Jamais plus, monsieur, depuis cette nuit de Noël, je ne l'ai entendue rire, elle qui le faisait si volontiers. La voiture même, la source de sa joie, elle n'y touchait plus qu'à peine. Elle n'allait pas plus loin que Banon pour les courses. Elle avait démissionné de tous ses postes, même de l'ADAC qu'elle y tenait tant ! Ah cette ADAC ! Ça lui avait permis d'élargir son cercle d'amants, d'un peu sortir des fonctionnaires et des maires de village. Elle m'avait dit qu'en la nommant là, c'était une promotion sociale qu'on lui avait offerte. Elle m'avait dit : « J'ai connu des artistes ! C'est tout un monde ! J'ai découvert l'hypocrisie, qu'avant je savais pas ce que c'était ! »

Alyre se tut, fit une pause, avala encore d'un trait un grand verre de limonade. Il s'en servit un autre, pour plus tard, peut-être pour quand il aurait fini de parler. Il reprit :

— Et alors, mon pauvre monsieur, un matin, peut-être deux mois après, oui c'est ça deux mois. C'était le printemps d'ici : aigre, où tout fleurit à la sauvette, de peur de se faire taper sur les doigts par un retour d'hiver. Et alors un matin elle me dit : « Alyre ! Touche-moi le sein. Pas celui-là ! L'autre ! » Il y avait des années qu'elle ne m'avait plus demandé ça. Elle me prend les doigts, elle me guide, elle s'énerve : « Tu sens pas là ? Juste sous le bout ? Tu sens rien ? » Et alors je sens. Une boule, une petite boule de rien du tout grosse comme un petit pois...

Maintenant Alyre parlait avec une telle volubilité que Laviolette avait du mal à tout comprendre. Il disait tout. Il avait les yeux fixés sur le calvaire de Francine. Laviolette voyait ses poings se serrer, ses mâchoires se contracter, ses yeux n'étaient qu'un désarroi, qu'une tristesse, qu'une preuve d'amour. Et pourtant jamais il ne prononça le mot.

— Elle revenait d'Aix, elle s'est affalée sur le banc, les jambes coupées, elle m'a dit : « J'ai un cancer. »

Elle avait un cancer. On l'avait opérée. On avait dit à Alyre : « Vous savez, c'est une tumeur maligne de la pire espèce. Et en plus c'est le sein de droite. On va faire ce qu'on pourra mais... » C'est le mais qui avait gagné, ç'avait été un calvaire de huit mois, les radiations, tout. Et le turban sur la tête, parce que, naturellement, elle avait perdu ses cheveux.

Et le pire, monsieur, c'est que cancer aidant, elle s'était remise à aimer la vie, chaque fois qu'elle rentrait de l'hôpital on aurait dit qu'elle allait mieux. Elle se remettait à téléphoner droite, gauche. Elle donnait des rendez-vous. Mais personne ne la rappelait plus...

Depuis qu'ils savaient qu'elle avait un cancer aucun de ses amants ne se manifestait. La terreur de ce mal était pire au vingtième siècle que la lèpre au douzième. Le nom en avait changé, la nature, mais pas la peur de l'homme. Maintenant il ne se déplaçait plus en char à bancs mais en automobile, cependant la larve, à l'intérieur de la voiture, était toujours la même. L'homme était le même au vingtième siècle qu'au douzième, aussi pleutre, aussi lâche. Le courage dont les partenaires de Francine avaient fait montre pour défendre leur patrie ou leurs idées, n'allait pourtant pas jusqu'à faire l'amour avec une cancéreuse.

— Même moi ! dit Alyre dans un souffle. Elle me suppliait, n'ayant rien de mieux. Je ne pouvais pas ! J'étais paralysé par la peur. Je sentais la mort en elle et ça me faisait reculer. La mort de l'autre est pire que la nôtre. Nous en avons deux fois plus peur ! Ah monsieur ! Pourquoi la nature nous oblige à nous voir si laids quand nous nous regardons en face ?

Il se leva. Il se considéra sans bouger dans le

miroir du buffet où si longtemps il s'était vu heureux et sans remords.

— Elle est morte à l'automne, la saison qu'elle préférait, sans moi, sans la ferme, sans les truffes qu'elle en aimait tant le parfum, sans les poules, sans la Porsche, à l'hôpital comme une pauvresse, avec des tuyaux partout et les docteurs qui partaient en week-end... oh, le fils est venu, de là-bas, de Surabaya, avec la Cinghalaise et les trois enfants de chaque couleur. Deux jours. Puis il m'a dit : « Tu sais, papa, les compagnies ça n'aime pas les deuils prolongés. Ils prennent ça pour un manque à gagner... » Qu'est-ce qu'il faut faire ?

Il se laissa choir sur la chaise en face de Laviolette. Il considéra son visiteur. Ils se regardèrent au fond des yeux.

— Mais, dit-il, ce n'est pas pour ça que vous êtes venu ?

— Vous êtes en train de m'expliquer en détail que vous avez aimé Francine plus que votre fils, plus que vous-même... Que vous l'aimez autant sinon plus depuis qu'elle est morte.

— Oui, dit Alyre à voix basse. C'est bien ça.

— Eh bien maintenant, dites-moi pourquoi vous avez assassiné les tueurs de cochons ?

— Je vais vous le dire, mon pauvre monsieur. J'ai mis peut-être trois semaines avant de toucher ce qu'elle avait touché. Je n'osais rien déplacer, j'avais même laissé sur l'égouttoir la dernière vaisselle qu'elle avait faite avant de partir à l'hôpital. Et puis un jour, j'ai osé ouvrir la portière de la Porsche. Son sac était là, avec son trousseau de clés, avec son écharpe, avec ses gants. J'osais pas y toucher à son sac. Jamais elle ne s'en séparait. Quand par hasard elle l'oubliait, vite elle courait, elle le happait, elle le serrait contre elle et maintenant il était là ce sac, sans défense, à ma merci.

— Je sais, dit Laviolette. Moi aussi j'ai rêvé devant un sac de femme.

— J'ai mis trois jours avant d'oser l'ouvrir...

Il se leva de nouveau. Il alla vers la porte antique d'un placard qui devait dater de ses arrière-grands-parents. Elle se plaignit discrètement sur ses gonds quand il la tira à lui. Les étagères de ce placard, on ne devait pas les utiliser. Elles étaient vides, propres, couvertes de papier à fleurs. À l'envers de la porte, il y avait une grande affiche punaisée qui représentait une femme rousse, dégingandée, en bas rouges. En travers de l'affiche on lisait deux noms à la batteur d'estrade, énormes, démesurés : *La Goulue* et *Toulouse-Lautrec.*

— Attendez ! dit Laviolette.

— Ah vous regardez l'affiche ? Elle l'avait mise à l'intérieur pour la garantir des chiures de mouches. Elle y tenait tant à son affiche. Ça la faisait rêver. Enfin c'est ce qu'elle me disait... C'était quelqu'un, il y a bien longtemps, qui la lui avait offerte avec un livre... Qui ? Ça je ne m'en souviens pas. C'était une personne, je crois, qui vivait à Simiane. C'était là, dit-il, sur cette étagère qu'elle mettait son sac, tous les soirs.

— Et alors ? Vous avez fini par l'ouvrir ce sac ?

— Oui, soupira Alyre, j'ai fini... Et alors j'ai trouvé ça...

Du menton, il désignait le carnet de moleskine sur la table.

— Le carnet de Francine était plein d'amants. Des que je connaissais, des que je ne connaissais pas. Elle m'en parlait des fois, en riant. Elle les lâchait d'un coup sans crier gare. Elle me disait : « Celui-là il porte des caleçons longs. Il transpire. » Elle leur mettait des noms. Elle riait. Elle avait un rire... Si vous aviez entendu son rire...

— J'en ai entendu un autre, dit Laviolette. Ça devait être le même.

— Je lui disais : « Tu sais, Francine, un de ces quatre, y en a un que ça lui plaira pas que tu le lâches et tu pourras plus t'en débarrasser. » Et alors moi, sans Francine, j'étais de plus en plus malheureux. Et si encore il m'était resté Roseline ! Mais non ! Les deux à la fois ! Celui qui m'avait tué Roseline avait aussi tué Francine puisque c'était de cette mort qu'elle se remettait pas. Puisque c'est deux mois après qu'elle a eu son cancer. Alors je me disais : « C'était un pour se venger. » Il n'a pas osé s'attaquer à Francine, alors il a égorgé Roseline. De tout sûr c'est ça. Je le triturais ce carnet. Je le lisais toute la nuit. Je me disais : « L'enfant de pute qui a fait ça, il est là-dedans. C'est un de ceux-là : le passable, la cafetière, le peureux, le glorieux, les gros pieds, l'avare, le jean-foutre, le piédestal. » Et puis un jour, à force de me creuser les méninges — vous savez moi, je ne suis qu'un berger, je ne réfléchis pas si vite que vous autres, c'est pour ça qu'il m'a fallu tant de temps —, à force de me creuser les méninges je m'arrête sur un nom qu'il me semblait le connaître. C'était un certain Ferdinand Bayle. Il habitait par là-haut dedans du côté de Bréziers, presque dans les Hautes-Alpes. C'était un que Francine m'avait parlé. Et je me rappelais, je me rappelais bien ce qu'elle m'avait dit alors « Je l'ai pris par pitié. C'est un tueur de cochons. Personne en veut. Mais ça a été vite fini ! » Un tueur de cochons ! Ça me rentre dans la tête et ça m'en sort plus. J'avais bien dit que l'assassinat de Roseline, c'était du travail de spécialiste. Alors j'ai épluché la liste de l'agenda...

Il hésita une seconde avant de poursuivre

— Minutieusement, dit-il.

Et il répéta :

— Minutieusement... Et j'en ai trouvé trois : ce Bayle, le Féraud de Puimoisson et le Darius de Lardiers. Ça pouvait être qu'un de ces trois, des spécialistes qui aient pu assassiner Roseline. Et là, comment vous dire ? Je me suis pas posé de question. Je me suis tout de suite dit que puisque je ne pouvais pas savoir qui avait fait ce coup, j'allais les abattre tous les trois ! Ah ça m'a pris du temps ! Vous savez un paysan, avec tout ce qui y a à faire, du temps on en a pas beaucoup ! Et puis il fallait combiner ! Il fallait pas qu'on me prenne avant que j'aie fini ! Ça m'en a coûté, croyez-moi, de la réflexion cette affaire-là.

— Et ça ne vous a pas arrêté de savoir qu'il y avait deux innocents sur trois ?

— Non, dit Alyre, je n'avais pas les moyens de savoir. Tant pis ! Je ne devais pas laisser échapper l'assassin de Roseline. Vous comprenez ? Chaque fois que j'en avais tué un, il me semblait que la Francine dormait plus tranquille dans son tombeau.

Il y eut dans le silence retombé une sorte de hoquet de bébé qui s'échappait de l'atmosphère, qui s'attardait autour de la batterie de cuisine, jadis si bien récurée, qui flottait autour du bouquet mort dans son vase où la couleur encore d'une seule fleur persistait sur sa corolle et se reflétait dans le chêne ciré de la table. C'était un sanglot qui s'échappait de la poitrine de cet homme : Alyre Morelon.

— Et pourtant... dit Alyre. Je pleurais à chaque fois. Chaque fois que j'avais épinglé l'étiquette à leur veston pour que les autres aient bien peur avant de mourir pour qu'ils sachent bien d'où leur venait le coup. Chaque fois je les regardais bien... Ils avaient regardé Francine de leur regard maintenant mort. Ils avaient été un moment de sa vie. Les évoquer avec elle en train de faire l'amour, c'était encore penser à elle.

— Et le Misé Lachugot d'Auzet ? Lui il n'avait rien fait.

— Il allait se rappeler qu'il avait connu Francine. Je m'y suis pris juste à temps ! Les journaux avaient publié la photo du témoin qu'on interrogeait. J'avais encore un assassin à tuer. Il ne fallait pas qu'on m'arrête avant. J'ai eu qu'à jeter une allumette à deux heures du matin. Il y avait tellement de bois sec... Voilà. Vous savez tout. Qu'est-ce que vous voulez que ça me fasse la prison ? J'y suis depuis trois ans, depuis la mort de Francine. Alors ? Je vais chercher mon balluchon ?

Laviolette exhala un énorme soupir.

— Elle avait un amant ! dit-il.

— Oh un !

— Oui, mais les autres c'était de la frime. Les autres, elle vous en parlait. Les autres elle ne leur écrivait pas ! Lisez ! ordonna-t-il.

Il poussa vers Alyre la lettre de Francine à Pollux. Alyre le front plissé se mit à lire à haute voix comme s'il eût eu encore dix ans et qu'il fût en classe, devant l'instituteur, ânonnant ce texte qui débordait d'enthousiasme, qui débordait de passion :

Mon amant, ce que j'ai éprouvé l'autre soir est bien au-delà de tout ce que j'ai toujours dû imaginer. Nous sommes faits pour nous saisir, pour nous explorer. Viens ! Viens encore ! Je t'accueillerai !

— C'est Francine qui a écrit ça ? dit Alyre abasourdi.

— Oui. C'est Francine ! Et l'homme à qui elle l'écrivait, c'est celui qui s'est entortillé autour de l'arbre à cinq cents mètres de chez vous. Ils venaient de faire l'amour dans le pailler, là-dehors. Et cet homme, cet homme, il était l'amant d'un autre homme — oui ! c'est comme ça aujourd'hui ! Et celui-ci, il n'a pas pu supporter que Francine le lui souffle ! Il avait eu un grand-père tueur de cochons lui aussi. Et alors il est venu, lui aussi, dans la nuit de Noël et il a assassiné Roseline. Voilà ! Et...

Il s'interrompit net. Alyre râlait comme un moribond.

— Ro, Ro, Ro ! Mais alors, ces trois, ces quatre je veux dire, je les ai tués pour rien ?

— Pour rien ! clama Laviolette. Et ce n'est pas d'ailleurs pour la mort de Roseline que Francine a périclité c'est pour celle de son amant. Vous avez lu ce qu'elle lui écrivait ?

— Oui, j'ai lu, dit Alyre. C'est beau !

Il hocha la tête.

— Mais alors, dit-il, celui qui a tué Roseline, il est toujours en vie !

— Toujours, dit Laviolette.

Une idée le traversa mais il se souvint tout de suite qu'Alyre avait avoué pleurer chaque fois qu'il tuait un amant de Francine parce qu'il la voyait faisant l'amour avec celui-là et que c'était encore la voir vivre, que c'était encore l'aimer qu'une pareille vision. Laviolette sut qu'il ne chasserait pas Lemda de son esprit en lui arrachant son amant. C'était le creuset de la mémoire qu'il fallait détruire, c'était en lui qu'elle vivait, c'était en lui qu'éternellement il la verrait, vive et charmante, courir vers sa joie où il n'était plus. Allons... Il était temps d'appareiller.

— Alors, je vais faire mon balluchon ? dit Alyre.

— Attendez, dit Laviolette. Sortons un peu dans la cour. J'ai un service à vous demander.

Dehors c'était le soir. Un de ces beaux soirs du pays dont aucun ne s'oublie. Laviolette regarda du côté de Lure, sous ces grands arbres au pied desquels, pour certains, il avait adoré Lemda. Toujours seul désormais il revivrait ces instants poignants, son cœur resterait crevé pour l'éternité. Il fallait l'interrompre. Il se pencha vers Alyre et il lui dit :

— Voilà. Je vais vous faire une confidence : moi aussi je suis atteint d'un cancer. D'ici quinze jours, un mois peut-être, j'en serai à la phase terminale. Et je ne veux pas faire comme Francine : crever à l'hôpital, minable, avec des tuyaux partout, des bocaux de pipi, des bocaux de caca... une pompe, en silence, qui aspire tout ça... Alors j'ai besoin d'un service.

— Non ! Ne me demandez pas ça ! J'ai toujours eu d'amitié pour vous et on se connaît pas d'hier. Rappelez-vous comme on était heureux alors !

— Justement, dit Laviolette. Le bonheur il faut le quitter intact. Ne pas se désagréger. J'ai vu un fusil derrière la porte. Vous avez bien quelques chevrotines ?

— Non ! cria Alyre.

— Mais si ! Votre troupeau a besoin de vous ! Et vos poules qui les nourrira ? Et vos chiens ? Vous avez pensé à vos chiens ? Ils finiront au refuge. Écoutez ! Personne, sauf moi, ne sait encore rien. Vous avez bien quelques puits sur la propriété ?

— J'en ai trois, dit Alyre.

— À la bonne heure ! Et pour la voiture, vous avez sur le plateau au moins trois avens qui peuvent l'engloutir.

Il parlait d'une voix persuasive et sachant parfaitement qu'il mentait. Demain, l'enveloppe qu'il avait postée à Sisteron serait sur le bureau du juge Chabrand et alors tout se mettrait en route, les gendarmes, l'identité judiciaire. Il pouvait sans crainte laisser à Alyre les originaux des lettres trouvées chez Pollux à Sisteron. Il en avait expédié des doubles à Chabrand. Il mentait mais il fallait bien finalement que force reste à la loi.

Il suivait sur le visage d'Alyre l'espoir qui y naissait à l'idée d'échapper au châtiment.

— Alors ? dit-il.

— Pourquoi ne le faites-vous pas vous-même ?

— Parce que je suis lâche, dit Laviolette.

— Vous avez été un héros.

— Il y a longtemps. Et d'ailleurs, entre recevoir la mort et se la donner, il y a un monde. Et vous savez, je crève de peur en vous demandant ça. Vous voyez je vais aller par où vous êtes arrivé avec le troupeau. Ce sentier, le début, vous voyez ? Je suis une grosse cible. Vous ne risquez pas de me rater. Ne me dites rien. Si c'est oui, vous marchez vers la maison. Vous prenez votre fusil derrière la porte. N'ayez pas peur. Je vous tournerai le dos. La nuit vient. Vous ne tirerez que sur une silhouette. Et quand vous me ramasserez, je ne serai plus rien...

— Vous n'avez donc personne pour vous regretter ?

Le regard de Laviolette se porta vers Lure au loin.

— Si peut-être, dit-il. Une amante qui est devenue une sœur. Me regretter ? Peut-être. Mais pas tout de suite.

Il ne regardait plus Alyre. Il l'entendit, à pas lents, qui marchait vers la maison. Il s'engagea dans le sentier évocateur qui s'achevait au sommet de la montagne à travers les hêtres. Il allait de ce bon pas assuré, quand une longue marche vous attend.

Il reçut la décharge de chevrotines comme une bousculade où il sombra.

Il y avait maintenant ce gros tas d'homme en travers de ce sentier des Basses-Alpes qui n'avait conduit Laviolette qu'au regret.

Et la brume couleur parme qui sourdait des fonds de Lure à la rencontre de la nuit commençait à lui seoir.

DU MÊME AUTEUR

Aux Éditions Denoël

UN MONSTRE SACRÉ.

LE SANG DES ATRIDES, (Folio Policier n° 109).

LE SECRET DES ANDRÔNES, (Folio Policier n° 107).

LE TOMBEAU D'HÉLIOS, (Folio Policier n° 198).

LES CHARBONNIERS DE LA MORT, (Folio Policier n° 74).

LA MAISON ASSASSINÉE, (Folio Policier n° 87).

LES COURRIERS DE LA MORT, (Folio Policier n° 79).

LE MYSTÈRE DE SÉRAPHIN MONGE, (Folio Policier n° 88).

LE COMMISSAIRE DANS LA TRUFFIÈRE, (Folio Policier n° 22).

L'AMANT DU POIVRE D'ÂNE, (Folio Policier n° 2317).

POUR SALUER GIONO, (Folio n° 2448).

LES SECRETS DE LAVIOLETTE, (Folio Policier n° 133).

LA NAINE, (Folio n° 2585).

PÉRIPLE D'UN CACHALOT, (Folio n° 2722).

LA FOLIE FORCALQUIER, (Folio Policier n° 208).

LES ROMANS DE MA PROVENCE, (album).

L'AUBE INSOLITE, (Folio n° 3328).

UN GRISON D'ARCADIE, (Folio n° 3407).

LE PARME CONVIENT À LAVIOLETTE, (Folio Policier n° 231).

L'OCCITANE, UNE HISTOIRE VRAIE.

L'ARBRE, nouvelle extraite des SECRETS DE LAVIOLETTE (Folio à 2 € n° 3697).

Aux Éditions Hachette
L'ENFANT QUI TUAIT LE TEMPS, (Folio n° 4030).

Aux Éditions Corps 16
APPRENTI.

Aux Éditions Fayard
LE SANG DES ARTRIDES.
LE TOMBEAU D'HÉLIOS.

Aux Éditions du Chêne
LES PROMENADES DE JEAN GIONO, (album).

Aux Éditions Alpes de Lumière
LA BIASSE DE MON PÈRE.

Aux Éditions de l'Envol
L'HOMME REJETÉ.
LE MONDE ENCERCLÉ.
MON THÉÂTRE D'OMBRES.
FORCALQUIER, (album).

COLLECTION FOLIO POLICIER

Dernières parutions

Composition Nord Compo.
Impression Société Nouvelle Firmin-Didot
à Mesnil-sur-l'Estrée, le 28 janvier 2008.
Dépôt légal : janvier 2007.
1er dépôt légal dans la collection : octobre 2001.
Numéro d'imprimeur : 88256.

ISBN 978-2-07-041930-2/Imprimé en France.